BESTSELLERWORLDBOOK 42

수레바퀴 아래서

헤르만 헤세 지음 | 유혜경 옮김

소담출판사

유혜경

1960년생. 성심여자대학교 경영학과 졸업.
스페인 마드리드 국립언어학교 스페인어과 수료. 영국 옥스퍼드 Godmer House 영어 연수.
한국 외국어대학교 통역번역 대학원 졸업. 동 대학원 통역번역학 박사과정 수료.
역서로 『내 일생의 단 한번』 『사랑의 충동』 『아침 7시, 그 남자의 불행』 『위대한 이혼』 등이 있다.

BESTSELLER WORLDBOOK 42

수레바퀴 아래서

펴낸날 | 1993년 8월 25일 초판 1쇄
1998년 11월 20일 중판 1쇄
2003년 8월 20일 중판 12쇄
지은이 | 헤르만 헤세
옮긴이 | 유혜경
펴낸이 | 이태권
펴낸곳 | 소담출판사
서울시 성북구 성북동 178-2 (우)136-020
전화 | 745-8566~7 팩스 | 747-3238
e-mail | sodam@dreamsodam.co.kr
등록번호 | 제2-42호(1979년 11월 14일)

ISBN 89-7381-042-1 00850
● 책 가격은 뒤표지에 있습니다.

www.dreamsodam.co.kr

BESTSELLERWORLDBOOK 42

Unterm Rad

Hermann Hesse

그는 더럽혀지고 모욕당한 것 같은 생각을 떨칠 수가 없었다.
어떻게 하면 집으로 돌아갈 수 있을까?
아버지에게 도대체 뭐라고 말해야 하나?
내일은 어떻게 될 것인가!
그는 이제 영원한 품속에서 쉬어야 할 것 같고,
잠들어야 할 것 같고, 부끄러워해야 할 것 같았다.

Unterm Rad

차례

신비로운 불꽃의 탄생

중매업자 겸 대리점 주인인 요제프 기벤라트는 같은 마을 사람들에 비해서 특별히 뛰어난 점이나 특이한 점이 있지는 않았다. 다른 사람과 마찬가지로 그는 건장한 몸집에 남에게 뒤지지 않는 장사 수완도 지니고 있었다. 돈은 매우 귀중히 여겼지만 정직했다. 그리고 정원이 있는 자그마한 집도 가지고 있었으며, 묘지에는 선조 대대의 산소가 있었다.

그는 교회에 대한 믿음은 약간 깨우치긴 했으나 굉장히 고식적인 사람이었다. 하느님이나 손윗사람에 대해서는 존경심도 품고 있으며, 시민 생활에서의 예의 범절은 맹목적으로 준수했다. 술은 꽤 마시는 편이었으나 결코 만취되는 일은 없었다. 때로는 비난받을 만한 일도 많이 했지만 허가되지 않은 일을 한 적은 단 한 번도 없었다.

가난한 사람들은 그를 야귀라고 욕하고 돈 많은 사람들은 그를 교만하다고 욕했다.

그는 시민 클럽의 회원으로서 금요일마다 언제나 독수리 회관에서 장기(서양 장기) 놀이에 가담했다. 그리고 빵 굽는 날이나 시식회 또는 순댓국 먹기 모임에도 빠지는 일이 없었다. 일을 할 때에는 싸구려 잎담배를 피웠지만, 식후나 일요일에는 좋은 것을 피웠다.

그의 내면 세계는 바로 속인(俗人)의 그것이었다. 조금이나마 지녔던 정서 따위는 이미 먼지 속에 파묻혀 버린 지 오래였고, 다만 인습적이고 거추장스러운 가족적인 심정, 자식 자랑, 가난뱅이들에 대한 우발적인 자선심 같은 것이 그의 기질의 전부였다.

그의 정신적인 능력이란 천성적인, 전혀 융통성 없이 타고난 잔꾀와 산술을 벗어나지 못했다. 그의 독서는 신문에 한정되어 있었으며, 예술 감상의 욕구를 채우기 위해서는 해마다 시민회에서 베푸는 소인극(素人劇)이나 때때로 서커스 구경을 하는 정도였다. 이웃에 사는 어느 누구와 그의 이름이나 집을 바꾼다 하더라도 거기엔 아무런 변화도 일어나지 않았을 것이다.

그가 가장 신경을 쓰는 것은 남들의 뛰어난 힘과 인물에 대한 쉴새 없는 의혹과 모든 비범한 것, 자유로운 것, 세련된 것, 정신적인 것에 대한 일종의 투기심에서 비롯되는 본능적 적개심인데, 이와 같은 것도 역시 이 마을 사람들과 공통된 점이었다.

그에 관한 것은 이 정도로 충분하다. 그의 이러한 평범한 생활과 그 자신이 의식하지 않는 비극을 설명한다는 것은 오직 심각한 풍자가들만이 할 수 있는 일일지도 모르겠다. 그런데 이 사람에게는 아들이 하나 있었는데, 그에 관해서 이야기하려고 한다.

한스 기벤라트는 의심할 여지 없이 재주 있는 아이였다. 딴 아이들과 함께 어울려서 놀고 있을 때도 그의 섬세하고 뛰어난 모습을 본다면 그가 얼마나 영리하고 출중한지를 충분히 알 수 있다.

슈바르츠발트의 작은 마을에는 아직까지 그러한 인물이 없었다. 이 우물 안의 개구리 신세를 벗어나서 밖으로 시선을 던진다든지 활동을 하는 사람이, 이곳에서 나온 일은 전혀 없었다. 이 소년이 진지한 눈매, 총명하게 생긴 이마와 훌륭한 걸음걸이를 누구한테서 이어받았는지는 아무도 몰랐다.

그것은 어머니로부터일까? 어머니는 오래전에 작고했는데, 그녀가 살았을 때 볼 수 있었던 것은 언제나 병들어 신음하는 모습이었다. 아버지는 문제도 되지 않았다. 그렇기 때문에 실제로 과거 8, 9백년 동안에 유능한 시민은 많이 배출시켰지만, 재주꾼 또는 천재를 낳은 일은 결코 없는, 이 오래된 시골 한구석 하늘에서 신비로운 불꽃이 떨어진 셈이다.

현대식으로 훈련된 예민한 관찰자는 병약한 어머니와 대대로 연공(年功)을 쌓은 집안을 상기하여 지력(智力)의 비대가 쇠퇴하기 시작하는 징조라고 말할 수 있을 것이다. 그러나 다행히도 이 마을에는 그러한 종류의 사람이 살고 있지 않았다. 관리나 목사 중의 젊고 교활한 사람들만이 신문의 논설 같은 것으로 그러한 현대적 인간의 존재를 어렴풋하게나마 알고 있을 뿐이었다.

그들의 부부 생활은 대체로 견실하고 행복했으나 생활 전체에서 개선하기 어려운 구식 습관을 지니고 있었다. 편하고 부족한 것 없이 지내는 마을 사람들 중에는 과거 20년 동안에 직공에서 공장주가 된 사람도 적지 않았다. 그들은 관리 앞에서는 모자를 벗고 예의를 지키며 교제를 하지만, 자기들끼리는 서로 관리를 가리켜 '아귀' 또는 '졸자 서기'라고 불렀다.

그럼에도 불구하고 그들의 최고 야심은, 될 수 있는 한 자기 아들을 공부시켜서 관리로 만들려는 것이었다. 그러나 유감스럽게도 이것은 거의가 이룰 수 없는 무지개 같은 꿈에 지나지 않았다. 왜냐하면 그들의 자녀들은 대개 라틴어 하급 학교에서조차 힘에 겨워하며 몇 번이고 낙제하지 않고는 진급하지 못했기 때문이다.

한스 기벤라트의 타고난 재질에 대해서는 의심할 여지가 없었다. 선생들도, 교장도, 이웃 사람들도, 마을의 목사도, 동급생도 모두가 이 소년은 예리한 두뇌를 가졌고 어쨌든 특별한 존재라는 것을 인정했다. 따라서 그의 장래는 이미 정해져 있는 것이나 마찬가지였다. 왜냐하면 슈바벤에서는 재주가 있는 아이라 해도 부모가 부자가 아닌 한, 오직 하나의 궁색한 길만이 있을 뿐이었다. 그것은 주(州)의 시험을 치러서 신학교에 들어가고, 다음에는 튀빙겐 대학에 진학하여 거기에서 목사나 교사가 되는 것이었다.

해마다 450명의 시골 소년이 이 평탄하고 안전한 길을 걸었다. 막 견진(堅振)을 치르고 난, 과도한 공부로 야윈 소년들이 관비로 라틴어를 중심으로 한 여러 학문을 배우고 난 뒤 8, 9년 후엔 — 대부분의 경우 훨씬 더 길다.—일생의 행로의 후반에 들어서 국가에서 받은 은전을 갚아야만 하는 것이다.

수주일 후에는 다시 주의 시험이 있을 예정이었다. 국가가 지방의 수재를 선발하는 예년의 '헤카톰베(그리스 소 백 마리의 희생을 뜻함)'를 지금은 그렇게 불렀다. 이 시험이 계속되는 동안 시험이 치러지고 있는 주도를 향해 작은 도시나 마을로부터 많은 탄식과 기원이 집중되곤 했다.

한스 기벤라트는 이 작은 도시에서 고통스러운 경쟁에 보내질 단 한 명의 후보자였다. 명예는 컸으나 그것은 결코 무상으로 얻어지는 것이 아니었다. 매일 4시까지 계속되는 수업 시간에 연이어 교장 선생 댁에서 그리스어 과외 수업이 있었다. 그러고 나서 6시에는 목사가 친절하게 라틴어와 종교 공부를 복습하도록 도와 주었다. 거기에다 일주일에 두 번, 저녁 식사 후 한 시간씩 수학 선생으로부터 지도를 받았다.

그리스어에서는 불규칙 동사 다음으로 불변사(不變詞)에 의해 표현되는 문장 결합의 변화에 중점을 두었고, 라틴어에서는 문체를 간명하게 하는 것, 특히 여러 가지 시형상(詩形上)의 자세한 점을 익히는 데 중점을 두었다. 또 수학에서는 복잡한 비례법에 주의력을 기울였다. 이것은 선생도 때로 강조한 바와 같이 앞으로 연구나 생활에는 아무런 가치가 없는 것처럼 보이지만, 그것은 어디까지나 표면상 그렇게 보일 뿐 실제로는 매우 중요했다. 그것은 논리적인 능력을 기르고 모든 명쾌하고 냉정하고 정확한 사고의 기초를 이루는 것이기 때문에 다른 필수 과목보다도 더욱 중요했다.

그러나 한스는 한편으로 정신적 부담이 너무 큰 지력의 연마로 정서를 등한히 하거나 고갈시켜서는 안 되기 때문에, 매일 아침 학업을 시작하기 한 시간 전에 견진을 받는 소년들의 성서 수업에 들어가도 좋다는 허가를 얻었다. 거기에서는 부렌츠의 『종교 문답서』를 사용하여 감격적인 문답을 암기 낭독케 함으로써 젊은이의 마음속에 종교적인 생명의 신선한 공기를 불어넣었다.

한스는 유감스럽게도 이 휴식 시간을 스스로 단축시켜 모처럼의 혜택을 망쳐 놓곤 했다. 왜냐하면 그는 그리스어 또는 라틴어의 단어나 연습 문제를 적은 종이 쪽지를 문답서에 몰래 끼워 놓고 거의 한 시간 내내 이러한 세속적인 학문에 몰두하고 있었기 때문이다.

그렇지만 그의 양심은 그처럼 둔하지만은 않았으므로, 그러는 동안에도 그는 끊임없이 남모르는 불안과 초조감을 느껴야 했다. 감독 목사가 그에게 다가온다든지 그의 이름을 부를 때면 깜짝 놀라 몸을 움츠렸다. 대답을 해야만 할 경우에는 그의 이마에서는 땀방울이 송송 맺혔고 가슴은 두근거렸다. 그러나 그의 대답은 틀림없었고 발음까지도 나무랄 데 없이 정확했다. 목사는 매우 감탄했다.

쓰고 암기하고 복습하고 예습하기 위한 과제는 낮의 수업 시간 때마다 쌓이기 때문에 밤늦게까지 침침한 남포등 밑에서 그것을 정리하지 않으면 안 되었다. 가정의 평화스러운 분위기에서 하는 공부는 특히 능률적이라고 담임 선생이 말했기 때문에 화요일과 토요일에는 대개 10시까지 계속되었으나, 다른 날에는 11시나 12시 때로는 더

늦게까지 계속되었다. 아버지는 기름을 많이 낭비한다고 가끔은 언짢게 여겼으나 아들이 공부하는 것을 자랑으로 여겼다. 한가로운 시간이나 일요일 — 우리 생활의 7분의 1을 차지하는 — 에는 학교에서 읽지 못하는 두서너 권의 책을 읽는 한편 문법을 복습했다.

'물론 적당히 해야지! 일주일에 한두 번은 산책을 할 필요가 있어. 그것은 아주 효과적인 일이야. 날씨가 좋으면 책을 들고 교외로 나가는 것도 좋아. 신선한 바깥 공기 속에서는 재미있고도 쉽게 외워지는 것을 알게 될 거야. 하여튼 머리를 높이 쳐들고 활발하게 산책할 일이야!'

그래서 한스는 그 후 될 수 있는 대로 머리를 높이 쳐들고 산책을 하면서 공부를 했다. 그러고는 밤잠을 자지 못해 눈 가장자리가 푸르고 피곤한 채 묵묵히 놀란 모습으로 돌아다녔다.

"기벤라트는 어떨는지요, 합격하겠지요?"

어느 날 담임 선생이 교장에게 물었다.

"그럼, 하고 말고."

교장은 기쁜 듯이 이렇게 말했다.

"그 애만큼 영리한 아이는 없지요. 잘 보세요, 그 애는 행동 하나 하나가 영화(靈化)된 것처럼 보여요."

최후의 한 주일 동안에 그에게서는 정신 그 자체가 변하는 것을 뚜렷하게 볼 수 있었다. 귀엽고 부드러운 얼굴에는 불안을 못 이겨 깊숙이 들어간 눈이 탁한 빛을 내며 불타고 있었다. 아름다운 이마에는 재기(才氣)를 나타내는 가느다란 주름살이 실낱같이 움직이고 있었다. 뿐만 아니라 가느다랗게 바싹 여윈 팔과 손은, 보티첼리를 연상케 하는, 피곤한 아름다움으로 축 늘어져 있었다.

이윽고 시험 날짜가 닥쳐왔다. 다음날 아침이면 한스는 아버지와 함께 슈투트가르트로 가서 주의 시험을 치른 후에, 신학교의 좁은 수도원의 문으로 들어갈 자격이 있는지 여부를 확인할 때가 된 것이다. 한스는 교장에게 작별 인사를 마치고 막 돌아왔다.

교장은 전에 없이 다정한 얼굴로 말했다.

"오늘 밤에는 더 이상 공부해서는 안 된다. 나에게 약속해라. 너는 내일 건강한 몸으로 슈투트가르트로 가야 돼. 지금부터 한 시간만 산책을 한 다음 집에 돌아가 일찍 자거라. 젊은 사람은 잠을 충분히 자야 해."

한스는 여러 가지 두려운 충고를 들을 줄로 믿고 잔뜩 긴장하고 있었는데, 의외로 이처럼 다정한 말에 안도의 숨을 내쉬며 교문을 나섰다. 커다란 키르히베르크의 보리수가 늦은 오후의 따가운 햇볕 속에서 힘없이 서 있었다. 시청 앞 광장에서는 두 개의 커다란 분수가 소리를 내면서 반짝이고 있었다. 불규칙한 지붕들의 선 위로는 검푸른 전나무로 덮인 산이 가깝게 보였다. 소년에게는 이 모든 것이 꽤 오랫동안 본 적이 없었던 것처럼 여겨졌다. 그에게는 모든 것이 대단히 아름답고 매혹적으로 생각되었다.

한스는 머리가 아팠으므로 오늘은 더 이상 공부하지 않기로 했다. 천천히 시장 터와 옛 시청을 지난 다음 시장의 좁은 길을 통해 대장간 옆을 지나쳐 낡은 다리에 이르렀다. 그곳에서 잠시 동안 왔다갔다하다가 마침내 폭이 넓은 난간에 걸터앉았다.

그는 몇 달 동안이나 매일 이곳을 네 번씩 지나쳤으면서도 다리 옆의 작은 고딕식 예배당이나 개울, 수문, 제방, 방앗간을 전혀 눈여겨보지 않았다. 냇가의 풀밭과 버드나무가 우거진 강변도 그대로 지나쳤다. 거기에는 피혁 건조장이 나란히 있었고, 개울은 호수와 같이 깊고 푸르렀으며, 잔잔하고 활처럼 휜 가느다란 버드나무 가지가 물속까지 드리워져 있었다.

한스는 자신이 얼마나 자주 이곳에서 반나절 또는 온종일을 보냈나 하는 생각을 했다. 또한 이곳에서 헤엄치고 잠수를 하고 노를 젓고 낚시질을 하던 생각도 함께 떠올렸다. 아, 낚시질! 그러나 그것도 지금은 완전히 잊어버리고 말았다. 지난해에 시험 때문에 낚시질을 금지당했을 때 그는 몹시 서러워 울었었다.

낚시질! 그것은 기나긴 학창 시절에서 가장 재미있던 일이었다. 가느다란 버들 그늘 속에 있으면 방앗간 둑에 물 떨어지는 소리가 점점 가까이 들려왔다. 깊고 조용한 물, 수면의 빛놀이, 부드럽게 구부러진 긴 낚싯대…… 고기가 물려서 잡아당길 때의 흥분…… 파닥파닥 뛰는 싱싱하고 살진 고기를 손으로 잡았을 때의 뭐라 말할 수 없는 쾌감…….

그는 세찬 잉어를 몇 번이고 낚아 올린 적이 있었다. 은어와 백어와 맛있는 잉어, 그리고 조그맣고 예쁜 피라미도 낚았었다. 그는 오랫동안 수면을 응시하고 있었다. 푸른 냇가 한구석을 멍하니 바라보고 있는 동안 서글픈 명상에 잠겼다.

생각해 보면 아름답고 자유 분방했던 어린 시절의 즐거움은 이제 먼 옛날의 것이 되어 버렸다. 그는 무의식중에 호주머니에서 빵 한 쪽을 꺼내어 크고 작은 덩어리를 만들어서 물속에 던졌다. 그리고 그 빵이 가라앉으면서 물고기가 몰려와 물고 가는 것을 바라보고 있었다.

처음에는 작은 물고기들이 달려와서 작은 덩어리를 열심히 먹고는 큰 덩어리를 먹고 싶어 주둥이로 툭툭 치는 것이었다. 그러는 동안 조금 큰 은빛 백어가 천천히 조심스럽게 다가왔다. 그 넓고 까만 등은 물 밑바닥과 구별이 되지 않았다. 이 고기는 신중하게 빵 주위를 헤엄치다가 별안간 크고 둥근 입을 벌려 그것을 삼켜 버렸다. 천천히 흘러가는 수면에서 습기 차고 후텁지근한 냄새가 풍겨왔다.

두서너 조각의 흰 구름이 희미하게 푸른 수면에 비쳤다. 물레방앗간에서는 둥근 바퀴가 삐걱거리고, 두 군데의 둑으로 흐르는, 서늘하고 낮은 물소리가 끊임없이 들려왔다.

소년은 며칠 전 일요일에 있었던 견진을 생각하고 있었다. 그날 의식을 올리고 있는 동안 모두가 감동하고 있을 때, 그는 그리스어 동사를 암기하고 있는 자신을 발견하고는 놀랐던 것이다. 그 외에 최근 그는 수업 중에도 눈앞에 놓여 있는 공부 대신, 지나간 일이나 앞으로 하게 될 공부를 생각하는 일이 아주 빈번해졌다.

'그러나 시험은 잘 치르겠지.'

그는 얼빠진 사람처럼 일어섰으나 어디로 가야 한다는 생각은 없었다. 그때 갑자기 누군가가 억센 손으로 그의 어깨를 잡았다. 그는 깜짝 놀랐다. 그러나 그의 어깨를 잡은 사람의 목소리는 아주 친절했다.

"어떠냐, 한스. 잠깐 같이 걸을까?"

그 사람은 구두 장수 플라크 아저씨였다. 이전에 한스는 가끔 저녁에 한 시간 정도 이 아저씨 곁에서 지낸 일이 있었다. 그러나 요즘 오랫동안 가 보지 못했다. 한스는 이 신앙심 깊은 경건한 신자가 말하는 것을 그다지 주의 깊게 듣지 않으면서 함께 걸었다.

플라크 아저씨는 시험에 관한 이야기를 하고 한스의 성공을 빌며 격려해 주었다. 그러나 그의 이야기의 본의는, 그런 시험이란 그다지 대수로운 게 아니며 아주 우연한 거라는 것이다. 낙방을 했다고 해서 부끄러울 것도 없고, 누구든 낙제를 할 수 있다고 했다. 만약 한스가 그런 경우를 당한다면, 신은 모든 인간에게 각각 특수한 뜻을 품어 그들이 각자 알맞은 길을 걷도록 하는 것이라고 말했다.

한스는 마음속으로 이 아저씨에 대해서 다소 미심쩍은 점을 발견했다. 이 아저씨의 믿음직스럽고 재미있는 태도에 대해서는 한스도 존경심을 품고 있었지만, 그는 어떤 정해진 시간이 올 것을 믿고, 가끔 기도드리는 신자들에게 하는 농담을 듣고서 마음에도 없는 웃음을 덩달아 웃는 일이 종종 있었다.

한스는 지금 날카로운 질문을 당하는 것이 두려워서 훨씬 전부터 초조하게 구둣방을 피해 온 자신의 비겁함을 부끄럽게 생각하고 있었다. 한스가 선생들의 자랑거리가 되고 자기 자신도 얼마간 우쭐한 기분이 되면서부터 플라크 아저씨는 종종 그를 우습게 바라보며 골려 주려고 했던 것이다. 그러나 그것 때문에 소년의 마음은 모처럼 호의를 갖고 이끌어 주려는 사람들로부터 멀어져 갔다. 그것은 한스가 혈기 왕성한 나이였고 자존심을 상하게 하는 말에 민감했기 때문이다. 지금도 그는 이 아저씨의 이야기를 들으면서 걷고 있지만, 이 사람이 자기를 염려해 주는 까닭이나 친절의 근본적인 의도를 파악할 수 없었다.

두 사람은 한참을 걸어가다가 크로넨 골목에서 목사를 만났다. 구둣방 아저씨는 딱딱하고 냉정하게 인사를 하고는 갑자기 서둘러 가 버렸다. 왜냐하면 이 목사는 신식 유행을 따르는 사람으로 부활을 믿지 않는다는 평판이 돌고 있었기 때문이었다. 목사는 소년과 함께 걷기 시작했다.

"건강은 어떠냐? 여기까지 왔으니 대단한 일이다."

"네! 아주 좋습니다."

"이제 잘해야 된다. 모두가 너에게 큰 기대를 하고 있는 것을 알지? 특히 라틴어는 좋은 성적을 얻을 거라고 나는 믿는다."

"그러나 만일 낙제한다면……."

한스가 자신 없게 이렇게 말했다.

"낙제?"

목사는 매우 놀라면서 그 자리에 멈추어 섰다.

"낙제란 있을 수 없다. 전혀 있을 수 없어. 그것은 쓸데없는 걱정이야."

"혹 그렇게 되면…… 하고 생각한 것뿐입니다."

"그런 일은 있을 수 없다, 한스! 있을 수 없는 일이지. 그런 걱정은 전혀 할 필요가 없어. 자, 그러면 아버지에게 안부 전해 드리고 힘내거라."

한스는 목사를 배웅했다. 그러고 나서 구둣방 아저씨의 말을 생각했다. 아저씨는 무슨 이야기를 했던가? 라틴어쯤은 그다지 중요하지 않다, 마음만 올바르고 하느님만 잘 공경하면 된다고 말했다. 그러나 말은 쉬운 일이다. 그리고 목사님은……. 만일 낙제하면 다시는 목사님 앞에 나설 수도 없으리라.

그는 침울하게 집으로 돌아와 급경사진 작은 뜰로 들어섰다. 거기에는 이미 오래전부터 사용하지 않는, 낡은 헛간 같은 집이 있었다. 그는 이전에 그 안에다 통나무 집을 만들어 3년 동안이나 토끼를 길렀었다. 그러나 지난가을 시험 때문에 아쉽게도 토끼를 빼앗기고 말았다. 취미나 마음의 위안을 가질 시간적 여유가 없었다.

얼마 만에 이 정원에 들어온 것인지! 텅 빈 나무 칸막이는 손볼 여지도 없게 되었고, 구석에 있는 종유석 덩어리는 허물어져 있었으며, 조그마한 나무로 만든 물레바퀴가 수도관 옆에 흩어져 있었다. 그는 이런 것들을 깎고 맞추면서 기뻐하던 때를 회상했다. 그것은 2년 전의 일이었는데도 아주 먼 옛날 같은 생각이 들었다. 그는 조그마한 물레바퀴를 집어들고 홱 구부려 분질러서 울타리 너머로 내던졌다.

'이런 것은 모두 없애 버려. 이미 오래전부터 무용지물이 되었어.'

이때 언뜻 그의 머리 속에 동창생 아우구스트가 떠올랐다. 물레방

아를 만들고 토끼집을 고칠 때면 그가 도와 주었었다. 둘은 이곳에서 돌팔매질을 하며 고양이를 쫓고 천막을 치기도 하고, 오후 예배를 보는 날에는 당근을 먹으며 종종 오후 늦게까지 시간 가는 줄 모르고 놀았던 것이다. 그러나 그 후 한스는 눈코 뜰 새 없이 바쁘게 공부하지 않으면 안 되었다. 그리고 아우구스트는 일년 전에 학교를 그만두고 기계공 견습생이 되었다. 그로부터 그의 얼굴을 두 번밖에는 보지 못했다. 물론 아우구스트도 지금은 정신없이 바빠서 시간을 낼 틈조차 없다.

구름의 그림자가 급히 골짜기 위를 스치고 지나갔다. 해는 벌써 산머리 가까이에 왔다. 소년은 순간 자기 몸을 내던져 소리 내어 통곡하고 싶은 충동에 사로잡혔다. 그는 마구간에서 손도끼를 들고 나와 가느다랗게 야윈 팔을 휘두르며 토끼집을 마구 부수어 산산조각을 냈다. 넓은 널빤지가 쪼개져 사방으로 흩어지고 못은 찌익찌익 소리를 내면서 구부러졌다. 지난여름 이후 그 자리에 있던 썩은 토끼풀이 튀어나왔다. 소년은 그런 모든 것을 내팽개쳤다. 그러면 토끼나 아우구스트나 그 밖의 어린 시절의 추억에 대한 그리움을 억누를 수 있다는 듯이.

"야, 야, 도대체 뭐 하고 있는 거니?"

아버지가 창가에서 외쳤다.

"장작 패는 거예요."

한스는 더 이상 대답하지 않고 도끼를 팽개치고는 뒷길로 뛰어나와 냇가를 향해 위쪽으로 달려갔다. 양조장 근처에는 두 개의 뗏목이 묶여져 있었다. 그는 전에 종종 뗏목을 타고 몇 시간이고 강을 따라 떠내려간 일이 있었다. 그리고 무더운 여름날 오후에는 나무토막 사이에서 철썩철썩 물이 튀어 오르는 뗏목을 타고 내려가며 통쾌함을 맛보고 졸기도 했다.

그는 한산하게 흔들리고 있는 재목 위에 뛰어올라 차곡차곡 쌓인 버드나무 위에 누워 이런 생각을 하려고 애썼다.

'뗏목이 움직이고 있다. 초원과 밭과 마을과, 그리고 서늘한 숲 모퉁이를 지나 다리와 올려진 수문 밑을 빠져나와, 뗏목이 천천히 물 위를 흘러 내려가고 있다. 나는 그 위에 누워 있다. 모든 것이 다 옛날과 같고, 나는 카프베르크에서 토끼의 풀을 뜯고 냇가 피혁장(製革場)에서 낚시질을 하던 무렵, 두통도 나지 않고 근심 걱정도 없던 때와 같이 되었다.'

그는 피곤하고 불쾌한 기분으로 저녁때에야 집으로 돌아왔다. 아버지는 내일로 다가온 슈투트가르트의 수험 여행 때문에 공연히 흥분하여 가방에 책은 챙겨 넣었느냐, 검정 옷을 준비했느냐, 기차 안에서 문법책을 읽어 볼 생각은 없느냐, 기분은 어떠냐 하는 말을 몇 번이고 되풀이해서 물었다. 한스는 짜증스러워 짧게 대답을 하고 식사도 하는 둥 마는 둥 대충 마치고는 곧 잠자리에 들었다.

"자거라, 한스. 푹 자야 한다. 내일 아침 6시에 깨워 주마. 혹 사전은 잊지 않았니?"

"네, 사전 같은 것은 잊지 않아요. 안녕히 주무세요."

한스는 자그마한 제 방에서 불도 켜지 않은 채 오랫동안 앉아 있었다. 이 방은 오늘까지 시험이 가져다준 유일한 혜택이었다. 좁기는 하지만 자신의 방, 이 안에 있기만 하면 자기가 주인이고 아무에게도 방해받지 않았다. 이곳에서 그는 피로와 졸음 그리고 두통과 싸우면서 밤늦게까지 카이사르와 크세노폰, 문법과 사전 그리고 수학 문제에 매달려 있었던 것이다. 그는 끈기와 집념 그리고 공명심에 불탔으나 때로는 절망적인 기분에 사로잡힐 때도 있었다.

그러나 한편으론 한꺼번에 빼앗긴 아이들의 놀이 이상으로 값어치 있는 시간을 이곳에서 맛볼 수도 있었다. 그것은 자랑과 도취와 승리감에 넘쳐 마치 꿈과 같은 뭐라 표현할 수 없는 시간이었다. 그럴 때면 그는 학교도 시험도 그 외에 모든 것을 초월해서, 더욱 이상적인 세계를 꿈꾸고 동경에 잠기는 것이었다.

한스는 볼에 살이 찌고 귀염성 있는 친구들과는 아주 달라서, 자기는 장차 뛰어난 사람이 되어 언젠가는 속세와는 동떨어진 높은 곳에서 그들을 내려다보게 될 것이라는 행복감에 젖어 있었다. 지금도 그는 이 작은 방 안에 자유롭고 시원한 공기만이 가득 차 있는 것처럼 숨을 깊이 들이마셨다. 그리고 침대 위에 걸터앉아 꿈과 희망과 어슴푸레한 생각에 잠겨 몇 시간을 멍하니 보냈다. 밝은 눈까풀이 과도한 공부로 까슬까슬해진 큰 눈을 차츰 내리덮었다.

소년은 눈을 한 번 크게 떴으나 깜박거리다가 이내 감겼다. 창백한 그의 얼굴이 야윈 어깨 위에 떨어지고, 가느다란 양팔은 힘없이 늘어졌다. 그는 옷을 입은 채 잠이 들고 말았다. 졸음의 손이 어머니처럼 격앙된 소년의 심장의 고동을 진정시키고, 곱다란 이마의 작은 주름살을 지워 주었다.

지금까지 한 번도 없었던 일이었다. 교장이 이른 아침 시간임에도 정거장까지 나와 주었다. 기벤라트 씨는 검은색 프록 코트를 입고 있었는데, 흥분과 기쁨과 자랑으로 잠시도 가만히 서 있지를 못했다.

그는 조바심을 내며 교장과 한스 주위를 서성거리면서 역장과 역무원들로부터 안전한 여행과 아들의 시험의 성공을 빈다는 인사를 받았다. 그리고 조그맣고 딱딱한 여행 가방을 왼손에서 오른손으로 쉴 새 없이 옮겼다. 또한 양산을 팔에 끼는가 하면 무릎 사이에 끼곤 했다. 그러면서 몇 번인가 양산을 떨어뜨리기도 했다. 그럴 때마다 가방을 내려놓고 양산을 다시 집어들었다. 아마 모르는 사람들은 그가 왕복 차표를 가지고 슈투트가르트에 가는 것이 아니라 미국에라도 가는 모양이라고 생각했을 것이다. 한스는 매우 침착하게 보였으나 뭔지 모를 불안에 목구멍이 막힐 지경이었다.

마침내 기차가 역에 도착하자 사람들은 모두 기차에 올라탔다. 교장은 작별 인사로 손을 흔들어 보였고, 아버지는 담배에 불을 붙였다. 기차가 출발하자 아래 골짜기 사이로 마을과 개울이 감추어졌다. 이 여행은 두 사람에게 즐거움은커녕 고통이었다.

얼마 후 슈투트가르트에 도착하자 아버지는 갑자기 활기 있어 보이고 즐거워했으며 상냥해서 마치 사교가인 것처럼 보였다. 한스는 아버지에게서 며칠간 도시에 나온 시골 사람의 기분 같은 것을 느꼈다. 한스는 점점 더 말이 없어지고 한층 불안해졌으며, 시가지를 바라보면서 중압감을 느꼈다. 낯선 얼굴들, 사람을 아래로 굽어보는 듯이 다닥다닥 장식되어 세워진 건물들, 멀미날 만큼 긴 도로, 말이 끄는 전차, 거리의 소음, 이런 모든 것들이 그에게는 위압감을 주고 두려움을 주었다.

두 사람은 소년의 백모 집에 숙소를 정했다. 거기서도 낯선 방, 백모의 수다스러운 친절과 이야기, 그리고 오랫동안 함께 앉아 멍하니 있어야만 하는 일, 거기에 아버지의 쉴 새 없는 격려의 설교, 이런 것들이 그의 기분을 상하게 했다. 그는 방 한구석에 멍청하니 쭈그리고 앉았다. 그러고는 눈에 익지 않은 주위 환경이나 백모, 백모의 교회풍의 의상, 큰 무늬의 벽걸이, 탁상시계, 벽의 그림 등을 보기도 하고 창 너머 시끄러운 거리를 바라보고 있으려니까 자신이 아주 버림받은 신세같이 느껴졌다. 집을 떠난 지 벌써 오랜 시간이 흘러 그동안 애써 암기한 것들을 일시에 잊어버린 것 같은 기분이 들었다.

그는 오후에 다시 한 번 그리스어의 불변사를 복습하려고 했으나 백모가 산책을 나가자고 제의했다. 순간 한스의 마음속에는 초원의 푸름과 숲 속의 잔잔한 바람 소리 같은 것이 떠올랐다. 한스는 이에 즐겁게 응했다. 그러나 곧 그는, 이 대도시에서는 산책도 시골에서와는 달리 또 다른 오락의 하나임을 알았다.

아버지는 방문할 사람이 있어 백모와 한스 두 사람만이 산책을 하기로 했다. 그러나 막 집을 나섰을 때 층계에서 비참한 일이 생겼다. 살이 찌고 거만하게 생긴 부인을 만났는데 백모가 그 여인에게 허리를 굽혀 인사를 했다. 그러자 그 여인은 비상한 말솜씨로 지껄이기 시작했다. 그 이야기는 무려 15분 동안이나 계속되었다. 그동안 한스는 층계 난간에 몸을 기대고 서 있었다. 그 부인이 데리고 온 작은 개가 그를 보고 멍멍 짖기도 하고 그를 향해 으르렁거리기도 했다. 그리고 그 뚱뚱한 부인이 코안경 너머로 몇 번이고 한스를 머리 위에서 발끝까지 훑어보았기 때문에, 그는 어렴풋이 그들이 자기에 대해 이야기하고 있음을 깨달았다.

그러고 나서 거리로 나오자 백모는 급히 상점 안으로 들어갔다. 밖에서 한참을 기다렸는데도 백모는 좀처럼 나오질 않았다. 초조하게 서 있는 동안 한스는 사람들 때문에 이리저리 밀리기도 하고 거리의 부랑아들로부터 놀림을 당하기도 했다. 백모가 상점에서 나오자 한스에게 넓적한 초콜릿을 하나 주었다. 그는 초콜릿이 싫었으나 공손하게 감사하다는 인사를 하고 받았다.

다음 길모퉁이에서 그들은 마차를 탔다. 거기서부터 만원이 된 마차는 쉴 새 없이 방울을 울리면서 여러 군데의 거리를 지나 마침내 가로수가 서 있는 큰길의 공원에 도착했다. 그곳에는 분수가 물을 뿜고 있었으며, 울타리를 친 화단에 꽃이 피어 있었고, 작은 인공 연못에는 금붕어가 헤엄치고 있었다.

한스와 백모는 산책하는 사람들 틈에 끼여 이리저리 거닐었다. 많은 사람들의 얼굴, 우아한 의복, 그들의 여러 가지 차림새, 그리고 자전거, 환자용 이동 의자, 유모차 등이 눈에 띄었고 시끄러운 소리가 들려왔으며, 숨쉬는 공기는 미지근하고 먼지투성이였다. 마침내 그들은 다른 사람들과 나란히 벤치에 자리를 잡았다. 백모는 아까부터 줄곧 이야기를 하면서 한숨을 내쉬고, 한스에게 상냥하게 미소 지으며 초콜릿을 먹으라고 권했다. 그는 먹고 싶지가 않았다.

"너 사양하는구나. 그러지 말고 어서 먹어, 어서!"

그래서 그는 넓적한 초콜릿을 꺼내어 잠시 은종이를 만지작거리다가 조금씩 입에 넣었다. 그러나 그는 아무리 생각해도 초콜릿을 먹고 싶지가 않았다. 그렇다고 그것을 백모에게 말할 용기도 없었다. 그가 초콜릿 한 조각을 씹어 목구멍을 채우고 있는 동안 백모는 거기서 아는 사람을 발견했다.

"여기 앉아 있어. 곧 돌아올 테니."

한스는 안도의 숨을 내쉬며 이 기회를 이용하여 초콜릿을 잔디 위에 던져 버렸다. 그러고는 박자에 맞춰 다리를 흔들면서 많은 사람들을 바라보고 있으려니까 갑자기 서글픈 생각이 들었다. 그러다가 불규칙 동사를 외려고 노력했으나 아무리 기억을 더듬어도 생각이 나지 않았다. 한스는 이러한 자신에 대해 너무도 놀라 그만 얼굴이 파랗게 질리고 말았다.

'내일이 주의 시험 날인데!'

이윽고 백모가 돌아왔다. 백모는 올해 주의 시험에는 118명이 지원했다는 소식을 가지고 왔다. 그러나 단지 36명만이 합격할 수 있다고 했다. 그 말을 듣자 소년은 아주 낙망하여, 돌아오는 길에는 한 마디도 하지 않았다. 집에 돌아오자 한스는 머리가 아프기 시작했다. 아무것도 먹고 싶지 않았으며 몹시 절망하고 있었기 때문에 아버지와 백모는 열심히 그를 격려하고 위로해 주었다.

한스는 밤에 깊은 잠 속에서 무서운 꿈에 시달렸다. 그는 118명의 동료와 함께 시험장에 앉아 있었다. 시험관은 고향의 목사와도 비슷했으며 백모와도 비슷한 것 같았다. 그는 한스 앞에 초콜릿을 산더미같이 쌓아 놓고는 먹으라고 했다. 한스가 울면서 먹고 있는 사이에 다른 아이들은 한 사람씩 일어서서 작은 문으로 나갔다. 모두가 각자 자기 앞에 산더미처럼 쌓인 초콜릿을 다 먹어 버렸는데, 한스의 것만은 점점 더 불어나서 책상과 의자 위까지 넘치고 그를 질식시킬 것만 같았다.

다음날 아침 한스가 시험에 늦지 않기 위해 시계에서 눈을 떼지 않으며 커피를 마시고 있을 때, 고향에서는 많은 사람들이 그를 머리에 떠올리고 있었다. 먼저 구둣방의 플라크는 아침 수프를 들기 전에 하느님께 기도했다. 가족과 직공과 두 사람의 견습공이 식탁에 둘러앉았다. 그는 언제나 하는 아침 기도에 오늘은 다음과 같은 문구를 덧붙였다.

"주여! 오늘 시험을 치르는 한스 기벤라트를 지켜 주시옵고, 그를 축복하고 힘을 북돋아 주시옵소서. 훗날 주의 거룩한 이름을 올바르게 알리고 깨우치는 사람이 되게 하옵소서."

마을 목사는 한스를 위해 기도를 하지는 않았으나 아침밥을 먹으면서 부인에게 이렇게 말했다.

"이제야 기벤라트가 시험을 치는 날이 되었어. 그 애는 언젠가는 뛰어난 인물이 되고 반드시 사람들이 주목할 만한 인물이 될 거야. 그렇게 되면 라틴어를 도와 준 것도 손해 본 일은 아니야."

담임 선생은 수업을 하기 전에 학생들에게 이렇게 말했다.

"이제 슈투트가르트에서는 주의 시험이 시작된다. 우리 모두 한스의 성공을 빌자. 물론 한스에게는 이런 일이 필요 없겠지. 왜냐하면 너희들 같은 게으름뱅이는 열 명을 한데 뭉쳐도 한스를 당하지 못할 테니까."

학생들도 또한 대부분 이곳에 없는 한스를 생각하고 있었다. 더구나 한스의 합격을 놓고 서로 내기를 걸고 있는 많은 아이들은 더욱 그랬다.

진심에서 우러나오는 기원과 깊은 동정은 먼 거리를 손쉽게 뛰어넘어 멀리까지 다다르는 것이기에, 한스에게도 고향에 있는 사람들 모두가 자기를 생각하고 있다는 것이 느껴졌다.

아버지를 따라 시험장에 들어선 한스는 가슴이 두근거리고, 학교 조교의 지시대로 따르는데도 초조하고 두려웠으며, 창백해진 소년들로 가득 찬 커다란 교실을 들여다보니 마치 고문실에 들어서는 범죄자와 같은 느낌도 들었다. 그러나 교수가 들어와서 조용히 하라고 명한 뒤 라틴어 문체 연습의 원문을 쓰게 했을 때, 비로소 한스는 안도의 숨을 내쉬었고 아주 쉽다고 생각했다. 기쁨을 감출 수 없는 마음으로 초고를 쉽게 작성하고 다시 신중하게 깨끗이 정서했다. 그는 최초로 답안지를 낸 사람 중의 하나였다.

그는 백모의 집으로 돌아가는 길을 잘못 들어 무더운 시내 거리를 두 시간 동안이나 헤맸으나, 다시 찾은 마음의 안정은 그다지 흐트러지지 않았다. 도리어 백모나 아버지로부터 잠시나마 떨어져 있는 것이 즐거웠다. 또한 미지의 소란한 주도의 거리를 걷고 있으려니까 마치 무모한 모험가와 같은 기분이 들었다. 온갖 노력으로 길을 묻고 물어서 겨우 집에 들어선 그는 빗발치는 질문 공세를 받았다.

"어떻게 됐니? 어떻더냐? 잘됐니?"

"쉬웠어요."

그는 자랑스럽게 말했다.

"그런 것쯤은 이미 5학년 때 해설할 수 있었던 거예요."

그는 몹시 배가 고팠기 때문에 많은 양의 식사를 했다. 오후에는 할 일이 없었으므로 아버지는 한스를 친척과 친구들한테 데리고 갔다. 그중 한 집에서 검은 옷을 입은 수줍은 소년을 만났다. 그도 마찬가지로 입학 시험을 치르기 위해서 괴팅겐에서 온 것이었다. 한스와 그 소년은 왠지 서먹서먹한 듯하면서도 호기심을 갖고 서로 얼굴을 바라보았다.

"라틴어 문제는 어떻게 생각해? 쉽지! 그렇지 않아?"

한스가 물었다.

"아주 쉬웠어. 그러나 그게 바로 문제야. 쉬운 문제일수록 틀리기 쉽거든. 마음을 놓으니까 거기에 바로 함정이 있었을 거야."

"그럴까?"

"물론이지. 시험관들이 바보는 아니니까."

한스는 잠시 놀라며 깊은 생각에 잠겼다. 그러고 나서 조심스럽게 물었다.

"너 원본 가지고 있니?"

그 소년은 노트를 가지고 왔다. 그들은 함께 문제를 빠짐없이 살펴보았다. 괴팅겐의 소년은 라틴어에 정통한 것처럼 보였다. 그는 한스가 전혀 들어보지도 못했던 문법상의 용어를 두 번이나 사용했다.

"내일은 무슨 과목이지?"

괴팅겐의 소년이 물었다.

"그리스어와 작문이야."

"참, 너희 학교에서는 수험생이 몇 명 왔니?"

"다른 사람은 하나도 없어. 나 혼자야."

"그러니? 우리 괴팅겐에서는 열두 명이나 왔어. 그중에서 매우 영리한 아이가 세 명 있는데, 그 애들 중에 한 명이 일등을 할 거라고 모두들 기대하고 있어. 작년에도 수석이 괴팅겐에서 나왔으니까. 너는 만약에 떨어지면 김나지움(독일의 중등 교육 기관)에 가니?"

한스는 아직 그런 것에 대해서는 전혀 생각해 본 적이 없었다.

"몰라…… 아니, 가지 않을 거 같아."

"그래? 나는 이번에 떨어지면 어디든 상급 학교에 가는데. 떨어지면 어머니가 울름에 보내 준대."

그 말을 들으니 한스에게는 그 애가 우수한 학생같이 생각되었다. 매우 영리한 세 사람을 포함한 열두 명의 괴팅겐 학생도 한스를 불안하게 만들었다. 이렇게 되면 자신은 합격할 것 같지 않았다.

한스는 집으로 돌아와 책상 앞에 앉아 'mi'로 끝나는 동사를 다시 한 번 조사해 보았다. 그는 라틴어에 자신이 있었기 때문에 조금도 불안을 갖지 않았으나, 그리스어에 대해서는 일종의 독특한 기분을 가지고 있었다. 그는 그리스어를 좋아할 뿐 아니라 그것에 열중했으나, 다만 그것은 읽기 위한 것일 뿐이었다. 특히 크세노폰은 아주 아름답고 감동적이었으며 생생하게 씌어져 있었다. 모두가 맑고 깨끗하고 힘 있게 울렸으며, 경쾌하고 자유스러운 정신을 가졌고 또한 이해하기도 쉬웠다. 그러나 문법에서나 독일어를 그리스어로 번역하는 경우에는 서로 다른 규칙과 형식의 미로 속에 빠졌으며, 그리스어의 알파벳조차 읽을 수 없었던 최초의 수업 시간에 겪었던 것과 거의 같은 공포감을 느꼈다.

다음날은 예정된 대로 그리스어와 독일어 작문이 있었다. 그리스어 문제는 매우 길었고 결코 만만치는 않았다. 독일어 작문의 주제는 아주 까다로웠고 자칫 틀리기 쉬웠다. 10시경부터 그 넓은 교실은 찌는 듯이 무더워졌다.

한스는 좋은 펜을 가지고 있지 않았기 때문에 그리스어의 답안을 정서하는 데에 종이를 두 장이나 버렸다. 작문 시험 때는 옆에 앉은 학생이 종이 쪽지에 질문을 써서 한스에게 보내고는 옆구리를 찌르며 답을 강요하는 바람에 몹시 난처했다. 같이 앉은 학생과 이야기하는 것은 금지되어 있었으며, 만일 이를 어기는 사람은 용서 없이 시험에서 제외되는 것이었다. 한스는 공포에 떨면서 그 종이 쪽지에 '방해하지 말라'고 쓰고는 그 아이에게 등을 돌렸다.

날이 몹시 더웠다. 감독 교수는 끈기 있게, 조금도 쉬지 않고 같은 보조로 방 안을 왔다갔다했다. 한스는 견진 때 입었던 두터운 옷을 입고 있었기 때문에 땀이 나고 머리가 아팠다. 마침내 그는 이제 시험은 틀렸다는 기분으로 결함투성이의 답안지를 냈다.

시험을 마치고 집에 돌아온 한스는 식사 때 한마디도 하지 않고, 어떠한 물음에도 어깨를 움츠릴 뿐 죄 지은 사람 같은 얼굴을 하고 있었다. 백모는 이런 한스를 위로해 주었으나, 아버지는 흥분하고 불쾌해했다. 식사 후 아버지는 아들을 옆방으로 데리고 가서 꼬치꼬치 캐물었다.

"어찌 된 일이냐?"

"실패했어요."

"어째서 주의하지 않았니? 침착했어야 하잖아…… 시원찮은 놈!"

한스는 아무 말 없이 잠자코 있다가 아버지가 나무라는 이 말에는 그도 얼굴이 빨개지며 이렇게 말했다.

"아버지는 그리스어 같은 것은 전혀 모르시잖아요?"

한스에게 가장 싫었던 것은 2시에 면접 시험을 치르러 가야만 하는 일이었다. 그는 면접 시험을 가장 두려워하고 있었다. 찌는 듯한 무더운 거리를 걷고 있는 동안 그는 몹시 비참한 기분이 들었다. 고통과 불안과 현기증으로 눈도 제대로 뜰 수가 없을 정도였다.

그는 10분 동안 큰 녹색 책상에 앉아 있는 세 명의 선생과 마주 앉아 두서너 개의 라틴어 문장을 번역한 뒤 제시된 질문에 대답했다. 그러고 나서 10분간 또 다른 세 명의 선생 앞에 앉아서 그리스어를 번역하고 여러 가지 질문을 받았다. 마지막으로 시험관은 그리스어의 불규칙적인 과거형 하나를 질문했다. 그러나 그는 이에 대답하지 못했다.

"가도 좋다. 저 오른쪽 문으로!"

그는 걸어 나가다가 문에서 과거형을 생각해 냈다.

"밖으로 나가요!"

시험관이 소리를 질렀다.

"밖으로 나가요! 어디 불편한 데라도 있나?"

"아닙니다. 그 과거형을 지금 생각해 냈습니다."

그는 방 안을 향해 큰 소리로 과거형을 말했다.

선생들 중 한 명이 웃는 것을 보고 그는 불타는 듯한 머리를 안고 밖으로 뛰쳐나왔다. 그러고 나서 질문과 자기가 한 대답을 생각해 내려고 애썼지만 모두가 뒤죽박죽이었다. 다만 커다란 녹색 책상의 표면과 외출복을 입은 세 사람의 엄숙한 표정과 펼쳐져 있던 책, 그리고 그 위에 놓여진 자기의 떨리던 손, 이런 것들이 되풀이되어 떠오를 뿐이었다.

'아! 내가 어떤 대답을 했을까?'

거리를 걷고 있던 한스는 이곳에 와서 이미 몇 주일이 지나 돌아갈 수 없게 될 것만 같았다. 고향 집 정원과 전나무 숲의 푸른 산, 그리고 냇가의 낚시터 등이 굉장히 멀리 떨어져 있고 아주 오랜 옛날에 본 것 같은 느낌이었다.

'아! 오늘이라도 집으로 돌아갈 수 있었으면…….'

이곳에 더 머물러 있을 필요가 없었다. 시험은 모두 허사가 되고 말았다.

한스는 밀크 빵을 샀다. 그리고 아버지에게 변명해야 하는 일이 싫어 오후 내내 거리를 헤매고 다녔다. 그가 집으로 돌아왔을 때는 모두가 그를 걱정하고 있었다. 아버지와 백모는 그가 피곤하고 애처롭게 보여 달걀 수프를 먹여서 재웠다. 내일은 또 수학과 종교 시험이 있다. 그러고 나면 집에 돌아갈 수 있는 것이다.

다음날 시험은 아주 수월하게 보았다. 어제 중요한 과목에서 실패한 후에 오늘 모든 것이 잘된 것은 너무도 쓰디쓴 아이러니였다. 어쨌든 좋다. 이젠 집으로 돌아갈 수 있으니까!

"시험이 끝났으니 이제 집으로 돌아가도 돼요."

그는 백모의 집에 돌아오자마자 이렇게 말했다. 그러나 아버지는 오늘 하루만 더 있자고 했다. 모두들 칸슈타트에 가서 그곳 온천 공원에서 커피를 마시자고 했다. 그러나 한스가 오늘 안으로 혼자만이라도 집으로 돌아갈 것을 간절히 원했기 때문에 아버지는 아들의 뜻을 허락했다.

역에 도착한 한스는 백모로부터 키스를 받고 먹을 것도 받았다. 표를 가지고 기차에 올라탄 그는 지칠 대로 지쳐 아무런 생각 없이 기차에 흔들리며 푸른 구릉 지대를 지나 집으로 향했다. 검고 푸른 전나무 산이 나타났을 때 비로소 그는 구원받은 것과 같은 기쁨을 느꼈다. 늙은 하녀와 작은 그의 방, 그리고 교장 선생님과 정든 교실과 그 밖의 여러 가지 것들이 즐겁게 기다려졌다. 다행히도 정거장에는 호기심 많은, 아는 사람이 하나도 없었다. 그래서 작은 짐을 든 그는 다른 사람 눈에 띄지 않고 급히 집으로 돌아갈 수 있었다.

"슈투트가르트에서는 좋았어요?"

늙은 하녀 아나 할멈이 물었다.

"좋았냐고? 시험이 좋은 거라고 생각해? 돌아온 것만이 즐거울 뿐이야. 아버지는 내일 오셔."

그는 금방 짠 우유를 한 잔 마신 뒤 창 밖에 걸려 있는 수영 팬츠를 집어들고 뛰어나갔다. 그러나 공동 수영장이 되어 버린 초원으로는 가지 않았다. 시내에서 훨씬 떨어진 마을 변두리 밖으로 갔다.

그곳의 물은 깊고 높이 우거진 숲 사이를 서서히 흐르고 있었다. 그는 옷을 벗고 시원한 물속에 우선 손을, 그리고 발을 어루만지듯이 담갔다. 약간 몸이 떨렸으나 물속으로 뛰어들었다. 약한 물줄기를 거슬러 천천히 헤엄을 치고 있자니, 지난 며칠간의 땀과 불안이 자기 몸으로부터 떨어져 나가는 해방감을 느꼈다. 그의 약한 몸이 흐르는 물속에 잠겨 있는 동안 그의 마음에는 서늘하게 새로운 기쁨이 넘치고, 아름다운 고향을 갖고 있는 것 같았다.

그는 계속해서 헤엄치고 쉬고 또 헤엄쳤다. 상쾌하고 서늘한 기운과 피곤이 그를 엄습해 왔다. 그는 하늘을 보고 누워 하류로 떠내려가면서, 은빛의 원을 그리며 떼지어 가는 저녁 파리들의 붕붕거리는 소리에 귀를 기울였다. 또한 석양녘의 하늘에 조그만 비둘기가 재빠르게 가로지르는 것을 보았다. 벌써 산너머로 기운 태양은 하늘을 분홍빛으로 물들이고 있었다. 그가 다시 옷을 입고 꿈을 꾸는 듯한 기분으로 어슬렁어슬렁 집으로 돌아올 무렵에는 어느덧 골짜기에 땅거미가 지고 있었다.

한스는 돌아오는 길에 상인 자크만의 정원을 지나왔다. 그는 아주 어렸을 때 그곳에서 두서너 명의 아이들과 함께 익지도 않은 살구를 훔친 일이 있었다. 그리고 하얀 전나무 목재들이 여기저기 굴러다니는 목수들의 일터 킬히너 옆을 지났다. 이전에는 그 재목 아래에서 항상 낚싯밥을 할 지렁이를 찾곤 했었다. 그리고 다시 검사관 게슬러의 작은 집을 지났다. 2년 전 한스는 스케이팅을 할 때 그 집 딸 에마와 가까이 지내 보려는 강한 충동을 느꼈었다.

에마는 이 시내의 여학생 중에서 가장 예쁘고 우아했다. 나이도 그와 같았다. 그 무렵 한때 그는 에마와 한번 이야기를 나누든지 악수를 해 봤으면 하고 몹시 열망했었다. 그러나 그것은 결코 실현되지 않았다. 그가 지나치게 수줍어했기 때문이다. 그 후 에마는 기숙학교(양육원)에 들어가 버렸다. 그는 이제 에마의 모습을 거의 기억할 수가 없었다. 그러나 어렸을 때의 그 일이 아주 먼 곳에 있기나 한 것처럼 한스의 머리 속에 다시 떠올랐다. 더욱이 그것은 이제껏 경험한 어떤 것보다도 강한 색채와 이상스럽게도 가슴을 울리는 향기를 품고 있었다.

그 무렵 한스는 저녁때마다 나숄트 집안의 리제와 함께 문간 통로에 앉아서 감자 껍질을 벗기며 여러 가지 이야기를 듣기도 했다. 또한 일요일이면 아침마다 둑 밑에서 바지를 높이 걷어올리고 새우나 고기를 잡느라 일요일의 외출복을 적시곤 하여 아버지한테 매를 얻어맞곤 했다. 또한 그때는 수수께끼 같은 이상한 사건과 사람들이 많았다. 그는 그것들을 오랫동안 완전히 잊고 있었다.

고개가 굽은 구둣방 아저씨 쉬트로마이어 씨. 그가 아내를 독살한 것은 확실하다는 이야기였다. 그리고 엉뚱한 베크 씨. 그는 지팡이와 점심 도시락을 싼 보자기를 들고 주의 관할 구역을 싸돌아다니지만, 예전에는 돈도 많았고 마차 한 대와 말 네 마리를 가지고 있었기 때문에 '씨'라고 불렸다.

한스는 이미 이러한 사람들에 관해서는 이름 이외에는 기억나는 것이 없고, 이 어두컴컴한 작은 골목의 세계는 자기와는 아무런 인연도 없었던 것처럼 느껴졌다. 더욱이 그것은 그에게 어떤 활기를 준다거나 경험할 가치가 있는 것도 아니었다.

그는 다음날도 휴가를 얻었기 때문에 한낮까지 자면서 자유스러운 기분을 즐겼다. 점심때 그는 아버지를 마중 나갔다. 아버지는 아직도 슈투트가르트에서 맛본 여러 가지 즐거움으로 충만하여 행복스러워했다.

"네가 합격하기만 하면, 욕심나는 것은 뭐든지 요구해도 좋아. 잘 생각해 두어라."

아버지는 즐겁게 말했다.

"틀렸어요."

소년은 한숨을 쉬며 말했다.

"틀림없이 떨어질 거예요."

"바보 같은 녀석. 어째서 그런 말을 하니? 아버지가 후회하기 전에 무엇이든 욕심나는 것이 있으면 말해 두는 것이 좋을 게다."

"휴가를 주면 다시 낚시질을 가고 싶어요. 가도 돼요?"

"그럼, 시험에 합격만 한다면."

일요일에는 주먹 같은 소나기가 쏟아졌다. 한스는 몇 시간이고 자기 방에 틀어박혀서 책을 읽거나 생각에 잠기곤 했다. 그리고 다시 한 번 슈투트가르트에서 본 시험 성적을 곰곰이 따져 보았다. 그러나 몇 번이고 절망적인 실망감을 맛보아야 했으며, 훨씬 더 좋은 답안을 작성할 수 있었을 텐데 하고 결론을 지었다.

'이젠 절대로 합격할 가망이 없겠지. 이 부질없는 두통!'

그는 차츰 어떤 불안에 휩싸여서 가슴이 답답해졌다. 마침내는 무거운 근심에 시달리며 아버지에게로 달려갔다.

"아버지!"

"왜 그러니?"

"좀 여쭤 볼 말이 있는데…… 소원하는 일인데, 저 낚시질 그만두고 싶어요. 그보다 더 좋은 일이 있어요."

"뭐? 왜 또 이제 와서 그런 말을 하는 거냐?"

"저 여쭙고 싶었어요. 가도 되는지, 안 되는지……."

"어서 말해 봐. 실없는 소리냐, 좋은 이야기냐?"

"저 혹시 떨어지면 김나지움에 가도 돼요?"

기벤라트 씨는 말문이 막혔다.

"뭐? 김나지움?"

그는 대뜸 고함을 질렀다.

"네가 김나지움에 가? 누가 그런 데 가라고 하던?"

"아무도 아니에요. 그저 그렇게 생각했을 뿐이에요."

단말마의 괴로움을 소년의 얼굴에서 읽을 수가 있었다.

"가라, 가!"

아버지가 성난 얼굴로 말했다.

"당치도 않아. 김나지움이라고! 내가 상업 고문관이라도 되는 걸로 생각하니?"

아버지가 단호하게 거절했기 때문에 한스는 단념을 하고 절망적인 기분으로 밖으로 나갔다.

"빌어먹을 자식!"

아버지는 자식의 뒤에서 나무랐다.

"그게 있을 법한 일이니? 이젠 김나지움에 가겠다고! 바보 같은 놈. 어림도 없는 소리 마!"

한스는 반 시간 동안 창틀에 앉아 깨끗이 닦은 마룻바닥을 바라보면서, 이제 정말 신학교도 김나지움도 학문도 틀리게 되면 어떻게 될 것인가를 생각해 보았다. 아마도 치즈 가게나 사무소에 견습생으로 들어가게 될 것이다. 그리하여 평범하고 보잘것없는 사람이 되어 일생을 끝마치게 되겠지.

그는 그런 사람들을 경멸하고 있었으며, 어떻게 해서든지 그런 사람들보다는 훨씬 뛰어난 사람이 되려고 했었다. 그러나 이제 그는 귀엽고 영리한 학생다운 얼굴은 사라지고 분노와 슬픔에 가득 찬 일그러진 얼굴이 되었다. 그는 미친 듯이 자기 방으로 들어가서는 책상 위에 놓여 있던 라틴어 명문집을 집어들더니 온 힘을 다하여 벽에 내던졌다. 그러고는 집을 나와 빗속을 달려갔다.

월요일 아침에 그는 학교에 갔다.

"어떠냐?"

교장이 손을 내밀며 물었다.

"어제 올 줄 알았는데…… 도대체 시험은 어떻게 됐니?"

한스는 고개를 수그렸다.

"한스! 어떻게 됐어? 실패했니?"

"그런 것 같아요!"

"음. 좀 기다려 보자꾸나!"

교장은 그를 위로해 주었다.

"아마 오늘 중으로 슈투트가르트에서 통지가 올 거야."

오늘 하루는 무섭도록 지루했다. 아무런 소식이 없었다. 점심 시간에도 한스는 가슴속에 치미는 갑갑증 때문에 거의 아무것도 먹지 못했다. 오후 2시에 한스가 교실에 들어서니 담임 선생이 먼저 와 있었다.

"한스 기벤라트!"

한스는 앞으로 나갔다. 선생은 손을 내밀었다.

"축하한다, 기벤라트. 주의 시험에 이등으로 합격했단다."

교실은 아주 조용해졌다. 그때 문이 열리더니 교장이 들어왔다.

"축하한다. 자, 무엇이든지 말해 보아라!"

소년은 의외였고 기쁨에 가득 차 어리둥절했다.

"얘, 무슨 말을 좀 해야지."

"그것만 알았더라면" 그는 무의식중에 이런 말이 튀어나왔다.

"……완전히 일등을 할 수 있었을 텐데."

"자, 빨리 집으로 가 보아라."

교장이 말했다.

"그리고 아버지께 알려 드려라. 이제는 학교에 나오지 않아도 좋다고. 그러잖아도 일주일만 있으면 방학이니까."

소년은 어지러운 기분으로 거리로 나왔다. 보리수와 해가 비치고 있는 시장 터가 눈에 띄었다. 모두가 전과 다름없었으나 더욱더 아름답고 의미 있게 그리고 즐겁게 보였다. 그는 합격한 것이다. 그것도 이등으로! 최초의 기쁨의 격정이 지나고 나자 그의 마음은 뜨거운 감사의 생각으로 가득 찼다.

이제는 목사를 피해 다닐 필요가 없었다. 이제야말로 공부를 할 수 있게 되었다. 치즈 가게나 사무실에 들어가게 되는 것을 두려워할 필요도 없었고, 낚시질을 갈 수도 있었다.

한스가 집에 들어서자 마침 아버지가 현관 문 앞에 서 있었다.

"어떻게 됐니?"

아버지는 간단하게 물었다.

"이제는 학교에 가지 않아도 된대요."

"뭐라고? 도대체 어째서?"

"저는 이제 신학교 학생이니까요."

"그래 되었구나, 합격했구나!"

한스는 고개를 끄덕였다.

"성적은 어땠니?"

"이등이에요."

그것은 늙은 아버지도 전혀 예기치 못했던 일이었다. 아버지는 무는 말을 어떻게 해야 할지 몰라서, 몇 번이나 아들의 어깨를 두드리고 웃으면서 머리를 흔들었다. 그러고는 입을 열었으나 아무 말도 나오지 않고 그저 고개만 끄덕일 뿐이었다.

"장하구나!"

비로소 그는 외쳤다. 그리고 또 한 번 "장한 일이야!" 하며 아주 기뻐했다.

한스는 집 안으로 뛰어 들어가 계단을 올라 다락방으로 갔다. 아무도 살고 있지 않는 다락방의 벽장 안을 뒤져 여러 개의 상자와 노끈 다발과 코르크를 끄집어냈다. 그것은 그의 낚시 도구였다. 지금 한스는 무엇보다도 먼저 좋은 낚싯대를 잘라 와야 했다. 그는 아버지한테로 갔다.

"아버지, 칼 좀 빌려 주세요."

"무엇에 쓰게?"

"낚싯대를 잘라 와야 해요. 고기 낚을……."

아버지는 호주머니에 손을 넣었다.

"자!"

아버지는 웃음 띤 얼굴로 호탕하게 말했다.

"2마르크다. 이제 너도 네 칼을 사는 게 좋겠다. 그런데 한프리트네 집으로 가지 말고 건너편 대장간으로 가거라."

그는 곧 대장간으로 달려갔다. 대장간 주인은 시험에 대해 물었다. 그리고 기쁜 소식을 듣고는 특별히 좋은 칼을 골라 주었다.

하류의 브뤼엘 다리 아래에는 아름답고 산뜻한 오리나무와 개암

나무가 무성하게 서 있었다. 한스는 그곳에서 오랫동안 고른 끝에 세차고 탄력이 있는 좋은 가지를 골라 급히 집으로 돌아왔다. 빨갛게 상기된 얼굴로 눈을 반짝이며 그는 낚시 준비를 시작했다. 그것은 그에게 낚시질 그 자체에 못지않은 즐거운 일이었다.

그는 하루 종일 어두워질 때까지 그 일에 열중했다. 하얀색, 갈색, 녹색의 실을 골라 정성스럽게 그것을 잇고, 묶은 매듭과 헝클어져 있는 것을 풀었다. 여러 가지 모양과 크기의 코르크와 찌를 검사하고 또 새로 깎고, 각기 다른 무게의 조그만 납덩이를 둥글게 만들고 한쪽을 베어서 실 무게를 달기도 했다. 그 다음에는 낚싯바늘—간직해 둔 것이 아직 조금 남아 있었다.—을 나누어 일부는 네 겹의 검정 바느질 실과 현악기의 장선(腸線)에, 나머지는 잘 꼰 말 털에 야무지게 잡아맸다.

이 일은 밤이 이슥해서야 완전히 끝이 났다. 한스는 이것으로써 7주 동안의 긴 휴가를 지루하게 지낼 걱정은 없었다. 그는 낚싯대만 있으면 매일 아침부터 밤까지 혼자 냇가에서 지낼 수가 있었기 때문이다.

푸른 전나무 숲의 여름

여름 방학은 이래야 된다. 산 위에는 용담꽃처럼 푸른 하늘이 있었다. 햇볕이 내리쬐는 무더운 날이 몇 주일 동안이나 계속되었다. 다만 때때로 세찬 짧은 소나기가 잠깐 동안 내릴 뿐이었다. 냇물은 사암과 전나무 그늘 그리고 좁은 골짜기 사이를 흘렀는데, 물이 따뜻해졌기 때문에 저녁 늦게까지 멱을 감을 수 있었다. 작은 시내 주변에는 마른풀과 베어 놓은 풀 냄새가 감돌았다.

좁고 긴 보리밭은 누렇게 금빛을 띤 갈색으로 변해 있었고, 여기저기 시냇가에는 흰 꽃이 피어 있는, 당근 같은 풀이 사람 키만큼이나 높이 자라 있었다. 그 꽃은 우산 모양으로 생겼으며, 거기에는 조그마한 딱정벌레가 잔뜩 붙어 있었다. 그것의 가운데 마디를 자르면 크고 작은 피리가 되었다.

수풀가에는 털이 있고 노란 꽃이 피는 현삼(玄蔘)이 기다랗게 열을 지어 늘어서 있었다. 또한 부처꽃과 철쭉꽃이 매끈한 줄기 위에서 흔들리며 골짜기 비탈을 온통 자홍색으로 물들이고 있었다. 전나무 아래에는 야릇하게 생긴 디기탈리스가 우뚝 솟아 유달리 아름답고 곧게 자라고 있었다. 그 뿌리에서 생긴 잎은 은빛의 털이 있고 폭이 넓고 줄기가 세차며, 긴 줄기 위에 술잔처럼 엎혀 핀 꽃은 위쪽으로 나란히 늘어서 있고 아름다운 분홍색이었다. 그 옆에는 여러 종류의 버섯이 자라고 있었다. 윤이 나는 붉은파리잡이버섯, 두텁고 폭이 넓은 우산버섯, 붉은 가지가 많은 싸리버섯 등이 있었고 이상하게 생긴 찔레꽃도 있었다.

그리고 기이하게도 빛깔이 없고 병적으로 퉁퉁한 석장초가 있었고, 숲과 풀밭 사이의 잡초가 우거진 경계에는 금작화가 진황색으로 빛나고 있었다. 또 가늘고 긴 연자색의 철쭉꽃과 초원이 있었다. 거기에는 벌써 두 번째의 풀베기를 앞두고 개구리자리, 세너, 샐비어, 송충초 등이 다채롭게 우거져 있었다. 활엽수림 속에서는 방울새가 쉬지 않고 지저귀고, 전나무 숲에서는 밤색 다람쥐가 나뭇가지 사이를 뛰어다니고 있었다. 길바닥과 벽 주위 그리고 메마른 고랑에는 초록색 도마뱀이 따뜻해서 기분이 좋은 듯 숨을 쉬면서 몸뚱이를 반짝이고 있었다. 풀밭을 넘어서 아주 멀리까지 그칠 줄 모르는 매미의 드높은 소리가 울려 퍼졌다. 시내는 이맘때가 되면 농촌다운 인상을 짙게 풍겼다. 건초차(乾草車)와 마른풀 냄새와 가마솥을 치는 망치 소리로 거리가 가득 찼다. 두 개의 공장만 없었더라면 아주 시골 한구석 같은 느낌이 들었을 것이다.

휴가 첫날 아침, 아나 할멈보다 일찍 일어난 한스는 참을 수가 없어서 부엌에 서서 커피가 끓기를 기다렸다. 그는 불 피우는 일을 도와 주고, 쟁반에서 빵을 가져와 신선한 우유로 식힌 커피를 재빨리 마시고는 빵을 호주머니에 집어넣고 밖으로 뛰어나갔다. 그리고 철도 댐에 멈춰 서서 바지 호주머니 속에서 둥글고 얇은 양철로 만든 깡통을 꺼내 부지런히 메뚜기를 잡기 시작했다.

기차가 지나갔다. 그러나 빨리 달리지는 않았다. 그곳은 선로가 급경사를 이루고 있었으므로 아주 느리게 달렸다. 기차는 창이 활짝 열려 있었고, 많지 않은 승객을 태우고서 증기와 연기를 한가로이 길게 내뿜으며 달려갔다. 한스는 하얀 연기가 소용돌이치고는 곧 이른 아침의 맑게 개인 하늘로 사라지는 것을 물끄러미 바라보았다. 그는 얼마나 오랫동안 이런 것들을 보지 못하고 지냈던가! 그는 크게 심호흡을 했다. 잃어버렸던 아름다운 시간을 지금 갑절로 회상하며 아무런 거리낌도, 불안도 없이 다시 한 번 어린 소년 시절로 돌아가려고 하는 것처럼…….

메뚜기를 담은 깡통과 새 낚싯대를 들고서 다리를 건너 야채 밭을 지난 뒤 물이 가장 깊은 웅덩이로 걸어가는 동안, 한스의 가슴은 알 수 없는 환희와 낚시질의 즐거움으로 두근거렸다. 그곳은 버드나무로 가려져서 다른 어느 곳보다도 방해받지 않고 편하게 낚시질을 할 수 있는 곳이었다.

그는 실을 풀어 작은 납덩어리를 달고, 살진 메뚜기를 무자비하게 바늘 끝에 꽂아서 힘차게 물 한가운데로 던졌다. 오래전부터 몸에 밴 놀이가 다시 시작되었다. 낚싯밥에 조그마한 붕어들이 많이 몰려들어 미끼를 떼어 먹으려고 했다. 미끼는 곧 먹혀 버렸다. 두 번째 메뚜기를 꿰었다. 그리고 또 하나, 계속해서 네 번째, 다섯 번째의 낚싯밥을 정성 들여 차례로 낚시 끝에 꿰었다.

마침내 또 하나의 납덩어리를 실에 달아서 무겁게 했다. 잠시 후 제법 큰 고기가 미끼를 건드렸다. 그 고기는 살짝 미끼를 끌어당기고는 다시 놓고, 다시 한 번 건드리고는 물어 버렸다. 익숙한 낚시꾼이라면 낚싯대를 통해 무엇이 걸렸는지 느낄 수 있는 법이다. 한스는 일부러 한 번 획 잡아채고는 조심조심 끌어당기기 시작했다. 뜻밖에도 고기가 물려 있었다.

물고기가 모습을 드러냈다. 담황색으로 빛나는, 폭이 넓은 몸뚱이와 삼각형의 머리, 그리고 유별나게 아름다운 살빛 지느러미를 보면 쥐노래미가 틀림없었다. 무게가 얼마나 될까? 그러나 미처 재 볼 틈도 없이 그 고기는 세차게 펄쩍 뛰어올라 필사적으로 팔딱거리며 수면을 헤엄쳐 도망가 버렸다. 한스는 그 고기가 물속에서 서너 번 돌고 나서 은빛의 섬광과 같이 물속 깊이 사라져 가는 것을 보았다. 그 후 고기는 잘 물리지 않았다.

낚시꾼은 고기를 낚는 흥분으로 더욱더 정신이 집중되었다. 그의 시선은 진득이 물에 젖어 있는 가느다란 갈색 실에 날카롭게 쏠렸다. 그의 볼은 빨갛게 달아올랐고, 동작은 긴장되어 민첩하고 정확했다. 드디어 두 번째 쥐노래미가 물렸다. 그는 조심스럽게 끌어당겼다. 그러나 그것은 쥐노래미가 아니라 자그마한 잉어였다. 그는 아주 섭섭했다.

그리고 계속해서 모래무지 세 마리를 잡았다. 이 고기는 아버지가 즐기는 것이어서 한스는 무척이나 기뻤다. 이놈의 길이는 거의 손바닥만했으며, 비늘이 작고 몸뚱이가 기름져 있었다. 두터운 머리에는 이상스럽게 생긴 하얀 수염이 있고 눈은 작고 하반신은 쪽 곧게 생겼다. 빛깔은 녹색과 갈색의 중간색으로, 땅에 올려놓으니까 등갈색이 되었다.

그러는 동안 태양이 높이 솟아올랐으며 위쪽 둑의 물거품은 하얗게 빛나고, 물위에는 따뜻한 산들바람이 물결치고 있었다. 그리고 물크베르크 위에는 손바닥 크기 만한 눈부신 조각 구름이 두서넛 둥실둥실 떠 있었다. 날은 무더워졌다. 푸른 하늘 한가운데 가만히 떠 있는, 빛을 담뿍 머금고 있는 조용하고 자그만 구름 조각만큼이나 맑게 개인 한여름 날의 따가움을 잘 나타내 주는 것은 없다. 그런 구름이 없다면 얼마만큼 더운지 알아차리지 못하는 일이 많을 것이다. 푸른 하늘이나 번쩍번쩍 빛나는 수면이 아닌, 둥글게 뭉친 하얀 대낮의 구름을 보면 갑자기 태양의 찌는 듯한 뜨거움을 느낀다. 그래서 그늘을 찾아 땀으로 젖은 이마를 손으로 가리는 것이다.

한스는 차츰 낚싯줄에 주의를 기울이지 않게 되었다. 그는 약간 피곤함을 느꼈다. 그리고 한낮이 되면 거의 고기가 낚이지 않는 것이 통례였다. 고기 중에서는 은빛쥐노래미가 가장 나이가 많은데, 큰 놈이라도 한낮에는 햇볕을 쬐기 위해 수면 위로 떠오른다. 그놈들은 크고 까만 줄을 지으며 꿈을 꾸는 듯 수면에 닿을락 말락 스쳐서 위쪽을 향해 헤엄쳐 간다. 그러고는 때때로 이렇다 할 이유도 없이 갑자기 놀라는 것이다. 이 시각에는 은빛쥐노래미가 낚시에 잘 걸리지 않는다.

한스는 버드나무 가지 너머로 실을 물속에 드리운 채 땅바닥에 주저앉아 녹색의 푸른 강을 쳐다보았다. 서서히 고기가 위로 떠올랐다. 검은 등이 차례차례 수면에 나타났다. 따뜻함에 끌려서 넋 나간 듯 천천히 헤엄쳐 나가는 조용한 고기 떼, 물이 따뜻해서 기분이 좋은 것임에 틀림없었다. 한스는 운동화를 벗어 던지고 물속으로 들어가 고기를 잡았다. 물 표면은 아주 따뜻했다. 그는 낚아 올린 고기를 바라보았다. 고기는 커다란 대야 속에서 가만히 떠 있었으며 이따금 가볍게 파닥거릴 뿐이었다. 얼마나 아름다운 물고기인가! 움직일 때마다 흰색, 갈색, 녹색, 은색, 윤이 나지 않는 황금색, 청색 외에도 여러 빛깔이 비늘과 지느러미에서 번쩍였다.

주위는 아주 조용했다. 다리를 건너가는 마차 소리마저 들리지 않았고, 뗏목 기둥에 물이 닿아서 빙빙 도는 낮은 소리만이 들렸다. 물레방아의 덜거덕거리는 소리도 여기서는 아주 멀리 들릴 뿐이었다. 그리고 하얗게 거품이 이는, 둑의 조용하고 그침 없는 소리만이 평화롭고 서늘한 졸음을 가져다주는 듯 울려왔다. 그리스어도, 라틴어도, 문법도, 문체론도, 산술도, 암기도, 그리고 오랫동안 안정을 잃고 갈팡질팡하던 일년 동안의 고통스럽던 불안도 빠짐없이 온통 졸음이 오는 이 무더운 시간 속에 고요히 사라져 버렸다. 한스는 두통이 약간 일어났으나 다른 때보다는 그다지 심하지 않았다. 이제는 옛날과 같이 냇가에 앉아 있을 수 있는 것이다.

그는 둑에서 물거품이 부서지는 것을 보다가 낚싯줄이 있는 쪽으로 눈을 가늘게 뜨며 시선을 옮겼다. 옆에 있는 대야 속에서는 낚아 올린 고기들이 헤엄치고 있었다. 뭐라고 형언할 수 없는 기쁨이 몸 속을 감돌았다. 이따금 느닷없이 '주의 시험에 합격했어. 그리고 이등이야.'라는 생각이 머리에 떠오르곤 했다. 그는 맨발로 물을 철썩거리며 양손을 바지 호주머니 속에 집어넣고 휘파람을 불었다. 그는 사실 휘파람을 잘 불지 못해 오래전부터 학교 친구들에게 몹시 놀림을 받았다. 그는 이 사이로 약간 소리를 낼 수 있을 뿐이었으나, 다른 사람에게 들려주는 것이 아니었으므로 그 정도면 충분했다. 더욱이 지금은 듣는 사람이라곤 아무도 없다.

다른 아이들은 지금 교실에서 지리 수업을 받고 있다. 그 혼자만이 쉬면서 한가로이 지낼 수 있다. 그는 모든 아이들을 앞질렀고 지금 다른 아이들은 그의 아래에 있는 것이다. 그는 아우구스트 외에는 친구도 없었고, 그들의 씨름이나 장난에는 별로 흥미도 없었기 때문에 모든 아이들에게 몹시 놀림을 받았었다. 그런데 지금은 멍청한 아이들이나 모자란 아이들이 그를 부러워하고 있지 않은가!

한스는 그들을 매우 경멸하며 입을 비쭉거리느라 잠시 휘파람 부는 것을 중단했다. 그러고 나서 낚싯줄을 감아 올려 보니 미끼가 아주 없어져 버렸다. 그는 웃지 않을 수 없었다. 깡통에 남아 있던 파란 메뚜기를 놓아주었더니 메뚜기는 비틀대면서 얕은 풀 속으로 기어들어 갔다. 옆에 있는 피혁 공장에서는 벌써 정오의 휴식을 즐기고 있었다. 점심을 먹으러 돌아갈 시간이었다.

한스는 점심을 먹는 동안 거의 말을 하지 않았다.

"얼마나 잡았니?"

아버지가 물었다.

"다섯 마리요."

"응, 그래? 어미 고기는 잡지 않도록 주의해라. 그렇지 않으면 나중에는 어린 놈이 없어질 테니까."

이야기는 더 이상 계속되지 않았다. 날이 몹시 더웠다. 식후에 바로 목욕을 하지 못하는 것이 무척 유감이었다. 도대체 왜 그럴까? 나쁠 게 뭐가 있단 말인가! 한스는 금기하는 일임에도 여러 차례 식사 후에 몰래 목욕을 한 일이 있다. 그러나 이제는 결코 그런 짓은 하지 않는다. 그런 짓을 하기에는 너무 나이가 들었다. 더욱이 놀라운 것은 시험 때 '자네'라고 불렸던 사실이다.

그래서 그는 뜰의 전나무 밑에서 한 시간 동안 누워서 보내는 것도 나쁘지 않다고 생각했다. 그늘은 충분히 있었다. 책을 읽을 수도 있거니와 나비를 바라볼 수도 있었다. 그래서 그곳에서 2시까지 누워 있다가 하마터면 잠들어 버릴 뻔했다.

"자, 이제는 수영이다."

수영장 풀밭에는 서너 명의 어린아이들만이 있을 뿐이었다. 큰 아이들은 모두 학교에 가 있었기 때문에 한스는 그것을 마음속으로 기뻐했다. 그는 천천히 옷을 벗고 물속으로 들어갔다. 그는 더운 것과

찬 것을 번갈아 즐길 줄을 알았다. 잠시 헤엄치고는 물속으로 들어가 물을 뒤집기도 하고, 냇가에서 배를 내놓고 드러눕기도 했다. 그리고 이내 마른 피부에 태양 빛이 타오르는 것을 느꼈다.

어린 소년들이 존경하는 마음으로 그의 주위에 모여들었다. 그는 유명한 인물이 된 것이다. 실제로 그는 다른 아이들과는 아주 판이한 모습을 하고 있었다. 햇볕에 그을린 가느다란 목 위에 화사한 머리가 맵시 있고 품위 있게 놓여 있었다. 얼굴은 지적이었고 눈은 빛났으나 다른 부분은 몹시 야위었다. 손발은 가늘고 약했으며 가슴과 등에서는 늑골을 셀 수 있을 정도였다. 넓적다리는 거의 없는 거나 다름없었다.

오후 내내 그는 거의 햇볕과 물 사이를 뛰어다녔다. 4시가 지나서 그의 반 학생들 대부분이 떠들면서 급히 달려왔다.

"야, 기벤라트! 재미있게 노는구나!"

한스는 기분 좋게 몸을 쭉 폈다.

"응. 나쁘지 않은데."

"신학교에는 언제 가니?"

"9월에. 지금은 휴가야."

모든 아이들이 그를 부러워했다. 그런데 뒤편에서 누군가가 큰 소리로 욕을 하고 이런 노래를 불렀다.

슐체 집안의 리자벨과
똑같은 팔자가 되고 싶은걸!

그 애는 대낮에도 침대에 자빠져 있네.

나는 그렇게 되지 않는걸!

그러나 한스는 전혀 아무렇지도 않았다. 그는 그냥 웃고 있을 뿐이었다.

그동안 소년들은 옷을 벗었다. 한 아이가 단숨에 물속으로 뛰어들었다. 다른 아이들은 조심스럽게 몸을 축였다. 그러기 전에 잠시 동안 풀 속에 눕는 아이도 있었다.

잠수를 잘하는 아이는 종종 칭찬을 받았다. 겁 많은 아이가 누군가에게 물속으로 떠밀리자 사람 죽인다고 외쳤다. 아이들은 서로 쫓고 달리고 헤엄치고, 냇가에서 몸을 말리고 있는 아이에게 물을 끼얹으며 놀았다. 주위는 물을 철벅거리는 소리와 떠드는 소리로 몹시 소란스러웠다. 강은 온통 하얀 육체, 작은 육체, 광채가 나는 육체로 번쩍였다.

한 시간이 지난 후에 한스는 돌아왔다. 따뜻한 석양이 되면 고기가 다시 물리는 것이었다. 저녁때까지 그는 다리 위에서 낚시질을 계속했으나 전혀 물리질 않았다. 고기들은 미끼를 먹고 싶은 듯 낚시 주위로 몰려들었다. 그러나 매번 미끼만 빼먹을 뿐 한 마리도 걸리지 않았다. 낚시 끝에는 버찌가 달려 있었는데 지나치게 크고 너무 연했다. 그는 나중에 다시 한 번 시험해 보려고 마음먹었다.

저녁때 집으로 돌아온 한스는 많은 친지들이 축하를 하러 왔었다는 이야기를 들었다. 그러고 나서 그는 주보(週報)를 보았는데 거기에는 '공보(公報)'라는 제목 아래 다음과 같이 적혀 있었다.

우리 시에서는 이번 초급 신학교의 입학 시험에 단 한 명의 후보자로 한스 기벤라트를 보냈다. 그런데 방금 그가 이등으로 합격했다는 영광스런 소식을 받았다.

그는 주보를 접어서 호주머니에 집어넣고 아무 말도 하지 않았으나 내심 긍지와 환희로 가슴이 터지는 듯했다. 그는 다시 낚시질을 하러 갔다. 이번에는 고기밥으로 치즈를 한 조각 가지고 갔다. 치즈는 고기가 좋아하는 것으로 어둑어둑해져도 고기에게 잘 보이는 것이었다.

한스는 낚싯대를 놓아두고 아주 단출한 낚시 도구만을 가지고 나섰다. 그것은 그가 가장 즐기는 고기잡이였다. 낚싯대도 낚시찌도 없이 실만 손에 쥐고 낚기 때문에 실과 바늘만이 낚시 도구가 되었다. 다소 힘은 들었지만 훨씬 재미있었다. 고기밥이 조금만 움직여도 마음대로 할 수 있었고, 고기가 슬쩍 건드리거나 물 때에도 감촉을 느낄 수 있었다. 슬쩍 움직이는 실을 통해 마치 고기를 눈앞에서 빤히 보는 것처럼 들여다볼 수 있었다. 물론 이런 방법에는 숙련이 필요하며, 손가락은 예민하고 마치 탐정처럼 주의를 기울이고 있어야만 한다.

좁고 깊숙이 들어간 꾸불텅한 골짜기에는 황혼이 일찍 찾아들었다. 다리 아래 물은 까맣고 은은했으며 아래쪽 방앗간에는 벌써 불이 켜져 있었다. 지껄이는 소리와 노랫소리가 다리와 길 위로 흘렀다. 바람은 약간 무더웠다. 냇물에서는 새까만 고기가 끊임없이 공중으로 펄쩍 뛰어올랐다. 이런 밤에는 이상스럽게도 고기들이 흥분하여 지그재그로 쉿쉿 달리고 공중으로 뛰어오르고 낚싯줄에 부딪히면서 정신없이 미끼에 달려들었다. 한스는 치즈 조각이 없어질 때까지 자그마한 잉어 네 마리를 낚아 올렸다. 그것을 내일 마을의 목사에게 가져가기로 마음먹었다.

미적지근한 바람이 강 아래로 불었다. 많이 어두워졌으나 하늘은 아직 밝았다. 어두워지는 시가지에서 교회 탑과 성의 지붕만이 검게 밝은 하늘에 우뚝 솟아 있었다. 어딘지 아주 먼 곳에서 소나기가 내리는 듯했다. 이따금 아주 멀리서 조용한 천둥 소리가 들렸다.

한스가 10시에 잠자리에 들었을 때에는 이미 머리와 팔다리가 알맞게 피로하여 오랫동안 맛보지 못했던 졸음에 빠져들고 말았다. 한동안 계속되는 아름답고 자유로운 여름날, 한가로이 수영하고 고기를 낚고 몽상하면서 지내는 나날이 마음을 안정시키고 유혹하듯이 그를 기다리고 있었다. 오직 하나, 일등을 하지 못한 것이 분하고 안타까웠다.

아침 일찍 한스는 마을의 목사 댁 문 앞에 서서 낚아 온 고기를 내밀었다. 목사가 서재에서 나왔다.

"오오, 한스 기벤라트냐! 잘 있었니? 축하한다, 진심으로 축하해. 거기 가지고 있는 건 뭐니?"

"고기예요. 몇 마리 되지 않는데, 어제 제가 낚은 거예요."

"그래? 어디 한번 보자. 정말 고맙다. 자, 들어오너라."

한스는 마음에 드는 서재로 들어갔다. 그곳은 목사의 방 같지가 않았다. 꽃 냄새도, 담배 냄새도 나지 않았다. 굉장히 많은 장서는 어느 것이나 모두 새것이었고, 깨끗이 색칠되어 윤이 나는 금박 글씨가 박혀 있었다. 이것은 흔히 목사의 장서에서 볼 수 있는 낡고 헐어서 좀먹은, 구멍투성이의 곰팡이가 난 그런 책이 아니었다. 잘 살펴본 사람이라면, 정리된 장서의 책 제목에서 새로운 정신 — 사멸해 가는 시대의 고전적인, 존경할 만한 사람들 속에서 살고 있는 것과는 다른 정신 — 을 찾아낼 수 있었다.

벵겔이라든지 외팅거라든지 쉬타인호퍼라든지 목사의 장서 가운데 자랑이 되는 황금 표지의 서책 중에는 뫼리케에 의하여,「투름하안」가운데에서 아름답게 노래 불리는 믿음 깊은 노래의 작자의 작품은 전혀 꽂혀 있지 않았다. 또한 그것은 많은 현대 작가의 작품 속에서 자취를 감추고 있었다.

잡지철이나 테이블, 그리고 종이가 흩어져 있는 커다란 책상 등 모든 게 학자의 것과 같고 엄숙하게 보였다. 여기에서는 목사가 열심히 공부를 하고 있다는 인상을 받았다. 실제로도 그는 열심히 공부를 하고 있었다. 물론 설교나 문답 교시나 성서 강의 등을 위한 것이기보다는, 학술 잡지를 위한 연구나 논문 또는 자기의 저서를 위한 예비적인 연구가 주였다.

몽상적인 신비주의나 예감적인 명상은 이곳에서 추방당해 있었다. 과학의 심연을 넘어서 사랑과 동정을 가지고 메마른 민중의 마음을 맞아들이는 소박한 심정의 신학도 물론 없었다. 그 대신 이곳에서는 성서의 비판이 열심히 이루어져 '역사상의 그리스도'가 추구되었다. 신학에서도 이와 다를 바가 없었다. 예술이라 해도 좋을 신학이 있으며, 일면 과학인 신학도 있고, 적어도 그러기 위해 노력하는 신학도 있다. 그것은 예나 지금이나 마찬가지이다. 그리하여 과학적인 사람은 새 가죽 주머니 때문에 예술을 잊어버렸고, 예술적인 사람은 표면적인 오류를 거리낌 없이 고수하면서 많은 사람들에게 위안과 기쁨을 주었던 것이다.

그것은 예로부터의 비판과 창조, 과학과 예술, 이 양자 간의 승산 없는 투쟁이었다. 이 투쟁에서는 항상 전자가 정당했으나 그것은 아무에게도 소용이 없었다. 그러나 이에 반해 후자는 끊임없이 신앙과 사랑과 위안과 아름다움과 불멸의 씨를 뿌려 언제나 좋은 지반을 발견하는 것이었다. 삶은 죽음보다도 강하고 신앙은 의문보다도 강하기 때문이다.

처음으로 한스는 높은 책상과 창문 사이에 있는 기다란 작은 가죽 의자에 앉았다. 목사는 매우 친절했다. 마치 동년배를 대하는 것처럼 신학교에 관해서, 그리고 그곳에서 어떻게 생활하고 공부하는지에 관해서 이야기해 주었다.

"신학교에서 네가 맨 처음으로 부딪히게 될 새로운 것 중에서 가장 중요한 것은……" 하며 목사가 말을 시작했다.

"신약 성서의 그리스어에 들어가는 것이지. 그것을 지나야만 새로운 세계가 열리는 거야. 그것은 공부도 많이 해야 되지만 기쁨 또한 클 거란다. 처음에는 그 언어가 힘들 거야. 그것은 우아한 그리스어가 아니고 새로운 정신으로 만들어진 새로운 특수한 어법이지."

한스는 긴장하며 듣고 있었으나, 자신감을 가지고 진실한 학문에 가까워지는 것을 느꼈다.

"이 새로운 세계에서 틀에 박힌 교육을 받기 때문에…… 물론 이 새로운 세계의 매력도 어느 정도는 상실될 거야." 하며 목사는 말을 계속했다.

"다음으로는 아마도 헤브라이어에 전력을 기울이지 않으면 안 될 거야. 만일 너한테 그럴 마음만 있다면, 이 휴가 중에 조금만이라도 시작해 두면 좋을 거야. 그러면 신학교에 가서 다른 일에 시간과 힘의 여유가 좀더 생길 수 있을 테니까 말이야. 누가복음을 두세 장 읽어 두면 말은 자연히 쉽게 외울 수 있을 거야. 사전은 내가 빌려 줄 테니 매일 한두 시간씩 조금씩만 해보는 거야. 물론 그 이상은 안 돼. 너는 지금 무엇보다도 먼저 휴식을 취해야 하니까. 하지만 이건 하나의 의견에 지나지 않는 거란다. 내가 너의 즐거운 휴가 기분을 망치고 싶지는 않으니까."

한스는 물론 동의했다. 누가복음 강의는 자유의 즐거운 푸른 하늘에 나타난 가벼운 구름처럼 생각되었으나, 그는 그것을 거절하는 것이 부끄럽게 느껴졌다. 더욱이 휴가 중에 새로운 언어를 배우는 것은 공부라기보다는 확실히 재미있는 일이다. 그렇지 않아도 그는 신학교에서 배우게 될 많은 새로운 것에 대해서, 특히 헤브라이어에 대해서 은근히 겁을 먹고 있었다.

그는 싫지 않은 기분으로 목사 집에서 나와 낙엽송의 길을 따라 숲 속으로 들어갔다. 조그마한 불만은 이미 사라져 버렸다. 목사의 제안을 곰곰이 생각하면 할수록 즐거운 일로 여겨졌다. 왜냐하면 신학교에서도 동료들보다 뛰어나려면, 야심을 갖고 공부에 힘써야만 한다는 것을 알고 있었기 때문이다. 그래서 그는 단연코 동료들을 제압하고 싶었다. 도대체 무엇 때문인지 그것은 그 자신도 알 수 없었다. 3년 동안 그는 모든 사람들의 주목의 대상이 되어 선생들, 목사, 아버지뿐만 아니라 교장까지 그를 격려했고 숨 쉴 새도 없이 공부를 시켜 왔던 것이다. 매년 계속해서 그는 타의 추종을 불허하는 일등이었다. 차츰 그는 자기한테서 수석 자리를 빼앗고 어깨를 겨루는 자를 허용하지 않는다는 것을 자랑으로 삼게 되었다. 어리석은 걱정 같은 것도 이미 그에게는 지나간 과거사가 되었다.

물론 휴가라는 것은 가장 즐거운 일이었다. 자기 외에는 산책하는 사람이 없는 아침 숲은 유난히 더 아름다웠다. 전나무가 기둥처럼 줄지어 서서 끝없이 넓은 장소에 청록색의 둥근 지붕을 이루고 있었다. 작은 잡목은 거의 없었다. 단지 여기저기에 굵은 딸기나무가 무성할 뿐이었다. 그 대신 키 작은 산앵두나무와 석남화 풀이 자라고 있는, 사방 수십 리나 되는 부드러운 모피 같은 이끼 지대가 널리 펼쳐져 있었다.

이슬은 벌써 말라 버렸다. 곧은 나무 기둥 사이로 아침 숲의 독특한 무더움이 감돌고 있었다. 그것은 태양의 열과 이슬의 증발과 이끼의 향기, 그리고 나무진, 전나무 잎사귀, 버섯 등의 냄새가 뒤엉킨

것으로, 가볍게 마취되는 듯 살며시 오관에 스며들었다.

한스는 이끼 위에 드러누워 빽빽이 달려 있는 검은 딸기를 따 먹었다. 이곳저곳에서 딱따구리가 나무를 쪼았고, 질투하는 소쩍새의 울음소리가 들렸다. 검은빛이 도는 전나무 가지 사이로 티끌 한 점 없는 검푸른 하늘이 보였다. 멀리 가득하게 늘어선 수천 그루의 곧은 나무 기둥이 엄숙한 갈색의 벽을 이루고 있었다. 여기저기에 나무 틈으로 새어 비치는 햇빛이 이끼 위에 따스하게 점점이 진한 광선을 던지고 있었다.

한스는 적어도 첼러 호프나 크로쿠스 초원까지 긴 산책을 할 작정이었다. 그러나 그는 지금 이끼 위에 누워 산앵두를 먹으면서 피곤하고 의외로운 기분에 잠겨 주위를 바라보았다. 이처럼 피곤한 것이 그 자신에게도 이상스럽게 느껴졌다. 전에는 세 시간이나 네 시간쯤 걸어도 아무렇지도 않았다. 그는 기운을 내어 상당한 거리를 걸어 보려고 결심했다. 그리하여 수백 보를 걸었으나 어느새 자신도 모르게 이끼 위에 드러누워 버렸다. 그는 드러누운 채 눈을 가늘게 뜨고 나무줄기와 가지와 녹색의 지면을 망연히 바라보았다. 이 공기가 어찌나 무겁고 피곤한지!

정오 무렵 집으로 돌아온 한스는 또 두통이 났다. 눈도 아팠다. 숲의 비탈길에서는 태양이 견딜 수 없이 눈부셨다. 오후에 서너 시간을 불유쾌한 기분으로 집에서 서성거리며 보내다가 목욕을 하고 나니 잠시 기운을 차릴 수 있었다. 그런데 벌써 목사 집에 갈 시간이었다. 가는 도중 그는 구둣방 플라크 아저씨에게 붙들렸다. 작업장 창가의 삼각 의자에 앉아 있던 플라크 아저씨가 한스를 불러들였다.

"어디 가니? 도무지 볼 수가 없구나."

"지금 목사님한테 가야 돼요."

"또? 시험은 끝나지 않았니."

"예. 이번에는 다른 일이에요. 신약 성서예요. 말하자면 신약 성서는 그리스어로 씌어 있기는 하지만, 제가 여태껏 배운 것과는 전혀 다른 그리스어로 씌어 있거든요. 이제 그걸 배우는 거예요."

구둣방 주인은 모자를 뒤로 획 젖히더니 명상가와 같은 넓은 이마에 굵은 주름살을 지으며 무거운 한숨을 쉬었다.

"한스!" 하고 그는 나지막하게 불렀다.

"너한테 하고 싶은 말이 있다. 지금까지는 시험 때문에 잠자코 있었지만 이제는 더 참을 수가 없구나. 목사는 믿음이 없는 자라는 걸 알아야 해. 목사는 네게 성서를 가르치려는 것이 아니라 거짓을 가르치려는 거야. 네가 목사와 함께 신약 성서를 읽으면 너도 모르는 사이에 신앙을 잃어버리게 될 거야."

"그렇지만 플라크 아저씨, 전 단지 그리스어를 배울 뿐이에요. 신학교에 가려면 아무래도 배워야 하는걸요."

"너까지 그런 말을 하는구나. 성서를 공부할 때 경건하고 양심적인 선생한테서 배우는 것과 하느님을 믿지 않는 선생한테서 배우는 것과는 큰 차이가 있단다."

"그건 그렇지만 목사님이 정말로 하느님을 믿지 않는지 어떤지는 알 수가 없는걸요."

"목사는 하느님을 믿지 않아. 한스, 난 유감스럽게도 그것을 알고 있단다."

"그렇지만 어떻게 해요? 간다고 약속했는데."

"그렇다면 물론 가야지. 그러나 혹시 목사가 '성서는 인간이 만든 것이고 거짓말이다. 성령의 암시는 아니다.' 하고 말하면 내게 오너라. 그 일에 대해서 함께 이야기하자꾸나! 알겠니?"

"그렇게 해요, 플라크 아저씨. 하지만 그렇게 가혹한 일은 없을 거예요."

"이제 곧 알게 될 거야. 내가 한 말을 명심하거라."

목사는 아직 집에 돌아와 있지 않았다. 한스는 서재에서 기다려야만 했다. 금박의 책 제목을 바라보고 있으려니까 구둣방 아저씨의 말이 생각났다.

마을 목사나 새 시대의 목사에 대해서 그런 이야기를 하는 것을 그는 이미 여러 차례 들은 적이 있다. 그러나 자기 자신이 지금 처음으로 그런 일에 끌려 들어감으로써 그는 긴장과 호기심을 느끼지 않을 수 없었다. 그에게 그 일은 구둣방 아저씨처럼 그다지 중요하지도 두려운 일로도 생각되지는 않았다. 도리어 여기에 옛날부터의 커다란 비밀을 파헤쳐 볼 가능성이 있을 것 같았다.

학교에 들어가 처음 몇 년 동안 그는 때때로 신의 편재(遍在)와 영혼의 행방, 악마 또는 지옥에 대한 의문으로 환상적인 사색에 사로잡히곤 했다. 그러나 최근 2, 3년 동안은 공부에만 열중하느라 그러한 의문은 완전히 잠재워 버렸다. 그의 그리스도 신앙은 구둣방 아저씨와의 이야기에서 얼마간 개인적인 생명을 불러일으킬 뿐이었다.

한스는 구둣방 아저씨와 목사를 비교해 볼 때 웃지 않을 수 없었다. 다년간의 고생에 의해 얻어진 구둣방 아저씨의 강인성이 소년에게는 이해되지 않았던 것이다. 그리고 구둣방 아저씨는 영리하기는 했으나 단순하고 편협한 믿음에만 얽매어 있어 많은 사람들로부터 조소를 당했다. 정해진 시간이 온다며 기도를 드리는 신자들의 모임에서 그는 엄격한 교리 심판관으로서, 또는 성서의 권위 있는 해석가로서의 역할을 다했다. 또한 여기저기 시골 마을로 예배를 보러 돌아다녔으나, 그 외의 점에서는 보잘것없는 직업인에 불과했으며 다른 사람들과 마찬가지로 무식한 사람이었다.

그와는 반대로 목사는 한 인간으로서나 설교자로서나 노련하고 말을 잘했을 뿐만 아니라 열성적이고 엄정한 학자였다. 한스는 경건한 마음으로 책장을 올려다보았다.

목사는 금방 돌아왔다. 프록 코트를 벗고 가벼운 검정 평상복으로 갈아입고는 한스에게 누가복음 그리스어 판을 내주며 읽게 했다. 그것은 라틴어 공부와는 아주 딴판이었다. 목사와 한스는 단지 몇 줄의 문장을 읽었다. 그것은 한 자 한 자 아주 면밀하게 번역되어 있었다. 목사는 눈에 띄지 않는, 예를 들어 교묘하게 웅변조로 이 언어의 독특한 정신을 설명하고, 이 성서의 성립 시대와 내력을 말해 주었다. 목사는 불과 한 시간 만에 소년에게 배우고 읽는 것에 대한 전혀 새로운 개념을 심어 주었다.

구절 하나하나, 단어 하나하나에 어떤 수수께끼와 문제가 감추어져 있는가, 이 의문 때문에 옛날부터 얼마나 많은 학자와 사상가와 연구가들이 노력해 왔겠는가 하는 것이 한스는 어렴풋하게나마 짐작이 되었다. 그 자신도 이 한 시간 동안에 진리 탐구가들의 대열 속에 끼어든 듯한 기분이 들었다.

한스는 사전과 문법책을 빌려 와 집에서 밤새워 공부를 했다. 그는 참다운 연구의 길을 걷기 위해서는 공부와 지식의 산을 얼마나 더 넘어야 할 것인지를 느꼈다. 그리하여 그는 결코 도중에 흐지부지되는 일이 없도록 끝까지 최선을 다하겠다고 마음속으로 굳게 다짐했다. 이런 결심 속에서 그는 그만 구둣방 아저씨의 모습을 잊어버리게 되었다.

며칠 동안 그는 이 새로운 학문에 몰두했다. 그리고 매일 밤 목사의 집을 찾아갔다. 날이 갈수록 참된 학문은 더욱 아름다워지고 어려워졌으며, 동시에 노력을 한 보람이 있는 것처럼 생각되었다.

그는 아침 일찍이 낚시질을 하고 오후에는 목욕을 하러 갔으며, 그 외에는 거의 외출을 하지 않았다. 시험의 불안과 승리로 인해 잠자고 있던 공명심이 다시 눈뜨기 시작하여 그를 쉬지 못하게 만들었다. 동시에 지난 수개월 동안에 자주 느꼈던 독특한 감정이 다시 머리 속에서 움직이기 시작했다. 그것은 고통이 아니라 빠른 맥박과 과격하게 흥분된 힘, 성급하게 개가를 올리려는 활동, 똑바로 앞으로 나아가려는 욕망이었다.

그 후로는 두통은 물론 사라졌으나 그 미묘한 열이 계속되는 동안 독서와 공부가 폭풍우와 같은 속도로 나아갔다. 그전에는 15분이나 걸리던 크세노폰의 가장 어려운 문장도 이제는 장난처럼 읽을 수가 있었다. 그리고 사전을 전혀 찾지 않고도 날카로운 이해력으로써 어려운 곳을 몇 페이지씩 줄줄 즐겁게 읽어 내려갔다. 이 고조된 학구열과 지식욕에 자랑스러운 자신감이 결부되어, 그는 학교와 선생에게서 고향을 익히는 시대는 이미 지나가 버리고, 지식과 능력의 정상을 향하여 독특한 궤도를 걷고 있는 듯한 기분이 들었다.

그는 이런 기분에 사로잡힘과 동시에 기묘하게 선명한 꿈을 꾸면서 깜박깜박 깨는 어렴풋한 졸음이 찾아왔다. 밤이 되어 가벼운 두통을 느끼면 잠에서 깨어나 더 이상 잘 수가 없게 되어 자신도 모르게 앞으로 나아가려고 하는 초조감에 사로잡혔다. 또한 자기가 친구들보다 얼마나 앞섰고, 선생이나 교장이 일종의 존경심을 가지고 또는 감탄을 하면서 자기를 바라보지 않았나 하는 것을 생각하고 우월감에 사로잡혔다.

교장으로서는 그가 깨우쳐 준 아름다운 공명심을 이끌어 가고 또 그것이 성장해 가는 것을 보는 것은 커다란 즐거움이다. 교사란 무정하고 화석과 같으며 영혼을 상실한 틀에 박힌 인간이라고는 말할 수 없다. 뿐만 아니라 아이들은 아무리 자극을 받았더라도 쉽게 눈에 띄지 않던 재능이 싹트고, 나무칼 놀이나 딱지치기 놀이 또는 그 밖의 아이다운 장난감을 버리고 앞으로 나아가려는 노력으로 열심히 공부함으로써, 난폭한 골목대장이 단정하고 진지하고 거의 금욕적인 사람이 된다. 그러면 그의 얼굴은 성숙해지고 그 시선은 더욱 깊어져 목적 의식이 뚜렷해지며, 또한 그 손은 점점 침착해져서 희고 조용해진다.

이것을 보는 교사의 영혼은 즐거움과 자랑으로 웃는다. 교사의 의무와 국가로부터 그에게 주어진 직무는 젊은 소년의 내면에 있는 거친 힘과 자연의 욕망을 억제하고 대신 국가에 의해 인정된, 균형 잡힌 이상을 심어 주는 것이다. 지금은 행복한 시민 또는 성실한 관리가 된 사람들 가운데에도 학교의 이러한 교육이 없었더라면 무정견(無定見)하고 난폭한 혁신가나 쓸데없는 사념만을 일삼는 몽상가가 된 사람도 적지 않았을 것이다. 소년들에게는 거칠고 난잡하고 야만적인 면이 있다. 먼저 그것이 부서지지 않으면 안 된다. 또한 소년들의 내면에 있는 위험한 불꽃이 먼저 꺼져야 하며, 그것을 쫓아내야만 한다.

자연이 만든 본래의 인간은 측정할 수 없을 만큼 불투명하고 불온하다. 그것은 미지의 산으로부터 흘러 떨어지는 거친 물결이며 길도 질서도 없는 원시림이다. 원시림을 자르고 정리하고 힘으로 제어하지 않으면 안 되는 것처럼, 학교도 태어난 그대로의 인간을 붕괴시키고 굴복케 하여 힘으로 제어하지 않으면 안 된다. 학교의 사명은 당국이 인정하는 원칙에 따라서 자연 그대로의 인간을 사회의 유용한 일원으로 만들고, 마침내는 병영(兵營)의 주도 면밀한 훈련으로 최후의 완성을 보게 될, 여러 가지 성질을 깨우치게 하는 일이다.

어린 기벤라트는 아주 훌륭하게 성장했다. 이제 거리를 배회하거나 장난을 치는 일은 자기 스스로 삼가게 되었다. 학업 중에 어리석게 웃는 일은 이미 오래전에 없어졌고 흙장난이나 토끼 기르기, 그렇게 즐기던 낚시질까지도 어느 틈엔가 그만두었다.

어느 날 밤 교장이 친히 기벤라트의 집을 방문했다. 그는 영광으로 어찌할 바를 모르는 아버지를 정중히 대하고는 한스의 방으로 들어왔다. 소년은 그때 누가복음을 읽고 있었다. 그는 한스에게 아주 다정하게 인사했다.

"기벤라트, 벌써 공부를 시작한 것은 기특한 일이다. 그런데 왜 한 번도 나를 찾아오질 않았니? 매일 기다리고 있었는데."

"가려고 했었는데요……."

한스는 변명을 했다.

"좋은 고기라도 가지고 가려고 생각했어요."

"고기? 무슨 고기 말이냐?"

"네, 잉어 같은 거요."

"응 그래. 아직도 낚시질하니?"

"네. 아버지께서 허락해 주셨어요. 그러나 잠시 동안이에요."

"흠, 그래. 재미있니?"

"네, 아주 재미있어요."

"좋아, 아주 좋은 일이야. 최선을 다해 분투했으니 휴가 동안에 쉬는 것은 당연하지. 그럼 지금 공부해 볼 마음은 없겠구나."

"선생님! 물론 하고 싶어요."

"너 자신이 하고 싶은 마음이 없다면 나도 억지로 시키고 싶지는 않단다."

"물론 하고 싶은 마음은 있습니다."

교장은 서너 번 깊이 숨을 내쉬고는 엷은 수염을 쓰다듬으면서 의자에 앉았다.

"얘, 한스!" 하고 교장이 말했다.

"오래전에 들은 이야기인데, 시험 성적이 아주 좋은 학생은 나중에 자칫하면 성적이 갑자기 나빠지는 수가 있단다. 신학교에 가면 많은 새로운 과목을 배우게 되는데, 휴가 중에 미리 공부를 해 오는 학생이 많이 있다는구나. 특히 시험 성적이 별로 좋지 못했던 아이들은 더하단다. 그런 아이들은 갑자기 성적이 좋아져서, 휴가 중에 영광에 도취되어 태평하게 잠자고 있던 아이들을 잡아채 뒤로 밀어내 버린단다."

교장은 한숨을 내쉬며 말을 이었다.

"너는 이곳에서는 언제나 쉽게 수석을 할 수 있었지만 신학교 학생들은 또 다르단다. 모두가 천재이거나 매우 근면한 아이들뿐이지. 그런 아이들을 놀면서 앞설 수는 없을 거야. 알겠니?"

"네!"

"그래서 네가 휴가 중에 공부를 좀 해 두면 어떨까 하고 생각했단다. 물론 알맞게 해야지. 네게는 충분히 휴가를 즐길 권리와 의무가 있어. 그러나 하루에 한두 시간쯤 공부하는 것은 네게 오히려 좋을 거라고 생각한단다. 그렇지 않으면 자칫 탈선해서 다시 궤도에 올라 순조롭게 가는 데 몇 주일이 걸릴 테니까 말이다. 어떻게 생각하니?"

"저는 확실히 결심했습니다. 선생님께서 지도만 해 주신다면……."

"좋아. 신학교에서는 헤브라이어 다음으로 특히 호메로스가 새로운 세계를 열어 줄 거야. 지금 착실히 기초를 닦아 놓으면 호메로스를 읽을 때 훨씬 재미있게 이해할 수 있을 거다. 호메로스의 언어는 고대 이오니아의 방언으로 호메로스류의 운율법과 같이 아주 독특한 데가 있단다. 이 문학을 감상하려면 부지런히 철저하게 공부하지 않으면 안 돼."

물론 한스는 이 새로운 세계에도 기꺼이 들어갈 작정으로 최선을 다할 것을 약속했다. 그러나 그는 그 후가 두려웠다. 교장은 다시 친절하게 말을 계속했다.

"덧붙여 말하면 수학도 두세 시간씩 공부하는 게 좋지 않을까 생각하는데. 물론 너는 수학도 서툴지는 않지만, 이제까지 수학은 너의 장기는 아니었지. 신학교에서는 대수와 기하를 시작하게 될 텐데 두서너 과목이라도 미리 해 두는 것이 좋을 거야."

"알겠습니다, 교장 선생님!"

"우리 집에는 늘 그렇지만 아무 때나 찾아와도 좋아. 네가 훌륭하게 성장하는 것을 보는 건 나의 명예가 되는 일이다. 그러나 수학은 수학 선생에게 개인 지도를 받도록 아버지께 청해 보도록 해라. 일주일에 서너 시간쯤이 좋을 거야."

"알겠습니다, 교장 선생님."

공부는 또다시 원활히 진행되었다. 이제 한스는 한 시간이라도 낚시질을 하거나 산책을 하면 그것이 마음에 걸렸다. 헌신적인 수학 선생은 한스가 평소 수영하던 시간을 수학 공부 시간으로 택했다. 그런데 한스는 아무리 공부를 해도 대수는 흥미가 없었다. 무더운 대낮에 수영을 하는 대신, 수학 선생의 무더운 방에 가서 모기가 앵앵거리는 탁한 공기 속에서 피곤한 머리를 들고 A 플러스 B, A 마이너스 B를 목쉰 소리로 암송한다는 것은 매우 고통스러운 일이었다. 그리하여 무엇인가를 마비시키는 듯, 극도로 내리누르는 것 같은 것이 공중에 감돌았다. 그것이 안 좋은 날에는 암담한 절망으로 바뀌었다.

수학은 그에게 아주 묘한 것이었다. 그는 결코 수학 실력이 없는 것은 아니었다. 그는 때때로 아주 훌륭한 풀이와 답을 냈다. 이때는 자신도 그것을 유쾌하게 생각했다. 수학에는 변칙과 속임수가 없고, 문제를 떠나서 불확실한 샛길을 서성거릴 필요가 없는 점이 한스는 퍽 마음에 들었다. 같은 이유로 그는 라틴어도 굉장히 좋아했다. 이 언어는 아주 분명하고 확실하여 거의 의문이라는 것을 몰랐다.

그런데 수학에서는 가령 답이 모두 맞았다고 해도 그 이상은 아무것도 얻을 수가 없었다. 수학 공부는 평탄한 국도를 걷는 것같이 생각되었다. 끊임없이 앞으로 나아가고, 매일 전날에 몰랐던 것을 알게 된다 해도 갑자기 넓은 경치가 열리는 산에 올라가는 일은 기대할 수가 없었다.

교장 선생 집에서의 공부는 얼마간 활기가 있었다. 물론 마을 목사는 신약 성서의 변질된 그리스어에서도 교장이 생생하고 참신한 호메로스의 언어를 대하는 것 이상으로 훨씬 매력 있고 훌륭한 것을 알고 있었다. 그러나 결국 호메로스는 호메로스였다. 최초의 고난을 극복하고 나자 바로 그 배후에 뜻하지 않은 즐거움이 나타나서 자꾸만 그를 유혹하여 앞으로 이끌어 나갔다. 신비롭고 아름다운 여운을 내는 난해한 시구를 앞에 놓고 그는 벅찬 초조와 긴장에 떠는 일도 종종 있었다. 그래서 재빨리 사전을 펼쳐 보면 조용하고 명랑한 화원을 열어 주는 열쇠를 찾아낼 수가 있었다.

다시 숙제가 많아졌다. 어떤 문제에 들러붙어 밤늦게까지 책상 앞에 앉아 있는 것도 이제는 이상하지 않았다. 아버지는 아들이 이처럼 공부하는 모습을 자랑으로 여기고 항상 그를 지켜보고 있었다. 그의 둔하고 무거운 머리 속에는, 자기가 희미한 존경심을 갖고 올려다 보는 높은 곳에, 자기 줄기에서 난 가지 하나를 머리 위로 높이 뻗치고 싶어하는 어리석고 평범하고 용렬한 인간들의 이상이 깃들어 있었던 것이다.

휴가의 마지막 주일이 되자 교장과 마을 목사는 갑자기 눈에 띄게 부드럽고 알뜰한 정을 베풀었다. 그들은 강의를 중지하고 한스를 산책시키면서, 원기를 회복하여 생생하게 새로운 행로로 들어서는 것이 그에게 얼마나 필요한 일인지를 역설했다.

한스는 낚시질을 서너 번 더 갔다. 자주 두통을 느끼면서 이미 담청색의 초가을을 비치고 있는 냇가에 별다른 신경을 쓰지 않고 앉아 있었다. 도대체 그때는 왜 그토록 여름 방학이 즐거웠는지 이상하게 생각되었다. 이제는 도리어 여름 방학이 지나서 생판 모르는 생활과 공부가 시작되는 신학교에 들어가는 것이 기뻤다. 물고기 같은 것에는 전혀 신경을 쓰지 않았기 때문에 거의 낚이지도 않았다. 아버지에게 그 일에 대해 한번 조롱을 당한 한스는 이젠 낚시질을 그만두고 낚싯줄을 다락방의 상자 안에 집어넣어 버렸다.

앞으로 방학도 며칠 남지 않았다. 한스는 비로소 구둣방의 플라크 아저씨를 수주일 동안이나 찾아가지 않았다는 생각이 갑자기 떠올랐다. 그는 이제라도 가 보아야겠다고 마음먹었다. 밤이었다. 아저씨는 작은아들을 무릎 위에 앉혀 놓고 안방 창문 곁에 앉아 있었다. 창문은 열려 있었으나, 가죽과 구두약 냄새가 집 안에 온통 배어 있었다. 한스는 멈칫멈칫하면서 자기 손을 아저씨의 딱딱하고 넓은 오른손 위에 얹었다.

"공부하는 것은 어떠냐?" 하고 아저씨가 물었다.

"목사한테서는 열심히 공부했냐?"

"네, 매일 가서 많이 배웠어요."

"대개 뭘 배웠니?"

"주로 그리스어지만, 그 외에도 여러 가지요."

"그래서 나한테 올 마음이 내키지 않았구나."

"오고 싶었어요, 플라크 아저씨! 그렇지만 올 시간이 없었어요. 목사님한테 매일 한 시간, 교장 선생님한테 매일 두 시간, 수학 선생님한테 일주일에 네 번 가야 했거든요."

"휴가 중인데도? 그건 어리석은 일이야."

"나는 몰라요. 선생님들이 그렇게 하랬어요. 게다가 난 공부하는 것이 싫지 않으니까요."

"그건 그렇겠지."

플라크 아저씨는 이렇게 말하고 나서 한스의 팔을 잡았다.

"공부하는 것도 좋지만 팔이 이게 뭐냐? 얼굴도 아주 핼쑥해졌고. 또 두통이 생겼니?"

"이따금."

"그건 바보 같은 짓이야, 한스! 그리고 죄악이다. 너만한 나이에는 밖에 나가서 충분히 운동도 하고 휴식도 취하고 해야지. 무엇 때문에 있는 휴가니? 설마 방 안에 쪼그리고 앉아서 공부를 계속하라고 만든 것은 아니겠지? 네 몸을 좀 봐라. 온통 뼈와 껍질뿐이구나."

한스는 웃었다.

"너야 물론 해내겠지. 그러나 지나치면 아니한 것만 못하단다. 목사한테서 배우는 공부는 어땠니? 무슨 말을 하더냐?"

"여러 가지 이야기를 하셨어요. 그렇지만 나쁜 말은 하나도 하지 않았어요. 굉장히 많이 알고 계시던데요."

"성서를 모독하는 말 같은 건 안 하더냐?"

"아니오. 단 한 번도."

"그건 좋다. 너는 머지않아 목사가 되려고 하는데 그것은 귀중하고 무거운 직책이야. 그런데 이것만은 네게 말해 둬야겠다. 영혼에 피해를 입느니보다는 육체를 열 번 없애는 것이 낫다. 그러므로 어중이떠중이와는 다른 너희들 같은 젊은이가 필요한 거란다. 아마도 너는 틀림없는 인간으로서 언젠가는 영혼을 구하고 가르치는 사람이 될 거야. 나는 그것을 진심으로 원한단다. 그리고 그것을 위해 기도드리마."

구둣방 아저씨는 일어서서 소년의 어깨 위에 두 손을 힘 있게 올

려놓았다

"건투를 빈다, 한스! 올바른 길을 걸어라. 주님이 너를 축복하고 지켜 주시기를! 아멘."

구둣방 아저씨의 엄숙함과 기도의 표준어 문구는 소년의 마음을 뻐저리게 했다. 목사는 작별할 때 그렇게까지는 하지 않았다.

한스는 신학교 준비와 작별 인사로 며칠 동안 분주하게 지냈다. 이불과 의복, 책을 넣은 상자는 이미 부쳤다. 손가방 짐도 쌌다. 어느 서늘한 아침 아버지와 아들은 마울브론을 향해 출발했다. 고향을 떠나 낯선 학교에 들어가는 것은 어찌 되었든 이상스럽고 울적한 일이었다.

푸른 희망과 자부심

주의 서북쪽 변방 숲의 언덕과 조용하고 작은 몇 개의 호수 사이에는 시토 교단의 마울브론 대수도원이 있다. 낡았지만 넓고 아름다운 건물이 튼튼하게 잘 보존되어 있어, 내부 구조나 외관으로나 훌륭했기 때문에 살고 싶은 충동이 생겼다. 건물은 수백 년 동안 조용하고 아름다운 푸른 숲에 둘러싸인 주변과 고아하고 친밀하게 어우러져 있었다.

수도원을 방문하는 사람은 높은 담 사이로 열려 있는 그림 같은 문을 통해 넓고 아주 조용한 뜰로 들어선다. 뜰에는 분수가 물을 뿜고 있으며 오래된 엄숙한 나무가 서 있고, 양쪽으로 석조 건물이 있다. 그 안에는 본당이 있고, 파라다이스라고 불리는 후기 로마네스크식 현관은 어디에도 비길 바 없이 우아하고 황홀한 아름다움을 지니고 있다.

본당의 육중한 지붕 위에는 바늘처럼 뾰족한 유머러스한 작은 탑이 세워져 있다. 그런데 어째서 거기에 종이 걸려 있어야만 하는지 모르겠다. 잘 보존되어 있는 본당의 회랑은 그 자체가 아름다운 건물이지만, 그곳의 분수가 딸린 고귀한 예배당은 하나의 주옥이라 할 수 있다. 성직자 식당은 힘차고 고상한 십자형 둥근 천장을 하고 있는 훌륭한 방이다. 그곳에는 기도실, 대화실, 평교도 회당, 수도원장의 거처 등과 두개의 교회당이 한데 모여 있다. 또한 그림과 같은 벽, 발코니, 문, 작은 뜰, 물레방아, 주택 등이 중후한 고대 건물을 산뜻하고 맑게 장식하고 있다.

넓은 앞뜰은 정적에 싸여 텅 비어 있으며 조는 듯이 나무 그늘 속에 잠겨 있으나, 점심 시간 한 시간 동안만은 조금 활기를 띤다. 그 시각이 되면 한 떼의 젊은 학생들이 수도원으로부터 나와 이 넓은 뜰에서 조금이나마 사람의 움직임을 볼 수 있으며 부르는 소리, 말하는 소리, 웃는 소리를 들을 수 있고 공놀이를 하는 사람도 눈에 띈다. 그러나 그 시각이 지나면 순식간에 젊은이들이 담장 안으로 사라져 그림자 하나 보이지 않는다.

이 뜰에 서서 '이곳이야말로 생활과 기쁨을 맛보기에는 충분한 장소이며, 이곳이야말로 생명이 있는 것과 축복을 가져오게 하는 것이 성장하는 곳임에 틀림없다. 이런 곳에서야말로 성숙하고 착한 사람은 기꺼운 사상을 생각하고 아름답고 명랑한 작품을 만들 수 있다.' 라고 생각하는 사람이 적지 않다.

오래전에 정부는 언덕과 숲의 뒤편에 숨어서 속계(俗界)를 떠나 있는 이 아름다운 수도원을 신학교의 생도들에게 열어 주었다. 아름답고 조용한 환경을 감수성 많은 나이 어린 학생들에게 제공해 주기 위해서였다. 동시에 이곳에 있으면 어린 학생들은 도회지와 가정 생활의, 마음을 산만하게 하는 영향으로부터 벗어날 수 있고, 분방한 생활의 유해한 환경으로부터도 보호된다. 그럼으로써 소년들은 수년간 헤브라이어와 그리스어의 연구를 다른 참고 과목과 함께 진지한 생활의 목표로 삼게 되고, 젊은 영혼의 온갖 갈망을 맑은 정신적인 연구를 수행하고 배우는 데에 집중시킬 수 있는 것이다. 거기에는 다시 자아 교육을 촉진시키고 단체 감정을 기르는 것으로써 기숙사 생활이 중요한 요소가 되고 있다.

신학교의 학생들은 관비로 생활하고 공부할 수 있다. 그 대신 정부는 학생들이 특별한 정신적인 아들이 되도록 보살핀다. 그 정신 때문에 그들은 후에도 언제든지 신학교의 학생이었다는 것을 알 수가 있다. 그것은 일종의 교묘하고 확실한 낙인이다. 자발적인 예속의 의미 깊은 상징이다. 때때로 탈출하는 난봉꾼을 제외하고는, 슈바벤의 신학교 생도들은 일생 동안 그의 면모를 확실히 보존하게 되는 것이다. 인간이란 제각기 얼마나 다르며, 그 인간이 자란 환경과 경우 또한 서로 얼마나 다른가! 그것을 정부는 생도들에게 일종의 정신적인 제복 또는 법복을 입혀서 합법적이고 근본적으로 같게 만들어 버린다.

수도원의 신학교에 들어갈 때 어머니가 생존해 있는 생도들은 그날을 감사하는 마음과 알뜰한 감동을 한평생 잊지 않는다. 그러나 한스 기벤라트는 그러한 경우가 아니었으며, 아무런 감동도 없이 그 장면을 지나쳐 버렸다. 하지만 그는 많은 낯선 다른 어머니들을 바라보며 어떤 특별한 인상을 받았다.

대침실이라고 부르는 벽장이 붙은 큰 복도에는 상자와 바구니들이 흩어져 있었다. 부모님들이 데려온 소년들은 자질구레한 소유물을 꺼내 정리하고 있었다. 각자에게는 번호가 매겨져 있는 벽장이 주어졌고, 공부하는 방에서는 번호가 매겨진 책상을 배정받았다. 아들과 부모들은 마룻바닥에 구부리고 앉아 짐을 풀고 있었다. 그 사이를 조교가 군주처럼 걸어다니면서 때때로 친절한 조언을 해 주었다. 모두들 짐을 풀어 옷을 펴고 내의를 개고 책을 쌓고 구두와 슬리퍼를 정돈했다. 준비물은 모두가 대개 같았다. 꼭 가져와야만 할 속옷의 수와 그 외에 신변에 필요한 도구 같은 것이 미리 지정되어 있었기 때문이다.

이름이 새겨진 놋쇠 대야가 나왔다. 이어서 세면장에 해면과 비눗갑과 빗과 칫솔 같은 것이 정돈되었다. 그리고 각자는 램프와 석유통과 한 사람 몫의 식기를 가지고 왔다. 소년들은 모두가 매우 바빴고 흥분되어 있었다. 아버지들은 미소를 지으며 도와 주기도 하고 종종 회중시계를 보기도 했으며 몹시 지루하여 손을 떼려고도 했다. 그와 반대로 어머니들은 모든 일의 중심이 되었다. 의복과 내의를 하나하나 손에 들어 주름살을 펴기도 하고, 혁대를 똑바로 하고 정성 들여 정리하여 될 수 있는 대로 깨끗하고 편리하게 사용할 수 있도록 벽장 안에 분류하여 넣었다. 훈계나 주의나 애정도 그것과 함께 따라다녔다.

"새 내의는 특별히 깨끗하게 간수해야 해. 3마르크 50페니히나 주고 산 거야."

"내의는 다달이 철도 편으로 보내. 급할 때는 우편으로 보내고. 검정 모자는 일요일에만 쓰는 거야."

뚱뚱하고 인자하게 생긴 어머니는 높은 상자 위에 앉아서 아들에게 단추 다는 법을 가르쳐 주고 있었다.

"집이 그리우면 언제든지 편지해. 크리스마스까지는 얼마 남지 않았으니까 잘 견딜 수 있을 거야."

예쁘장하게 생긴 아직 꽤 젊은 어머니는 가득히 채워진 아들의 벽장을 바라보면서 내의와 상의와 하의를 손으로 어루만지더니, 어깨가 넓고 뺨이 토실토실한 아들의 얼굴을 쓰다듬기 시작했다. 아들은 부끄러워 웃으면서 어머니의 손을 뿌리치더니 어리지 않게 보이려는 듯 양손을 바지 주머니 속에 집어넣었다. 이별은 아들보다도 어머니에게 더욱 쓰라린 것 같았다.

다른 아이들은 그와는 반대였다. 그들은 분주하게 움직이고 있는 어머니를 멍청하게 맥없이 바라보며, 다시 어머니와 함께 집으로 돌아가고 싶어하는 표정이었다. 어느 아이를 보아도 이별의 두려움과 복받쳐 오르는 애정이나 그리움이, 낯선 사람들에 대한 수줍음과 처음으로 남자로서의 면목을 유지하려는 반항적인 심리와 맹렬히 다투고 있었다. 사실은 소리를 내어 울고 싶은 소년들도 일부러 아무렇지도 않은 듯 태연한 얼굴을 하고 있었다. 어머니들은 그것을 보고 미소 지었다.

거의 모든 소년들이 짐 꾸러미에서 필수품 외에 작은 사과 봉지나 통조림, 비스킷 등이 담긴 상자 같은 약간 값비싼 것을 꺼냈다. 스케이트를 가지고 온 아이도 많았다. 특히 눈에 띈 것은 교활하게 생긴 조그만 소년이 햄을 통째로 가지고 온 것이었다. 그 소년은 그것을 전혀 감추려고 하지 않았다.

집에서 바로 온 아이와, 그렇지 않고 이제까지 객지에서 학교를 다니며 기숙사 생활을 하다가 온 아이는 쉽사리 구별이 되었다. 객지에서 생활한 경험이 있는 아이들에게는 흥분과 긴장이 엿보이지 않았다.

기벤라트 씨는 아들이 짐을 푸는 것을 요령 있게 도와 주었다. 그는 다른 사람들보다 빨리 끝냈기 때문에 한스와 함께 하는 일 없이 지루하게 큰 침실에 서 있었다. 그런데 어디를 둘러보아도 훈계하는 아버지, 위안이나 주의를 주는 어머니, 그것을 담담하게 듣고만 있는 아들들의 모습이 눈에 띄었으므로, 그도 한스를 위해 장래의 생활에 대해서 금언이라도 들려주는 것이 좋겠다고 생각했다. 그는 오랫동안 머리를 숙이고 말이 없는 아들 옆을 답답하게 왔다갔다하다가 별안간 힘을 내어 성스러운 문구의 명언을 쏟아 놓았다. 깜짝 놀란 한스는 그저 조용히 듣고 있다가, 옆에 서 있던 목사 한 사람이 아버지의 설교에 귀를 기울이며 즐겁게 미소 짓고 있는 것을 보고는 부끄러워서 아버지를 옆으로 끌어당겼다.

"그럼 알겠지? 네가 집안의 명예를 높여 주겠지? 그리고 윗사람의 말씀을 잘 듣고 지키겠지?"

"네, 물론 알고 있어요."

아버지는 말을 그치고 크게 한숨을 쉬었다. 한스 또한 입을 다물었다. 가슴이 죄어드는 호기심을 갖고 창 너머로 조용한 회랑을 내다보고 있으려니까 고풍(古風)의 은둔적인 기품과 침착성이 위층에서 소란스럽게 떠들고 있는 소년들과 기이하게 대조를 이루고 있었다. 그는 분주한 동료들을 수줍게 바라보았으나 알 만한 아이는 하나도 없었다. 슈투트가르트에서 알게 된 괴팅겐 출신의 수험생은 라틴어에 뛰어났는데 합격되지 않은 모양이었다. 한스는 그를 어디서도 발견하지 못했다. 한스는 그 일에 대해서는 별로 생각하지 않으며 장래의 동급생들을 관찰했다.

어느 아이를 막론하고 준비한 물건의 종류나 수에서는 비슷했으나, 그래도 도시 아이와 농촌 아이, 유복한 집 아이와 빈한한 집 아이는 쉽게 구별이 갔다. 물론 돈 많은 부잣집 아이들이 신학교에 들어오는 일은 드물었다. 그것은 부모들의 자부심이나 한층 깊은 신앙심에 기인하는 경우도 있고, 아들의 타고난 재질에 따르는 경우도 있다. 그러나 자신의 수도원 시절을 잊지 못해 자식을 마울브론에 보내는 교수나 상당한 지위에 있는 관리도 결코 적지는 않았다. 그렇기 때문에 40명의 신입생이 입는 검은 상의에는 천과 모양에서 여러 가지 차이가 드러났다. 또한 그 이상으로 소년들은 버릇과 사투리와 태도가 서로 달랐다.

팔다리가 메마른 슈바르츠발트 출신도 있었고, 연한 금발에 입이 큰 다혈질의 고지(高地) 출신, 자유롭고 명랑한 태도를 가진 활발한 저지(低地) 출신, 뾰족한 구두를 신고 세련된 폼을 보이지만 사투리를 쓰는 슈투트가르트 출신도 있었다. 한창 자라는 중인 이 소년들은 전체의 5분의 1이 안경을 쓰고 있었다. 슈투트가르트 출신으로 약하고 세련된 어머니 밑에서 자란 한 소년은 빳빳한 고급 펠트 모자를 쓰고 기품 있어 보였으나, 그 색다른 장식이 이 첫날의 학생들 중에서도 난폭한 자들에게 후일 조소와 멸시의 욕망을 일으키는 원인이 된다는 사실은 전혀 모르고 있었다.

처음 보는 사람일지라도 판단할 수 있는 안목을 가진 사람이라면, 이 소심한 한 떼의 소년들은 주의 소년들 중에서 잘못 선발된 것이 아님을 인정할 수 있을 것이다. 주입식 교육을 받고 왔다는 것을 바로 알 수 있는 평범하고 얌전한 소년과 함께, 이 중에는 영리한 소년과 반항심이 있는 빠릿빠릿한 소년도 적지 않았다. 그들의 반들반들한 이마 깊숙이에는 보다 높은 생활이 아직도 반쯤 꿈속을 헤매고 있는 듯이 보였다.

분명 그중에 한두 사람 정도는 빈틈없이 완고한 슈바벤형 두뇌의 소유자도 있을 것이다. 이러한 형의 두뇌 소유자는 시간이 지남에 따라 차차 커다란 세계의 한가운데로 뚫고 들어가, 그들의 다소 메마르고 완고한 사상을 새로운 강력한 체계의 중심으로 만들어 놓을 것이다. 그것은 슈바벤이 매우 교양 있는 신학자를 세상에 내놓았을 뿐만 아니라 전통적으로 철학적 사색의 능력을 자랑으로 삼고 있기 때문이다.

실제로 이제까지 이미 여러 차례 이 철학적 사색은 명망 높은 예언자나 이단의 설을 내놓은 사람을 낳았던 것이다. 그리하여 이 비옥한 주는 정치적인 전통 면에서는 뒤떨어졌으나, 적어도 신학과 철학의 정신적인 영역에서는 변함없이 커다란 영향을 미치고 있었다. 동시에 이 지역 주민들 가운데에는 예로부터 아름다운 형태와 몽환적인 시를 즐기는 사람들이 내재해 있었다. 그것은 때때로 상당한 시인을 태어나게도 했다.

마울브론 신학교의 시설과 관습에서는, 외면적으로 보면 슈바벤적인 것은 아무것도 느껴지지 않았다. 오히려 수도원 시대부터 남아 있던 라틴어 명칭과 함께 여러 가지 고전적인 예식이 새로이 추가되었다.

학생들에게 배정된 방은 포룸, 헬라스, 아테네, 스파르타, 아크로폴리스 등으로 불렸다. 가장 작은 맨 마지막 방이 게르마니아라고 불린 것은, 게르만적인 현재로부터 가능하다면 로마적이고 그리스적인 환상을 부여할 수 있는 이유가 있음을 나타내려고 한 것같이 생각되었다. 그러나 이것 또한 외면적인 것에 지나지 않았다. 실제로 헤브라이적인 이름이 더욱 알맞았을 것이다. 그래서 우연이었는지는 모르나 아테네의 방에는 도량 있고 웅변적인 학생이 아닌 정직한 게으름쟁이가 몇 명 수용되고, 스파르타의 방에는 무인(武人) 기질이나 금욕적인 사람이 아닌 적은 수나마 쾌활하고 오만한 청강생이 들게 되었다.

한스 기벤라트는 아홉 명의 소년과 함께 헬라스의 방에 배정되었다. 그날 밤 처음으로 그 동료들과 함께 싸늘하고 단조로운 침실에 들어가 자기의 좁은 침대에 드러눕자, 역시 뭐라 말할 수 없는 감정에 사로잡혔다. 천장에는 큰 석유 램프가 걸려 있었는데 그 빨간 불빛 아래에서 모두가 옷을 벗었다. 램프는 10시 15분에 조교가 와서 껐다. 그리고 그들은 모두 나란히 누웠다.

각 침대 사이마다 옷을 얹어 놓는 작은 의자가 있었다. 기둥 옆에는 아침 종을 울리는 끈이 늘어져 있었다. 몇 명의 소년은 벌써 서로 아는 사이가 되었는지 두서너 마디를 귓속말로 소곤거렸으나 곧 잠잠해졌다. 다른 아이들은 낯이 설어 모두가 다소 침체된 기분으로 몸 한 번 움직이지 않고 누워 있었다. 잠든 아이는 깊은 숨소리를 냈으며, 자면서 팔을 움직이는 아이가 있어서 면 홑이불이 바삭바삭 소리를 냈다. 눈을 뜨고 있는 아이는 아주 조용히 있었다.

한스는 오랫동안 잠을 이룰 수가 없었다. 그는 다른 학생들의 호흡에 귀를 기울이고 있었다. 잠시 후 하나 건너 다음 침대에서 이상한 불안스러운 소리가 들려왔다. 거기에 누워 있는 소년은 홑이불을 머리 위까지 뒤집어쓴 채 울고 있었다. 멀리서 울려 오는 듯한 나지막한 흐느낌이 한스의 마음을 이상하게 흥분시켰다. 그 자신은 향수를 느끼지 않았으나, 역시 자기 집의 조용하고 작은 방이 그리웠다. 거기에 불안스러운 새로운 것과 많은 동급생들에 대한 소심한 두려움이 더해졌다.

한밤중까지 눈을 뜨고 있는 학생은 하나도 없었다. 알록달록한 베개에 볼을 대고서 아이들은 나란히 자고 있었다. 슬픈 아이도, 반항적인 아이도, 쾌활한 아이도, 소심한 아이도 모두 깊은 단잠에 빠졌으며 모든 것을 잊고 있었다.

오래된 뾰족 지붕과 탑, 발코니와 고딕식의 첨탑과 첨벽, 뾰족하고 활처럼 생긴 회랑 위에 빛깔을 잃은 반달이 떠올랐다. 달빛은 선반과 문지방 위에 비쳤으며, 고딕 양식의 창문과 로마네스크 양식의 문 위로 흘러 회랑 분수의 커다랗고 고아한 수반(水盤) 속에서 엷은 금빛으로 떨고 있었다. 노란빛이 도는 두서너 줄의 달빛과 빛의 반점(斑點)이 세 개의 창문을 뚫고서 헬라스의 방에도 비쳐 들었다. 그리하여 옛날 수도자들의 꿈을 지켜보았듯이, 지금 자고 있는 소년들의 꿈을 정답게 지켜보고 있었다.

다음날 기도실에서는 엄숙한 입학식이 거행되었다. 선생들은 프록코트를 입고 서 있었다. 교장이 식사(式辭)를 낭독했다. 학생들은 의자에 앉아서 감개무량한 마음으로 허리를 앞으로 굽히고 있었으나, 때때로 훨씬 뒤에 앉아 있는 부모님을 곁눈질했다. 어머니들은 생각에 잠겨 미소를 지으면서 자식들을 바라보았고, 아버지들은 똑바로 앉아서 엄숙하고 단호한 태도로 식사를 듣고 있었다. 자랑과 뽐내고 싶은 감정과 아름다운 희망으로 그들의 가슴은 부풀어 있었다. 그렇기 때문에 오늘 아들을 금전의 이익과 바꾸어 나라에 팔았다고 생각하는 사람은 하나도 없었다.

끝으로 학생들은 하나하나 이름이 불려 대열 앞으로 나와, 교장으로부터 선서의 악수로써 환영받으며 의무가 부여되었다. 이것으로써 그들은 잘못을 저지르지 않는 한, 국가로부터 평생토록 보살핌을 받고 직(職)을 부여받는 것이었다. 그것이 손쉽게 이루어지는 것이라고 생각하는 사람은 아버지들을 포함하여 단 한 사람도 없었다.

어머니, 아버지에게 작별을 고하는 순간은 훨씬 더 엄숙하고 뼈아프게 느껴졌다. 부모들은 더러는 걸어서 또는 우편 마차로, 더러는 급히 주선한 여러 가지 탈것으로 뒤에 남은 자식들의 시야에서 사라져 갔다. 손수건은 오랫동안 부드러운 9월의 미풍에 나부끼고 있었다. 마침내 떠나가는 사람들이 숲 속으로 사라졌다. 자식들은 생각에 잠겨 묵묵히 수도원으로 돌아왔다.

"그래, 부모님들은 떠나셨구나." 하고 조교가 말했다.

이제 그들은 각기 자기 방 동료들끼리 어울려 얼굴을 익히게 되고 아는 사이가 되었다. 그들은 잉크 병에 잉크를 붓고, 램프에 석유를 붓고, 책과 노트를 정리하며 새로운 방을 살기 좋게 꾸미려고 노력했다. 그러는 동안 서로 호기심을 가지고 바라보며 이야기를 시작하고, 고향과 출신·학교를 서로 물으면서 진땀을 흘렸던 주의 시험을 상기했다. 책상 주위에는 뿔뿔이 서로서로 이야기를 나누는 무리가 어울려 여기저기에 카랑카랑한 젊음에 넘치는 웃음소리까지 일었다. 저녁 무렵에는 같은 방 생도들이 항해가 끝났을 때의 선객들보다도 더 잘 아는 아주 친숙한 사이가 되어 있었다.

한스와 함께 헬라스의 방에 묵게 된 아홉 명의 학생 중에는 네 명의 특징 있는 소년이 있었다. 나머지는 대개 중간쯤 되었다. 먼저 슈투트가르트 대학 교수의 아들 오토 하르트너는 재주가 있고 침착하고 자신감이 있으며, 태도에서도 나무랄 데가 없었다. 거기에다 몸도 건강하고 옷도 잘입었으며, 똑똑하고 능숙한 행동으로 같은 방 생도들의 시선을 끌었다.

그리고 고지의 어느 작은 마을의 면장 아들인 카를 하멜이 있었다. 이 소년을 알기까지는 시간이 좀 걸렸다. 그것은 그가 모순투성이이고, 그가 갖고 있는 점액질의 껍질 속에서 좀처럼 나오질 않았기 때문이다. 그는 때로는 격정적이고 분방하고 난폭했으나, 그것도 오래가지 않고 다시 자기 껍질 속으로 들어가 버렸다. 그래서 그가 조용한 관찰자인지 음험한 위선자인지 알 수가 없었다.

그 다음은 슈바르츠발트의 좋은 가문 출신인 헤르만 하일너가 있었다. 그는 그렇게까지 복잡하지는 않았으나 뛰어난 인물이었다. 주의 시험에서 작문을 육각운(六脚韻)으로 지었다는 소문도 있었다. 그는 자주 힘차게 이야기를 했다. 그리고 아름다운 바이올린도 가지고 있었다. 감상과 자유분방함과 젊은 사람다운 순박함이 섞여 있는 점이 그가 지닌 기질이었으며, 그는 그것을 표면에 노출시키고 있는 것처럼 보였다. 그리고 그다지 눈에 띄지는 않았으나, 한층 깊은 것을 내면에 지니고 있었다. 그는 몸과 마음이 나이 이상으로 성장해 있었으며, 이미 모색적으로 자기의 궤도를 걷고 있었다.

헬라스의 방에서 가장 기이한 놈은 에밀 루치우스였다. 엷은 금발의 음험한 꼬마둥이로, 나이 든 농부처럼 끈기 있고 근면하고 말라빠진 아이였다. 그의 행동과 얼굴은 완숙되어 있지는 않았으나, 소년과 같은 인상은 전혀 없고 변화할 여지조차 없는 것처럼 여러 점에서 어른의 모습을 하고 있었다. 첫날 다른 아이들은 지쳐서 떠들고 이곳 생활에 익숙해지려고 노력하고 있는 동안에도, 그는 침착하게 문법책을 들여다보고 앉아서 엄지손가락을 양쪽 귀에 집어넣고 마치 잃어버린 세월을 되돌려야만 한다는 듯이 줄곧 공부만 했다.

이 말없는 변덕쟁이의 비상한 책략이 차츰 드러나 그는 아주 교활하고 인색한 이기주의자임을 알게 되었다. 그가 이러한 악덕에 완전히 틀이 잡혀 있는 것은 도리어 일종의 존경, 적어도 관용으로써 대접받는 결과가 되었다. 그는 실로 빈틈없는 절약법과 돈 버는 방법을 알고 있었다. 그러한 수완이 차츰 사람들에게 알려져 모두 경탄하게 되었다.

우선 최초의 일은 아침 기상시에 시작되었다. 루치우스는 세면장에 맨 먼저 아니면 맨 마지막에 나타나 다른 아이의 수건을 사용했다. 가능하면 비누도 다른 아이의 것을 쓰면서 자기 것은 절약했다. 그리하여 그의 수건은 언제나 두 주일 또는 그 이상 쓸 수가 있었다. 그런데 모든 수건은 일주일마다 바꾸지 않으면 안 되었다. 매주 월요일에 수석 조교가 그것을 검사했다. 그래서 루치우스는 월요일 아침이면 새 수건을 자기 번호의 못에 걸어 두었다가, 정오 휴식 시간에 그것을 다시 깨끗하게 접어 원래의 상자에 넣고 아직 더럽혀지지 않은 쓰던 수건을 그 자리에 걸어 두었다. 또 그의 비누는 딱딱해서 거의 거품이 일지 않았으나 대신에 몇 개월이고 쓸 수 있었다.

그렇다고 해서 그가 너절한 외모를 하고 있는 것은 아니었다. 그는 언제나 깨끗하고 엷은 금발을 잘 빗어서 곱게 가르마를 탔으며,

내의나 의복을 아주 얌전하게 손질해 놓고 있었다.

루치우스는 세면장에서 곧바로 아침밥을 먹으러 갔다. 아침 식사에 나오는 것은 커피 한 잔, 설탕 한 개, 밀 빵 한 조각이었다. 대부분의 소년들은 그것으로는 배를 채울 수가 없었다. 여덟 시간을 자고 난 뒤에는 몹시 배가 고픈 것이 보통이다. 그러나 루치우스는 그것으로 만족하고 매일 설탕 한 개를 먹지 않고 절약하여 1페니히에 대해서는 설탕 두 개, 노트 한 권에 대해서는 설탕 스물다섯 개, 이런 식으로 반드시 물건을 사곤 했다. 밤에는 값비싼 석유를 절약하기 위해 다른 학생의 램프 빛으로 공부하는 것은 물론이었다. 그러나 그가 가난한 집의 아들은 아니었다. 도리어 아주 안락한 환경에서 태어났다. 원래 아주 가난한 집안의 아이들은 돈 쓰는 것이라든지 절약하는 것을 모르는 것이 보통이다. 그들은 언제나 가지고 있는 대로 써 버리고 절약할 줄을 모른다.

에밀 루치우스는 그런 방법을 물건의 소유, 그리고 획득할 수 있는 재화에까지 넓혔을 뿐만 아니라 정신적인 영역에서도 가능한 한 이득을 보려고 노력했다. 그는 대단히 영리했기 때문에 정신적인 모든 소유물에는 상대적인 가치밖에는 없다는 것을 결코 잊지 않았다. 그래서 열심히 해 두면 다음 시험에서 효과를 거둘 수 있는 과목만을 힘써서 공부하고, 나머지 다른 과목에서는 욕심을 부리지 않고 중간 성적으로 만족했다.

외는 것이든 실험하는 것이든 그는 언제나 동급생의 성적만을 그 척도로 삼았다. 그는 두 배의 지식으로 이등이 되기보다는 절반의 지식으로 일등이 되는 것을 추구했다. 그리하여 저녁에 같은 방의 다른 아이들이 여러 가지 오락이나 놀이 또는 독서에 빠져 있을 동안 그는 조용히 공부를 하고 있는 것이 눈에 띄었다. 다른 아이들이 떠들고 있는 것은 그에게는 전혀 방해가 되지 않았다. 뿐만 아니라 그는 이따금 떠들고 있는 그들에게 질투하는 기색은커녕 만족스러운 시선을 던졌다. 만일 모두가 공부를 하고 있었다면 그의 노력은 아무런 이득이 없었기 때문이다.

어쨌든 그는 부지런한 노력가였기 때문에 이러한 그의 여러 가지 술책과 간계를 악의로 해석하는 사람은 없었다. 그러나 극단을 달리는 사람이나 지나치게 욕심을 부리는 사람과 마찬가지로, 그도 또한 바보 같은 짓을 하기에 이르렀다. 수도원의 수업은 전부 관비였기 때문에 그는 그것을 이용하여 바이올린 수업을 받을 것을 생각해 냈던 것이다.

그는 전에 얼마간 교육을 받아 본 것도 아니었고, 천성이 뛰어난 것도 아니었으며, 음악을 즐기는 기질이 있었던 것은 더욱 아니었다. 그러나 그는 바이올린도 라틴어나 수학과 마찬가지로 배우면 되는 것으로 생각하고 있었다. 음악이란 후일에 필요한 것이며 인간을 즐겁고 기분 좋게 만든다는 이야기를 들은 적이 있었다. 거기에다 학교의 바이올린을 사용하기 때문에 어쨌든 돈이 들지 않는 일이었다.

음악 선생 하스는 루치우스가 찾아와서 바이올린을 배우고 싶다고 말했을 때 몹시 화를 냈다. 왜냐하면 그는 지난 음악 시간 이후 루치우스를 잘 알게 되었기 때문이다. 음악 시간에 루치우스가 부른 노래는 동급생 전원을 굉장히 즐겁게 해 주었으나 교사인 그를 실망시켰다. 그는 루치우스에게 바이올린을 단념시키려고 애써 보았다. 그러나 그 점에서는 그가 상대방을 잘못 보았다.

루치우스는 얌전하고 겸손하게 미소 지으며 자기의 정당한 권리를 주장하고, 더욱이 음악에 대한 자기의 흥미를 억제할 수 없다고 설명했다. 그래서 그는 연습용 바이올린 중 가장 나쁜 것을 빌려서 매주 두 번씩 교습을 받고 매일 30분씩 연습하기로 했다. 그러나 최초의 연습 시간 후에 같은 방 학생들은 이것이 처음이자 마지막이고 또한 이 견딜 수 없는 신음 소리를 더 이상 듣지 않게 해 주기를 바란다고 부탁했다.

그런 뒤부터 루치우스는 바이올린으로 직직 소리 내면서 연습을 하기 위해 수도원 내의 조용한 구석을 찾아 헤맸고, 곳곳에서 또한 줄을 잡아당기기도 하고 기이한 소리를 내기도 하며 이상한 소리로 근처의 학생들을 괴롭혔다. 시인 하일너는 이것을, 놀림받은 낡은 바이올린이 벌레 먹은 구멍에서 일제히 절망적인 비명을 지르며 참아달라고 애원하고 있는 것이라고 말했다. 그의 실력이 조금도 진보되지 않자 화가 난 선생은 신경질을 내고 거칠어졌다.

루치우스는 점점 자포자기가 되어 연습했다. 지금까지 자신만만했던 그의 구멍가게 주인 같은 얼굴에도 고통스러운 피로의 주름살이 잡히기 시작했다. 마침내 선생이 전혀 불가능하다고 선언하고 수업을 거절하자, 그는 다시 무엇이든지 배워 보겠다고 욕심 사납게 혈안이 되어 헤매다가 피아노를 선택해서 몇 달 동안 애를 써 보았다.

그러나 그것도 아무런 성과를 거두지 못하게 되자 결국 의기소침하여 점잖게 단념했다. 정말 비극이었다. 그러나 후에 음악 이야기가 나오면 자기도 이전에 피아노와 바이올린을 배운 적이 있으나, 사정이 있어서 유감스럽게도 이 아름다운 예술로부터 차차 멀어져 버렸다고 말하는 것이었다.

이러한 헬라스의 방은 이상하게도 같은 방 학생들을 흥겹게 해 주는 기회가 많았다. 문예가인 하일너도 가끔 우스꽝스런 장면을 연출했다. 익살꾸러기 카를 하멜은 기지 있는 관찰자를 자처하며 한몫 보았다. 그는 다른 아이들보다 한 살 위였기 때문에 다소 위세는 있었으나 존경받으려고는 하지 않았다. 그는 변덕스럽고 거의 일주일마다 싸움을 걸어 자기의 체력을 시험해 보려는 욕구를 느꼈다. 그럴 때 그는 난폭함이 지나쳐 잔인하기까지 했다.

한스 기벤라트는 놀라움으로 그런 것을 방관하면서 선량하고 얌전한 축에 끼여 묵묵히 자기의 길을 가고 있었다. 그는 근면했다. 루치우스에 못지않게 근면했다. 그래서 하일너를 제외한 동급생들로부터 존경을 받았다. 하일너는 천재적인 분방함을 그의 깃발로 내세우며, 때때로 한스를 멍청한 노력가라고 조소했다.

해질 무렵 침실에서 서로 붙들고 싸움을 하는 것은 결코 진기한 일은 아니었으나, 대체로 급속한 성장을 하는 연령대에 있는 소년들은 곧잘 화해를 했다. 모두가 노력해서 어른다운 기분이 되려고 했고, 선생들이 '자네'라는 귀에 설은 호칭으로 부르는 것을 학문적인 엄숙성과 우아한 태도 때문이라고 인정하려 했다. 그리하여 갓 졸업

한 라틴어 학교를, 신출내기 대학생이 고등학교를 돌아다보는 것처럼 교만하게 동정을 가지고 바라보았다. 그러나 때때로 이 후천적인 품위를 부수고 가식 없는 무분별이 튀어나와 그들의 본색이 드러나기도 했다. 그러면 큰 침실에는 무지한 독설과 소년들 누구나가 하는 상스러운 욕지거리가 마구 쏟아져 나왔다.

이러한 학교의 교장이나 선생들에게, 많은 학생들이 공동 생활을 시작해서 수주일이 지난 후에 화학물이 침전하는 것과 비슷한 광경을 보는 것은 큰 교훈이 되는 귀중한 경험임에 틀림없었다. 그것은 마치 액체에 떠 있는 탁한 먼지나 찌꺼기가 한데 뭉쳐지는가 하면 곧 풀려서 다른 형태가 되어 마침내 몇 개의 고체가 되는 것과 같은 것이었다. 최초의 수줍음이 정복되어 모두가 서로 충분히 알게 되면서부터 이들의 물결은 움직였고 모색이 시작되었다.

한데 어울리는 클럽이 생기고 우정과 반감이 뚜렷이 나타났다. 동향의 친구나 학교 친구와 결합하는 경우는 드물었고 대개가 새로이 알게 된 아이들과 가까워졌다. 도시의 아이는 농촌의 아이에게, 산지의 아이는 저지대의 아이에게, 이런 식으로 잠재해 있는 충동에 따라 다양성과 보충을 구했다. 아이들은 불안전한 기분으로 서로가 서로를 찾았다.

그중에는 평등 의식과 함께 독립을 갈망하는 욕구가 나타났다. 거기에서 비로소 많은 소년의 아이다운 졸림 속에서 개성 형성의 눈이 트이는 것이었다. 글로는 쓸 수 없는 애착과 질투의 장면이 벌어지고, 그것이 발견되어 우정을 맺는 계기가 되기도 했으며 날카롭게 마주치는 적의가 되기도 했다. 마침내 이러한 귀추에 따라서 우정이 두터운 사이가 되기도 하고, 의좋게 산책하는 사이가 되기도 했으며, 때로는 심한 격투와 주먹다짐의 결과를 초래하기도 했다.

한스는 이러한 움직임에 따라 외면적으로 관련을 갖지는 않았다. 카를 하멜이 확실히 격렬하게 우정을 표시했을 때 한스는 놀라서 물러섰다. 바로 그 후에 하멜은 스파르타 방의 아이와 친해졌다. 한스는 혼자 남겨졌다. 강한 감정이 우정의 나라를 행복스럽게 그리운 색채로써 지평선에 출현시켰다. 그리하여 한스를 숨은 힘으로 그곳으로 끌고 갔다. 그러나 일종의 수줍음이 그를 멈춰 세웠다. 어머니가 없는 엄격한 소년 시절을 보냈기 때문에 애착이라는 천성이 짓밟히고 만 것이다.

그는 무엇보다도 표면적으로 열정적인 것에 대해 공포를 가지고 있었다. 거기에 소년다운 자부심과 마침내는 가련한 공명심이 보태져 있었다. 그는 루치우스와는 달랐다. 그가 지향하는 것은 실제로 지식욕이었으나, 그도 루치우스처럼 공부를 방해하는 것은 모두 멀리하고자 노력했다. 그래서 열심히 책상에 들러붙어 있었지만, 다른 아이들이 우정을 즐기고 있는 것을 보면 질투와 동경으로 고민했다. 카를 하멜은 한스가 사귀고 싶은 친구는 아니었다. 만일 다른 아이가 와서 그를 강력히 끌어가려고 했다면 기꺼이 따라갔을 것이다. 수줍은 처녀처럼 자기보다 용기가 많은 사람이 자기를 끌고 가서 아주 행복스럽게 해 주었으면 하고 그는 사뭇 기다렸다.

이러한 것과 함께 최근에는 수업, 특히 헤브라이어 수업에 바빴기 때문에 소년들에게 시간은 매우 빠르게 흘러갔다. 마울브론을 둘러싸고 있는 수많은 작은 호수나 못에는 퇴색한 늦가을의 하늘과 시들어 가는 물푸레나무며 떡갈나무며 참나무의 긴 노을이 비치고 있었다. 아름다운 초겨울의 시든 나뭇가지가 소리를 내며 바람에 흔들리고 있었다. 이미 가벼운 서리가 몇 번이나 내렸다.

서정적인 헤르만 하일너는 같은 소질을 가진 친구를 얻으려고 노력했으나 허사였기 때문에 이제는 매일 외출 시간이면 혼자서 숲 속을 헤맸다. 그가 특히 즐겨 찾는 숲 속 호수는 갈대밭으로 둘러싸여 잎이 말라 가는 오래된 활엽수의 숲으로 덮인 우울한 갈색의 못이었다. 이 애수가 서린 아름다운 숲 속의 한 모퉁이가 공상가 하일너를 힘차게 끌어당겼다. 그곳에서 하일너는 꿈을 꾸는 듯한 기분으로 물속에 나뭇가지로 원을 그리거나 레나우의 『갈대의 노래』를 읽었다. 또한 나지막한 바닷가 골풀 위에 누워 죽음이라든지 소멸과 같은 가을다운 제목에 대해 생각했다. 그러고 있으면 가랑잎이 떨어지는 소리와 나뭇가지의 흔들림이 우울한 조화를 이루었다. 그러면 그는 종종 자그마한 검은 수첩을 꺼내 연필로 한두 구절을 적어 놓는 것이었다.

어느 11월 말의 어둡게 흐린 점심 시간에 한스 기벤라트가 혼자서 산책을 하며 그 장소에 왔을 때에도 하일너는 시를 쓰고 있었다. 한스는 이 소년 시인이 그물을 매는 작은 벌판에 앉아서 수첩을 무릎 위에 놓고 명상을 하면서 뾰족한 연필을 입에 물고 있는 것을 보았다. 한 권의 책이 펼쳐진 채로 옆에 있었다. 그는 조용히 그 옆으로 다가섰다.

"야, 하일너! 뭐 하고 있니?"

"호메로스를 읽고 있어."

"나는 네가 뭐 하고 있는지 알고 있어."

"그래?"

"물론이지. 시를 쓰고 있지?"

"그렇게 생각하니?"

"물론."

"자, 여기 앉아라."

한스는 하일너와 나란히 판자 위에 앉아 다리를 물위에 흔들흔들 드리우고 여기저기 갈색의 잎이 하나 둘 서늘한 공중을 선회하면서 소리 없이 내려와 수면에 조용히 떨어지는 것을 바라보고 있었다.

"이곳은 쓸쓸하구나."

"응, 그렇지."

둘은 등을 땅에 대고 길게 누워 있었기 때문에 깊은 가을의 주위를 생각하게 하는 것으로 뒤덮여 있는 나무 끝마저 거의 보이지 않았다. 그 대신 고요히 구름의 섬을 띄운 연푸른 하늘이 나타났다.

"얼마나 아름다운 구름인가!"

한스가 기분 좋게 그것을 바라보면서 말했다.

"그렇구나, 기벤라트."

하일너는 한숨을 지었다.

"저런 구름이 되었더라면!"

"그렇게 되었더라면?"

"그러면 하늘을 달릴 수 있었을 텐데. 숲이며 마을이며 도시며 주를 넘어서 아름다운 배처럼. 너 배를 본 적이 있니?"

"없어. 하일너, 너는?"

"있고 말고. 도무지 너는 그런 건 아무것도 모르는구나. 그냥 허덕허덕 공부만 하는구나!"

"그럼 넌 나를 바보 같은 놈으로 생각하니?"

"그런 말이 아냐."

"나는 네가 생각하는 것처럼 그렇게 우둔하지는 않아. 그건 그렇고 배 이야기나 계속해 봐."

하일너는 돌아누웠다. 그런데 하마터면 물속에 빠질 뻔했다. 그는 이제 배를 땅에 대고 엎드려서, 양손으로 볼을 받치고 턱을 손으로 감쌌다.

"라인 강에서……" 하고 그는 말을 시작했다.

"방학 때 배를 보았어. 한번은 일요일이었는데 배 위에서 음악을 듣고 있었지. 밤이었는데 색칠을 한 등불이 물위에 비치고 있었어. 우리는 음악과 함께 강을 따라 내려갔지. 모두들 라인 주(酒)를 마셨어. 여자 아이들은 하얀 옷을 입고 있었어."

한스는 귀를 기울이고 아무 말도 하지 않았으나, 눈을 감으니 배가 음악을 연주하면서 빨간 불을 켜고 하얀 옷을 입은 여자 아이들을 태우고 여름 밤을 달리는 것이 보였다.

하일너는 말을 계속했다.

"지금과는 아주 딴판이었어. 여기에 온 사람 중에 그런 걸 아는 사람은 없을 거야. 답답하고 비겁한 놈들뿐이야. 악착같이 공부만 하고 헤브라이어 알파벳보다 고상한 것은 아무것도 몰라. 너도 마찬가지야."

한스는 잠자코 있었다. 하일너는 아주 이상한 인간이었다. 공상가였고 시인이었다. 한스는 이제까지 몇 번인가 하일너에게 놀란 적이 있었다. 그는 누구나가 알고 있듯이 그리 공부만 하는 편도 아니었다. 그럼에도 아는 것이 많았고 멋진 대답을 할 줄 알았다. 더욱이 그는 그 지식을 경멸했다.

"이를테면 우리는 호메로스를 읽을 때……" 하고는 그는 계속해서 조소했다.

"마치 『오디세이아』를 요리 책이나 되는 것처럼 읽고 있어. 한 시간에 두 구절 읽고서 한 자 한 자 되풀이해서 읽고 구역질이 날 때까지 계속하지. 그러고는 시간이 끝날 때쯤에 언제나 '제군들은 이 시인이 얼마나 미묘하게 표현을 하고 있는지 알았지요? 이것으로 제군들은 시적 창작의 비밀을 알 수 있게 되었어요'라고 말하지. 그건 불변사와 과거형에 질식해 버리지 않도록 그 주위에 양념을 뿌리는 것에 지나지 않는 거야. 그런 방법이라면 나한테는 호메로스 전체가 아무 가치가 없어. 도대체 고대 그리스의 것이 우리와 무슨 관계가 있다는 거니? 우리 중에 누구 하나가 조금이라도 그리스적으로 생활하려고 하거나 또는 시험해 보려고 한다면 당장 추방되고 말 거야. 그렇기 때문에 우리의 방을 헬라스라고 부르지! 정말 우스운 이야기야. 어째서 '휴지통'이나 '노예의 울타리' 아니면 '실크 모자'라고 부르지 않을까? 고전적인 것이라고 하는 것은 모두 속임수야."

그는 공중에다 침을 뱉었다.

"너 조금 전에 시를 쓰고 있었지?"

이번에는 한스가 물었다.

"응."

"무엇에 대해서?"

"이 호수와 가을에 대해서야."

"보여 줄 수 있어?"

"아니. 아직 다 쓰지 않았어."

"그럼 다 되면?"

"응. 보여 주지."

둘은 일어나서 천천히 걸어 수도원으로 향했다.

"자, 봐. 너는 저 아름다움을 주의해서 본 적이 있니?"

파라다이스를 지날 때 하일너가 말했다.

"홀, 아치형의 창문, 회랑, 식당, 고딕식과 로마네스크식 모두가 풍부하고 정교하며, 예술가의 손으로 만들어진 거야. 이 매력은 무엇에 소용되고 있을까? 목사가 되려는 서른여섯 명의 불쌍한 소년들에게 도움이 되고 있지. 국가에는 여분의 돈이 있는 거야."

한스는 오후 내내 하일너를 생각하지 않을 수 없었다. 어떤 인간일까? 한스가 알고 있는 걱정이나 소원 같은 것은 하일너에게는 전혀 존재하지 않았다. 그는 자신의 사상과 말을 가지고 있었으며 좀

더 열의 있고 자유로운 생활을 하고 있었다. 색다른 번뇌를 가지고 자기 주위를 몹시 경멸하고 있는 것처럼 보였다. 그는 낡은 기둥과 담벼락의 아름다움을 이해하고 있었다. 또한 자기의 영혼을 시의 구절에 넣어서 공상에 의해 비현실적인 자기만의 독특한 생활을 만드는 신비스럽고 기이한 예술을 가지고 있었다. 그리고 그는 경쾌하고 자유로웠으며, 한스가 일년 동안 하는 이야기 이상의 위트를 매일 쏟아냈다. 동시에 그는 우울했으며, 자기의 슬픔을 타인의 진기하고 귀중한 것이기나 한 것처럼 즐기고 있는 듯이 보였다.

그날 저녁 무렵 하일너는 그의 엉뚱하고 뛰어난 성질의 일면을 방 안 전체 아이들에게 보여 주었다. 입이 싸고 마음이 좁은 오토 벵거라고 하는 같은 방 학생이 하일너와 싸움을 하기 시작한 것이다. 잠시 동안 하일너는 조용히 그를 놀리기만 하다가 마침내 따귀를 치며 달려들었다. 둘은 난폭하게 달라붙어 물어뜯고, 키 잃은 배처럼 부딪히기도 하고, 반원을 그리기도 하고, 주춤 물러서기도 하고, 벽으로 밀려나고 의자를 넘고 방바닥을 뒹굴면서 헬라스의 방 안을 돌아다녔다. 둘 다 말없이 씩씩거리며 푸우푸우 거품을 내뿜었다.

방 안 아이들은 마치 비판가와 같은 얼굴을 하고 방관하고 있었다. 그들은 엉겨진 덩어리를 피해, 발이며 책상이며 램프 등을 끄집어당기고서 재미있다는 듯 마른침을 삼켜 가며 결과가 어떻게 될 것인가를 기다리고 있었다. 몇 분 후에 하일너는 겨우 몸을 일으켜 털고는 숨을 헐떡이면서 서 있었다. 그의 모양은 참담했다. 눈은 빨갛게 충혈되었고, 셔츠의 깃은 찢겨졌고, 바지의 무릎에는 구멍이 뚫려 있었다. 상대가 다시 달려들려고 했으나 그는 팔짱을 끼고 선 채 거만스럽게 말했다.

"나는 더 싸우지 않겠어. 때리고 싶으면 때려 봐."

오토 벵거는 욕설을 퍼부으며 나가 버렸다. 하일너는 책상에 기대 서서 램프를 돌리면서 바지 주머니에 양손을 집어넣고는 무엇인가 생각해 내려는 모습이었다. 별안간 하일너의 눈에서 눈물이 뚝뚝 떨어지더니 차츰 아래로 흘러내렸다.

그것은 의외였다. 운다는 것은 분명 신학교 학생이 할 수 있는 일 중에서 가장 모멸적인 행동이었기 때문이다. 그는 우는 것을 전혀 감추려고 하지도 않았다. 눈물을 닦기는커녕 양손을 호주머니에서 빼내려고도 하지 않았다. 그는 창백해진 얼굴을 램프 쪽으로 돌리고서 조용히 서 있었다. 다른 아이들은 그의 주위에 서서 심술궂은 호기심을 가지고 바라보고 있었다. 마침내 하르트너가 그의 앞으로 나아가 이렇게 말했다.

"야, 하일너! 부끄럽지도 않니?"

울고 있던 하일너는 잠에서 깨어난 사람처럼 조용히 주위를 둘러보았다.

"부끄럽냐고? 너희들한테?"

그는 큰 소리로 멸시하듯 말했다.

"부끄럽지는 않아."

그는 얼굴을 닦고 화가 난 듯 램프를 불어 끄고 방에서 나갔다.

한스 기벤라트는 그동안 자리를 떠나지 않고 다만 놀라운 공포심을 가지고 하일너를 곁눈질해 보고 있었다. 15분쯤 지난 뒤 그는 큰 마음을 먹고 자취를 감춘 친구의 뒤를 좇았다. 하일너는 어둡고 싸늘한 침실의 낮은 창문턱에 꼼짝 않고 앉아서 회랑을 내려다보고 있었다. 뒤에서 바라보니 그의 어깨와 가늘고 날카로운 머리가 이상하게도 아이 같지 않게 엄숙해 보였다.

한스가 창가로 다가가도 하일너는 전혀 움직이지 않았다. 조금 지나서야 하일너는 한스 쪽으로 얼굴을 돌리지도 않은 채 목쉰 소리로 이렇게 말했다.

"무슨 일이야?"

"나야."

한스가 떨면서 대답했다.

"무슨 일이지?"

"아무것도 아니야."

"그래? 그러면 돌아가 줘."

한스는 정말 기분이 나빠서 돌아가려고 했다. 그러나 그때 하일너가 한스를 가지 못하게 붙들었다.

"기다려 줘."

그는 일부러 그러는 듯한 농담조로 말했다.

"그렇게 말하려고 했던 건 아냐."

둘은 서로 얼굴을 바라보았다. 이렇게 서로의 얼굴을 정면으로 바라보기는 이번이 처음이었다. 이 소년다운 미끈한 표정 뒤에는 서로의 특징 있는 독특한 인간 생활과 영혼이 깃들어 있는 것을 서로가 마음속에서 그려 내려고 했다. 하일너는 천천히 팔을 내밀어 한스의 어깨를 붙잡고 서로의 얼굴이 아주 가까워질 때까지 한스를 끌어당겼다. 그러고 나서 한스는 갑자기 상대방의 입술이 자기의 입술에 닿는 것을 느끼고 무어라 말할 수 없이 놀랐다. 그의 심장은 여태껏 느껴 보지 못한 답답증으로 들먹거렸다.

이처럼 어두운 침실에 함께 있는 것과 이 돌연한 키스는 어떻게 보면 모험적이고 신기하고, 또 무섭고 위험스러운 일이었다. 만약 이 현장을 들키기라도 한다면 얼마나 무서운 일인가 하고 그는 생각했다. 이 키스는 다른 아이들에게 조금 전에 하일너가 운 것보다도 더욱 우습고 수치스러운 일로 여겨질 것임에 틀림없었기 때문이다. 그는 아무 말도 하지 못하고, 다만 피가 세차게 머리 위로 올라오는 것 같은 느낌이었다. 그는 가능하다면 도망치고 싶었다.

이 장면을 본 어른이 있었다면, 이 알뜰한 정경과 순결한 우정 표시의 수줍은 애정과 두 소년의 진지한 좁은 얼굴에 대해서 아마도 흐뭇한 기쁨을 느꼈을 것이다. 둘은 모두 귀엽고 전도 유망한 소년으로 아직 반쯤은 어린아이다운 순진성을 가지고 있었으나, 이미 반쯤은 청년 시절의 수줍음을 지닌 아름다운 자부심으로 넘쳐 있었다.

차츰 소년들은 공동 생활에 순응되어 갔다. 서로를 알게 되고 각자가 상대방에 대한 지식과 관념을 쌓아 수많은 우정이 싹텄다. 짝을 지은 친구들 중에는 함께 헤브라이어 단어를 외는 학생이 있는가 하면, 같이 스케치를 가거나 산책도 하며 실러를 읽는 학생들도 있었다. 라틴어를 잘하는 대신에 수학이 서투른 아이는, 라틴어가 서투른 대신 수학을 잘하는 아이와 결합하여 성적을 올리려고 했다.

또 다른 종류의 계약과 물물 교환이 기초가 된 우정도 있었다. 예를 들면 햄을 가지고 있어 매우 부러움을 받는 아이는 쉬탐하임의 원예가 아들이 자기와 유무상통(有無相通)하는 짝임을 발견하게 된 것이다. 이 소년은 자기의 상자 속에 맛있는 사과를 가득 저장하고 있었다.

어느 날 햄을 가진 아이가 햄을 먹고 있다가 목이 말라서 사과를 가진 아이에게 사과 하나를 달라고 하고 대신 자신의 햄을 주었다. 그들은 함께 앉아서 서로 신중하게 이야기한 결과, 햄이 없어지면 부모에 의해 곧 보충된다는 것과 사과를 가진 아이는 봄이 지나고서도 얼마간은 아버지가 사과를 보내 주어 얻어먹을 수 있다는 것을 알게 되었다. 이리하여 그들의 견고한 관계가 성립된 것이다. 그 관계는 정열적으로 결합된, 다른 많은 이상적인 결합보다도 오래 지속되었다.

고립된 사람은 아주 소수였다. 루치우스는 그 적은 수 가운데 하나였다. 예술에 대한 그의 탐욕적인 사랑은 이 무렵 절정에 달해 있었다. 조화되지 않는 결합도 있었다. 가장 조화되지 않는 결합은 헤르만 하일너와 한스 기벤라트의 결합이었다. 그것은 경솔한 사람과 조심성 있는 사람, 그리고 시인과 노력가와의 결합이었다. 둘은 가장 영리하고 재주가 뛰어난 소년으로 손꼽혔으나, 하일너는 천재라는 반조롱적인 평판을 받고 있는 반면에 한스는 모범 소년이라는 명성을 듣고 있었다. 그러나 모두들 두 아이에게 그다지 관심이 없었다.

각자 자신의 교우 관계에 바빴고 자기 일에 몰두하고 있었다.

그러나 이러한 개인적인 흥미와 경험 때문에 학교가 등한시되는 것은 아니었다. 학교는 도리어 큰 악장이며 리듬이었고, 그것에 비하면 루치우스의 음악도, 하일너의 시작(詩作)도, 모든 친구 관계나 싸움도, 때때로 있는 격투도, 그런 것들은 모두 부수적으로 연주되는 변조나 사사로운 개개의 여흥으로서 유희적인 것에 지나지 않았다.

무엇보다도 헤브라이어가 힘들었다. 여호와의 오묘하고 고색창연한 언어는 고갈되어, 그러나 아직도 신비하게 살아 있는 나무처럼 이상하게 박차를 가해서 하나의 수수께끼처럼 소년들의 눈앞에 우뚝 솟았다. 이상스러운 나뭇가지가 그들의 눈앞에 우뚝 솟았고, 진기한 색깔과 향기 있는 꽃이 사람들을 놀라게 했다. 그 가지와 움푹 들어간 곳이나 뿌리 속에는 괴상하고 무섭게 생긴 용이라든지 순박하고 사랑스러운 동화, 그리고 아름다운 소년과 조용한 눈을 가진 소녀 또는 억센 여자와 함께 주름살이 많고 엄숙하고 메마른 노인의 머리, 그러한 천 년의 영혼이 무섭게 또는 다정하게 깃들어 있었다.

한가로운 루터의 성서 속에서는 구약 성서의 안개로 엷게 가려져 멀리 꿈과 같이 울렸던 것이, 지금 이 생소한 참된 언어 속에서는 피와 소리가 낡아서 가슴 답답하기는 하나, 강하고 무시무시한 생명을 획득했다. 적어도 하일너에게는 그렇게 생각되었다. 그는 매일매일 수업 시간마다 모세 5경(구약 성서의 맨 앞에 있는 5권)을 저주하고는 있었으나, 단어를 다 알아서 결코 틀리지 않게 읽으려고 참을성 있게 공부하는 다른 많은 아이들보다도 그 속에서 많은 생명과 영혼을 발견하고 또 흡수했다.

그것과 겨누는 신약 성서는 더욱 미묘하고 쉽게, 그리고 깊이 이해되었다. 신약 성서의 말은 그다지 밝거나 깊거나 풍부하지는 않았으나 한층 섬세하고 젊은 정열이 있고, 동시에 몽환적인 정신으로 충만해 있었다.

그리고 『오디세이아』의, 그 힘 있고 가벼운 음조가 힘차게 균형이 잡혀 흘러가는 하얗고 둥근 물의 요정의 팔과도 비슷한, 시 구절 속에서 몰락한 행복스러운 윤곽과 선명한 생활의 기록과 예감이 떠오르는 것이었다. 그것은 때로는 윤곽의 허식 없는 필치로 꼭 붙잡을 수 있을 것 같았고, 어느 때는 두서너 마디의 말과 구절 속에서 꿈과 아름다운 예감으로 반짝반짝 빛나면서 떠오르는 것이었다.

이것에 비하면 역사가 크세노폰이나 리비우스는 그 빛을 빼앗기고 말았다. 빼앗기기까지는 않았다 할지라도, 미미한 빛으로서 거의 빛을 잃고 조심스럽게 옆에 서 있는 것에 지나지 않았다.

한스는 모든 일이 그의 친구에게는 자기와 다르게 관찰되고 있다는 것을 알고는 몹시 놀랐다. 하일너에게 추상적인 것은 존재하지 않았다. 그가 마음속에 그려서 공상의 색채로 그려 낼 수 없는 것은 존재하지 않았다. 그렇게 되지 않는 경우에는 무엇이든지 싫증을 내고 내팽개쳐 버렸다. 수학은 그에게 믿을 수 없는 수수께끼를 짊어진 스핑크스였다. 그의 냉혹하고 꼴사나운 눈초리는 산 채로 희생된 것을 꼼짝도 할 수 없도록 만들어 버리는 것이었다. 하일너는 이 괴물을 멀찍이 돌아서 피하고 있었다.

하일너와 한스의 우정은 색다른 관계였다. 그것은 하일너에게는 오락이었고 편리하고 기분 좋은 일이었으며 간혹 변덕을 부리기도 했으나, 한스에게는 때로는 자랑스럽게 지키는 보물이었으며 어느 때에는 견딜 수 없는 큰 짐이었다. 그전까지 한스는 저녁 무렵의 시간을 언제나 공부에 이용했다. 그러나 지금은 거의 매일 하일너가 고통스러운 공부에 싫증이 나면 한스를 찾아와 그의 책을 밀어내고 그를 자기의 상대로 만들어 버렸다.

한스는 이 친구를 몹시 사랑했으나, 나중에는 이 친구가 또 오지나 않을까 하고 매일 밤 벌벌 떨면서, 뒤떨어지지 않기 위해서 제한된 공부 시간에 갑절로 열심히 공부했다. 하일너가 이론적으로 그가 열심히 공부하는 것을 공격하기 시작한 것은 한스에게는 큰 고통이었다.

"그것은 품팔이야." 하고 하일너는 이렇게 말했다.

"너는 어떤 공부든지 하고 싶어서 하는 것이 아니야. 다만 선생과 아버지가 무서워서야. 일등이나 이등이 되면 뭐 하니? 나는 이십 등이지만 그렇다고 해서 너희같이 열심히 공부하는 아이들보다 멍청하지는 않아."

한스는 하일너가 교과서를 어떻게 취급하고 있는지를 처음 보았을 때 너무나도 놀랐다. 한스가 언젠가 책을 교실에 두고 왔기 때문에 다음 지리 시간의 예습을 하기 위해 하일너에게 지도를 빌렸다. 놀랍게도 그는 어느 페이지고 온통 연필로 낙서를 해 놓았다.

피레네 반도의 서해안은 괴상한 얼굴의 옆모습으로 끌어당겨져 있었다. 코는 풀토에서 리스본에 이르고, 피니스테레 곶 지방은 곱슬곱슬한 말아 붙인 머리카락으로 과장되었으며, 성(聖) 뱅상 갑은 얼굴 전체의 수염이 잘 다듬어 올려진 선단(先端)이 되어 있었다. 어느 책장을 보아도 그런 식이었다. 뒤쪽 백지에는 회화(戱畫)와 대담한 풍자시 구절이 적혀 있었다. 잉크가 떨어져 있는 곳도 여러 군데였다. 한스는 자기 책을 신성한 것으로 보물처럼 다루고 있었다. 그래서 한스는 이러한 대담성을 신성을 모독하는 행위 또는 반범죄적이기는 하나 영웅적인 행위라고 생각했다.

선량한 기벤라트는 그의 친구들에게는 귀여운 노리갯감이라기보다는 집에서 기르는 일종의 고양이에 지나지 않는 것으로 보였을지도 모른다. 한스 자신도 때때로 그렇게 느꼈다.

그러나 하일너는 한스가 필요했기 때문에 애착을 가지고 있었다. 그는 누구든지 자기의 마음의 털어놓을 수 있는 사람, 자기가 말하는 것을 경청해 줄 수 있는 사람, 자기를 감탄하며 칭찬해 줄 수 있는 사람을 갖지 않고는 견딜 수가 없었다. 학교나 생활에 대해서 혁명적인 이야기를 할 경우에는 조용히 그리고 열심히 경청해 주는 사람이 필요했다. 동시에 또 우울할 때는 자기를 위로해 줄 수 있고, 그 사람의 무릎을 자기가 벨 수 있는 사람이 필요했다.

일반적으로 이러한 성질을 가진 사람들은 다 마찬가지겠지만, 이 젊은 시인은 근거도 없는 다소 어리광스러운 우울증의 발작으로 시달렸다. 그 원인의 일부는 어린 마음의 숨은 고별이며, 일부는 여러 가지 힘과 어슴푸레한 생각이나 욕망 등 아직 목적을 모르는 횡류(橫

流)였고, 일부는 어른이 될 때의 이유 없는 어두운 충격이었다. 그럴 때마다 그는 동정을 받고 애무를 받고 싶은 병적인 욕구를 지니고 있었다. 하일너는 어머니한테서 무척이나 귀여움을 받고 자랐다. 아직 여성의 사랑을 받을 정도로 성숙하지 못한 지금은 온순한 친구가 그의 위안자가 되었다.

저녁때 그는 지쳐서 한스에게 오는 일이 자주 있었다. 그리고 공부를 하고 있는 한스를 유혹하여 함께 침실로 가자고 재촉했다. 그 차가운 홀 또는 어두워져 가는 높은 기도실을 둘은 나란히 왔다갔다 하기도 하고, 추위에 떨면서 창에 걸터앉기도 했다. 하일너는 하이네를 읽는 서정적인 소년의 부류였으며, 갖가지 감상적인 탄식을 했다. 그리고 다소 어린아이다운 비애의 구름 속에 싸여 있었다. 그것이 한스에게는 쉽게 익숙해지진 않았으나, 무엇인가 가슴에 울리는 듯한 것을 느꼈다. 때로는 그 기분이 전염되어 오는 일까지 있었다.

이 감수성 많은 시인은 흐린 날에 발작을 일으키는 일이 많았다. 특히 늦가을의 비구름이 하늘을 컴컴하게 하고, 감상적인 달이 구름에 숨어 어슴푸레한 엷은 베일과 구름의 틈 사이로 내다보면서 궤도를 그리며 가는 밤이면 그의 비탄과 신음은 절정에 달했다. 그러면 그는 오시안적인 기분에 잠겨 몽롱한 우수 속으로 녹아 들어가는 것이었다. 그것이 한숨이 되고 말이 되고 시 구절이 되어, 죄도 없는 한스에게 퍼부어지는 것이었다.

한스는 이러한 고통스러운 수심과 탄식의 장면에 시달리고 괴로움을 당하고는 급히 서둘러 남은 시간에 공부를 시작했다. 그러나 공부는 점점 어려워졌다. 옛날의 두통이 다시 되살아난 것을 그는 이제 의심하지 않았으나, 피로하여 하는 일 없이 무료한 시간을 보내는 일이 빈번해지고 꼭 필요한 일만을 하는 데에도 자기 자신을 매질하지 않으면 안 되는 것이 몹시 마음에 걸렸다.

이 괴상한 친구에 대한 우정 때문에 허덕이다 지치고 자기의 성질이, 또 순결한 부분이 무엇인가에 의해 병들게 되었다는 사실을 그는 어렴풋이 느끼기는 했으나, 상대가 침울하고 눈물을 흘리면 흘릴수록 가엾어 보였다. 그리고 자기가 이 친구에게 없어서는 안 된다는 의식이 그의 우정을 더욱 깊게 했으며, 그를 더욱 자랑스럽게 만들었다.

또한 이 병적인 우울증도 실은 과잉의 불건강한 충동의 돌발에 지나지 않으며, 그가 정말로 감탄하는 하일너의 본성에 속하는 것은 아니라는 것을 느끼고 있었다. 하일너가 자작한 시를 낭독하거나, 시인의 이상에 대해서 말하거나, 쉴러나 셰익스피어의 독백을 정열적인 몸짓으로 낭독할 때, 한스는 결핍되어 있는 마력에 의해 공중을 떠돌고, 초인간적인 자유와 불타는 듯한 정열을 가지고 움직이며, 호메로스의 천사와 같이 날개 돋친 발을 갖고 그와 같은 또래의 학생들로부터 떠나 버리는 것처럼 여겨졌다. 이제까지 시인의 세계는 한스에게는 거의 미지였고 중대한 것으로도 생각되지 않았다. 지금 그는 비로소 아름답게 흘러나오는 어구와 진실하게 다가오는 비유와 마음 설레는 음률 등의 현혹적인 힘을 거역하기 어렵게 되었다. 이 새로 열려진 세계에 대한 한스의 존경은 친구에 대한 감탄과 융합하여 일체 불가분의 감정이 되었다.

그러는 동안 어느덧 11월이 다가왔다. 램프를 켜지 않고 공부할 수 있는 동안은 몇 시간뿐이었다. 어두컴컴한 밤에는 폭풍이, 커다랗게 휘감기는 구름의 산더미를 어두운 고지로 몰아붙여 신음하듯이 또는 싸우듯이, 오래된 견고한 수도원의 건물 주위에 부딪쳤다. 나뭇잎은 이미 하나도 남아 있지 않았다. 다만 저 많은 나무 가운데 왕자다운, 세차고 가지 많은 큰 참나무만이 다른 모든 나무보다도 소란스럽게 불평을 참을 수 없다는 듯이 마른 나뭇가지 끝으로 소리를 내고 있었다.

하일너는 이때쯤 되면 완전히 우울증에 빠져 한스한테도 오지 않고, 혼자서 멀리 떨어진 연습실에서 바이올린을 난폭하게 당기거나 친구들에게 싸움을 걸곤 했다. 어느 날 하일너가 연습실에 가 보니 노력가인 루치우스가 악보대 앞에서 연습을 하고 있었다. 하일너는 화가 나서 나갔다가 30분이 지난 후에 다시 돌아왔다. 루치우스는 그때까지 계속해서 연습을 하고 있었다.

"이제 그만해도 좋을 텐데."

하일너가 잔소리를 했다.

"다른 아이들 중에도 연습하고 싶은 사람이 있지 않을까? 안 그래도 너의 엉터리 같은 바이올린은 사람을 울리고 있어."

루치우스는 물러나려고 하지 않았다. 하일너는 화가 치밀었다. 루치우스가 침착하게 다시 바이올린을 켜기 시작하자 하일너는 악보대를 발길로 걷어차 엎어 버렸다. 악보가 방 안에 사방으로 흩어지고 악보대는 루치우스의 얼굴에 부딪쳤다. 루치우스는 엎드려서 악보를 주워 모았다.

"교장 선생님께 일러바친다."

그는 단호하게 말했다.

"좋아."

하일너는 격분해서 소리쳤다.

"또 궁둥이도 채였다고 이르지 그래."

하일러는 루치우스를 정면에서 걷어차려고 발을 뻗었다. 루치우스는 재빠르게 옆으로 비켜서서 입구로 달려갔다. 하일너는 그를 뒤쫓았다. 격심하게 소란한 추격이 시작되었다. 복도와 넓은 방을 지나 계단과 현관을 통해 수도원의 가장 멀리 떨어진 건물에까지 이르렀다. 거기에는 조용하고 우아한 교장의 저택이 있었다. 그 서재의 문 앞에 이르러 하일너는 겨우 루치우스를 붙잡았다. 이미 노크를 하고 열려진 문 안에 들어선 순간 루치우스가 하일너에게 채였기 때문에, 미처 문을 닫을 여유도 없이 교장의 신성 불가침한 방 안으로 폭탄처럼 뛰어들었던 것이다.

그런 일은 여태까지 한 번도 없었던 일이었다. 다음날 아침 교장은 청년의 타락에 대해서 준엄한 훈시를 했다. 루치우스는 묘하게 회심의 미소를 보내면서 듣고 있었다. 하일너에게는 엄한 감금의 벌이 내려졌다.

"수년 이래로……" 하며 교장은 고함을 쳤다.

"이곳에서는 이러한 벌이 내려진 적이 없었다. 10년이 지나도 이 일을 결코 잊지 않도록 해 주겠다. 다른 사람들에게는 이 하일너를 본보기로 삼도록 하겠다."

학생들은 모두 겁에 질려 하일너를 힐끔힐끔 바라보았다. 하일너는 창백한 얼굴을 하고 반항적인 태도로 꼿꼿이 선 채 교장의 시선을 피하지 않았다. 많은 아이들은 마음속으로 하일너에게 감탄했다. 그러나 훈계가 끝난 후에 모두가 떠들썩하게 복도로 밀려 나갔을 때 하일너는 나병 환자처럼 홀로 남게 되었다. 그의 편이 되려면 용기가 필요했다.

한스 기벤라트는 하일너의 편이 될 수 없었다. 그러나 그렇게 하는 것이 자기의 의무라는 것을 잘 알고 있었다. 그는 자기의 비겁함을 생각하고 고민했다. 그는 가엾음과 부끄러움으로 방 안에 틀어박혀 얼굴도 잘 들지 못했다. 그는 하일너를 찾아가고 싶은 기분에 사로잡혀 남몰래 그것이 가능하다면 많은 희생을 치러도 좋다고 생각했다.

그러나 수도원에서는 무거운 감금의 벌을 받은 자는 오랜 기간에 걸쳐 낙인이 찍힌 거나 다름없었다. 말할 필요도 없이 처벌받은 자는 그 후 특별한 감시를 받았다. 그와 교제하는 것은 위험한 일이며 나쁜 평판이 뒤따랐다. 국가가 학생들에게 베푼 은혜에 대해서는 당연히 엄격한 규율로 보답하지 않으면 안 되었다. 그것은 이미 입학식의 긴 훈시 속에서 이야기되었던 것이다.

한스도 그것을 알고 있었다. 그는 우정의 의무와 공명심과의 싸움에서 패배한 것이다. 그의 이상은 바로 두각을 나타내고 시험에서 이름을 높여 한 역할을 해내려는 것이었지, 낭만적인 위험한 행동을 하려는 것은 아니었다. 그래서 그는 괴로워하면서 한쪽 구석에 틀어박혀 있었다. 아직은 뛰어나가서 용기를 낼 수도 있었으나 그것은 점점 곤란해졌다. 그리하여 한스는 어느 틈엔가 자신도 모르게 하일너에 대한 배신이 행동화되어 있었다.

하일너는 그것을 충분히 알고 있었다. 정열적인 그는 모두가 자기를 피하고 있음을 느꼈다. 그리고 그것은 당연하다고 생각했다. 그러나 한스에 대해서만은 믿음을 갖고 있었다. 지금 그가 느끼는 고통과 분노에 비하면, 지금까지의 아무런 이유도 없는 개탄은 자기 자신에게도 공허하고 우습게 생각되었다. 하일너는 창백하고 거만한 얼굴로 잠시 기벤라트의 곁에 서서 낮은 목소리로 말했다.

"너는 비겁한 놈이야, 기벤라트. 에이, 더러운 자식!"

이렇게 말하고서 그는 휘파람을 불면서 양손을 바지 주머니에 집어넣고는 걸어 나갔다.

젊은이들에게 다른 여러 가지 생각할 일과 할 일이 있다는 것은 좋은 일이었다. 이 사건이 있은 지 며칠 후에 하얀 눈이 소복이 내렸다. 그리고 며칠 동안 맑게 개인 차가운 겨울 날씨가 계속되어 눈싸움을 하고 스케이트를 탈 수 있었다. 크리스마스와 방학이 다가온 것을 모두가 갑자기 깨닫고는 그것에 대해서 이야기했다. 하일너의 일은 전혀 문제가 되지 않았다.

그는 조용하게 반항적으로 머리를 똑바로 쳐들고 오만한 얼굴로 돌아다녔다. 누구하고도 말을 하지 않았고, 자주 시를 수첩에 적어넣었다. 수첩에는 검정 초를 먹인 표지가 붙어 있고, 그 표지에는 '수도자의 노래'라는 표제가 붙어 있었다.

참나무, 오리나무, 개암나무, 수양버들에는 서리와 얼어붙은 눈이 미묘하고도 이상한 모양을 하고 늘어져 있었다. 연못에는 투명한 얼음이 찬 기운 때문에 소리를 냈다. 회랑 가운데에 있는 뜰은 조용한 대리석의 뜰처럼 보였다. 축제 기분의 즐거운 흥분이 방마다 넘쳐흘렀다.

크리스마스를 기다리는 기쁨은 두 사람의 근엄하고 단연한 교수에게까지도 부드러움과 흥분을 가져오게 했다. 선생들이나 학생들 중에 크리스마스에 무관심한 사람은 하나도 없었다. 하일너도 화를 내고 비참하게 보이던 얼굴이 어느 정도 부드러워지기 시작했다. 루치우스는 휴가 때 집에 가지고 갈 책과 신에 대해 곰곰이 생각했다. 집에서 오는 편지에는 가슴 조이게 하는 아름다운 일들이 적혀 있었다. 사랑하는 아들의 소망을 묻는다든지, 빵 굽는 날을 가르쳐 주기도 하고, 머지 않아 불시에 깜짝 놀라게 해 주겠다는 일을 암시하기도 했으며, 다시 만날 날에 대한 즐거움을 알리기도 했다.

방학의 귀향 여행 전에 학생들, 특히 헬라스의 방의 학생들은 사소하나마 명랑한 사건을 체험했다. 어느 날 저녁, 가장 큰 헬라스의 방에서 베풀어질 크리스마스 축하 파티에 선생님들을 초대하기로 결정했다. 축하의 말과 낭독, 그리고 피리 독주와 바이올린 이중주가 준비되었다. 그런데 어쨌든 프로그램에 유머러스한 순서를 넣지 않으면 안 되었다. 여러 가지로 상의하고 제안을 내기도 했으나 좀처럼 의견이 일치되지 않았다.

그때 카를 하멜이 아무런 생각 없이 에밀 루치우스의 바이올린 독주가 가장 유쾌할 것이라고 말했다. 그것이 인기를 끌었다. 애원, 협박 등 여러 가지 방법을 거친 다음에야 겨우 가련한 음악가는 응낙을 하고 말았다. 선생님들에게 보낸 정중한 초대장의 프로그램에는 다음과 같은 특별 프로그램이 소개되어 있었다.

「고요한 밤」, 바이올린을 위한 가곡, 궁전 명악사 에밀 루치우스 연주.

궁전 명악사의 칭호를 얻은 것은 멀리 떨어진 음악실에서 열심히 연습한 덕택이었다.

교장, 교수, 복습 지도 교사, 음악 교사, 수석 조교 등이 축하 파티에 초대되어 참석했다. 루치우스가 하르트너에게 빌린 뒷자락 단이 달린 검정 예복을 입고 머리에 기름을 바른 모습으로 조용하고 겸손하게 미소까지 띠면서 등장하자, 음악 선생의 이마에는 땀이 배어 나오기 시작했다. 그의 인사에서부터 사람들은 웃지 않고는 견딜 수가 없었다.

가곡 「고요한 밤」은 그의 손가락 아래에서 가슴이 내려앉을 듯한 애절한 탄성이 되었고, 울부짖는 듯 고통스럽고 괴로운 노래가 시작되었다. 그는 두 번이나 처음부터 다시 시작했으며 멜로디를 틀리기도 하고 끊기도 했다. 발로 박자를 맞추며 추운 겨울날의 나무꾼처럼 힘을 내기도 했다. 교장은 분노에 못 이겨 새파랗게 질린 음악 선생을 유쾌한 듯이 바라보았다. 루치우스는 가곡을 세 번씩이나 다시 시작하더니 이번에도 중간에 멈춘 채 바이올린을 내리고, 청중을 향해 이렇게 변명했다.

"잘되지 않습니다. 저는 겨우 지난가을부터 바이올린을 켜기 시작했을 뿐입니다."

"좋다, 루치우스." 하고 교장이 소리쳤다.

"우리는 너의 노력에 감사한다. 그렇게 계속 연습을 해라. 험난한 길을 지나야 별에 이르는 법이니까."

12월 24일은 새벽 3시부터 어느 침실이고 활기가 돌았고 떠들썩했다. 창에는 깨끗한 잎 모양으로 얼음이 두텁게 얼어 있었다. 세수할 물도 얼어붙었고, 수도원 안뜰에는 살을 에는 듯한 날카로운 삭풍이 불었지만 아무도 그것에 개의치 않았다. 식당에서는 커피 끓이는 큰 주전자가 증기를 뿜고 있었다.

그로부터 얼마 지나지 않아 오버코트며 목도리로 몸을 감은 학생들이 떼를 지어, 희미하게 반짝이는 하얀 들을 지나고 조용한 숲을 벗어나서 아주 멀리 떨어져 있는 기차역을 향해 걸어갔다. 모두가 떠들썩하게 이야기를 주고받으며 농담도 하고 큰 소리로 웃기도 했다. 각자의 마음속에는 소망과 즐거움과 기대로 가득 차 있었다. 널리 주 전체에 걸쳐서 도시나 시골을 막론하고 지금 쓸쓸한 집에서는, 따뜻하고 화려하게 장식된 방에서 부모님과 형제자매들이 자기를 기다리고 있다는 것을 그들은 알고 있었다. 대부분의 아이들에게 크리스마스에 먼 곳으로부터 귀향하는 일은 이번이 처음이었다. 그들은 사랑과 자부심으로 충만되어 있음을 알 수 있었다.

눈에 덮인 숲 한가운데 있는 작은 역에서 모두들 심한 추위에 떨면서 기차를 기다리고 있었다. 이와 같이 모두가 한마음, 한 기분이 되어 즐거웠던 적은 여태까지 한 번도 없었다. 하일너만이 혼자 떨어져서 아무 말이 없었다. 그는 기차가 오자 다른 아이들이 타는 것을 기다렸다가 혼자 다른 찻간에 탔다. 한스가 다음 역에서 기차를 바꿔 탈 때 또 한 번 그를 보면서 느낀 순간적인 부끄러움과 후회의 감정은, 곧 귀향의 흥분과 즐거움 속으로 사라져 버렸다.

그들의 집에서는 만족스러운 웃음이 가득 차 있었다. 그리고 선물이 놓여진 책상이 그들을 기다렸다. 그러나 기벤라트의 집에는 크리스마스의 즐거움이 없었다. 노래도, 축제의 감격도, 어머니도, 전나무도 없었다. 더욱이 그의 아버지는 축제를 축하하는 방법을 알지 못했다. 하지만 그는 아들을 자랑스럽게 여기고, 이번에는 선물을 사는 데 인색하지 않았다. 한스는 이러한 크리스마스에 익숙해져 있었기 때문에 아무것도 부족하다고 생각하지 않았다.

모두들 한스의 건강이 좋지 않고 너무 야위었으며 얼굴이 창백하다고 했다. 도대체 왜 수도원의 식사는 그렇게 빈약하냐고 물었다. 한스는 그에 대해 열심히 부정하며, 건강은 좋으나 이따금 두통이 날 뿐이라고 분명히 말했다. 마을 목사는 자기도 젊었을 때에는 그와 같은 두통에 시달렸었다고 한스를 위로했다. 그것으로 만사는 해결되었다.

냇물은 미끈하게 얼어붙어 있었다. 축제일에는 스케이트를 타는 사람들로 가득 찼다. 한스는 새 옷을 입고 신학교의 녹색 모자를 쓰고서 거의 온종일 밖에 있었다. 그는 이전의 동급생들로부터 벗어나 사람들이 부러워하는 훨씬 높은 세계로 진출한 것이다.

우정과 배반, 그리고 화해

신학교에서는 4년간의 수도원 시절에 한 사람 또는 몇 사람의 학생이 없어지는 것이 상례였다. 때로는 죽는 사람이 생겨서 찬미가와 더불어 장례를 지내기도 하고, 친구들에게 부축되어 고향으로 보내지기도 했다. 그리고 탈주하는 사람이 있는가 하면, 특별한 죄를 저질러 퇴학을 당하는 사람도 있었다. 또 극히 드물기는 하나 상급 학년에서만 일어나는 일인데, 어떤 곤란한 처지에 놓인 학생이 청춘의 괴로움에서 벗어나기 위해 권총 또는 투신 자살로 간단하게 어두운 곳으로 도망쳐 버리는 경우도 있었다.

한스 기벤라트의 반에서도 두서너 명의 급우가 이런 식으로 사라졌다. 더욱이 그것은 이상스러운 우연으로 모두 헬라스의 방에서 일어났다.

헬라스의 방의 학생 중에는 힌두라는 별명을 가진, 금발의 힌딩거라는 얌전한 작은 소년이 있었다. 그 소년은 알고이의 종교적으로 고립된 어느 지방의 양복점 주인 아들이었다.

그는 조용한 학생으로 없어진 뒤에야 비로소 약간의 평판이 떠돌았으나, 그것도 그다지 큰 문제는 아니었다. 절약가로 유명한 궁정 명악사 루치우스의 바로 옆에 있던 그는 루치우스와 친하게 지냈고 조심스럽게 다른 아이들보다 그와 많은 접촉을 했다. 그가 없어진 후에야 비로소 헬라스 방의 아이들은 말없이 선량한 이웃으로서, 또 종종 파란 많은 하나의 지점이 되어 준 힌딩거의 존재를 좋아하고 있었다는 것을 느꼈다.

1월 어느 날 힌딩거는 연못으로 스케이팅을 하러 가는 패에 끼여 있었다. 하지만 그는 스케이트는 가지고 있지 않았고, 다만 한번 구경을 하고 싶었을 뿐이었다. 그런데 곧 추워져서 몸을 녹이기 위해 강가 주위를 서성거리게 되었다. 그는 추위를 조금이라도 막기 위해 달음질쳐서 들 쪽으로 약간 떨어진 다른 작은 호숫가에 이르렀다. 그곳은 따뜻한 물이 힘차게 솟아오르고 있었기 때문에 물위에는 살얼음이 얼어 있을 뿐이었다.

그는 갈대를 헤치고 들어갔다. 그는 작고 가벼웠으나, 그만 강기슭 가까운 곳에서 빠지고 말았다. 잠시 동안 허우적거리며 "사람 살려!" 하고 외쳤으나 아무에게도 발견되지 못하고 어둡고 차가운 물속으로 가라앉아 버렸다.

오후 2시에 첫 수업이 시작되었을 때에야 비로소 사람들은 그가 없어진 것을 알게 되었다.

"힌딩거는 어디 갔지?"

복습 지도 교사가 물었다.

아무도 대답하지 않았다.

"헬라스의 방을 찾아보아라."

그러나 거기에도 그는 없었다.

"지각을 하나 보군. 자, 그만 시작합시다. 74쪽 일곱째 구절. 이런 일은 두 번 다시 없도록 합시다. 여러분들은 꼭 시간을 지키도록 하세요!"

그러나 3시가 되어도 힌딩거가 나타나지 않자 선생은 그제야 걱정이 되어 교장에게 사람을 보냈다. 교장은 즉시 교실로 달려와 중요한 질문 몇 가지를 하고는, 곧 열 명의 학생들과 조교와 복습 지도 교사에게 수색을 하라고 명령했다. 남은 학생들에게는 받아쓰기 연습을 시켰다.

4시가 되어 복습 지도 교사는 노크도 하지 않고 교실로 들어와서는 교장에게 귓속말로 무엇인가를 보고했다.

"조용히!" 하고 교장은 명령했다. 학생들은 꼼짝도 하지 않고 의자에 앉아 마른침을 삼키며 교장을 지켜보았다.

"제군들의 학우 힌딩거는……" 하며 교장은 목소리를 낮추었다.

"호수에 빠진 모양이다. 제군들도 그를 찾는 걸 도와야만 하겠다. 마이어 교수가 제군들을 지휘할 테니, 하나하나 그분 말씀에 복종하도록 해라. 그리고 제멋대로 행동해서는 안 된다."

놀란 학생들은 수군거리면서 교수 뒤를 따라갔다. 읍내에서 몇 사람의 어른이 밧줄과 판자와 몽둥이를 가지고 급히 달려가는 일행에 가담했다. 날은 몹시 추웠고 해는 점점 저물어 가고 있었다.

마침내 딱딱하게 굳은 작은 소년의 시체가 발견되어 눈에 덮인 골풀 위에서 들것으로 옮겨졌을 때는 이미 황혼이 깊었다. 학생들은 겁에 질린 새처럼 불안스럽게 주위에 서서 시체를 바라보면서 파랗게 굳은 손가락을 문질렀다. 물에 빠진 친구가 선두로 운반되고 그 뒤를 따라서 묵묵히 눈에 덮인 들판을 걷기 시작했을 때에야 비로소 그들의 억눌렸던 가슴은 갑자기 전율에 휩싸여, 어린 사슴이 적을 만났을 때처럼 죽음에 대한 공포를 느꼈다.

슬픔에 떠는 많지 않은 수의 일행 중에서 한스 기벤라트는 우연히 지난날의 친구 하일너와 나란히 걷게 되었다. 둘은 들판의 울퉁불퉁한 어느 장소에서 발을 헛디디는 순간, 자기들이 나란히 걷고 있다는 것을 동시에 느꼈다.

죽음에 직면하여 마음의 충격을 심하게 받고 잠시나마 모든 이기심 같은 것에 대한 허무함을 깊이 느끼고 있던 탓인지, 어쨌든 한스는 갑자기 친구의 창백한 얼굴을 가까이에서 보자 뭐라 말할 수 없는 깊은 괴로움을 느끼며 하일너의 손을 잡으려고 했다. 하일너는 화가 난 것처럼 손을 움츠리더니 불쾌한 듯이 눈을 돌리고는, 곧 다른 장소를 찾아서 맨 뒷줄로 사라져 버렸다.

모범 소년 한스의 가슴은 고통과 부끄러움으로 울먹였다. 얼어붙은 들판을 헛디뎌 가면서 걷고 있는 동안, 추위로 파랗게 된 볼 위로 눈물이 쉴 새 없이 흘러내리는 것을 그는 억제할 수 없었다. 그는 잊어버릴 수도 없고, 또 어떤 후회로도 돌이킬 수 없는 죄와 태만을 저질렀다는 것을 깨달았다. 선두에서 높이 걸머진 들것 위에 누워 있는 사람은 작은 양복점 주인의 아들이 아닌 친구 하일너로, 성적이나 시험이나 월계관이 아닌 양심의 깨끗함이나 더러움을 표준으로 하는 다른 세계로 한스의 배신에 대한 고통과 분노를 싣고 가는 것처럼 느껴졌다.

그러는 동안 일행은 국도에 다다랐다. 그곳에서 수도원은 가까웠다. 수도원에서는 교장을 선두로 선생 일동이 죽은 힌딩거를 맞이했다. 만약 힌딩거가 살아 있었다면 그러한 명예를 생각만 해도 도망쳐 버렸을 것이다. 선생들은 언제나 죽은 학생을 살아 있는 학생을 대하는 것과는 아주 다른 눈으로 보았다. 그들은 죽은 학생을 대하면서, 평소에 언제나 아무런 생각 없이 상처를 주는 하나하나의 생명이나 청춘의 귀중함을 다시는 돌이키기 어렵다는 것을 잠시나마 뼈저리게 느끼는 것이었다.

그날 밤도 그리고 다음날도 하루 종일 눈에 띄지 않는 시체의 존재가 마술과 같은 작용을 하여, 모든 행위나 언어를 부드럽게 하고 진정시켜 엷은 비단으로 감싸 주는 것 같았다. 그래서 이 짧은 기간에는 싸움도 분노도 소란도 웃음도 자취를 감추고, 잠시 동안 수정이 물 표면으로부터 사라져 파도 하나 일지 않고 마치 아무것도 살고 있지 않는 것처럼 보이는 듯했다.

서로들 만나서 익사한 아이의 이야기를 할 때에는 반드시 완전한 이름을 불렀다. 죽은 사람에 대해서 힌두라는 별명을 부르는 것은 실례가 되는 것으로 생각되었기 때문이다. 살아 있는 동안에는 눈에 띄지도 않았고 쳐다보지도 않아서 학생들의 무리 속에 숨겨져 있던 조용한 힌두가, 지금은 그의 이름과 죽음으로 큰 수도원 전체를 가득 채웠다.

이틀 후에 힌딩거의 아버지가 도착했다. 그는 아들이 누워 있는 방에 두세 시간 동안 혼자 있었다. 그러고 나서 교장에게 차를 대접받고, 그날 밤은 사슴의 집에서 묵었다.

그리고 장례식이 있었다. 관은 침실에 놓여져 있었다. 알고이의 양복점 주인은 그 곁에 서서 모든 것을 지켜보았다. 그는 틀림없는 양복점 주인 타입이었으며, 몹시 야위었고 날카로웠다. 녹색으로 물들인 검정 프록 코트에 좁고 옹색한 바지를 입고, 손에는 낡은 예복용 모자를 들고 있었다. 그의 작고 좁은 얼굴은 바람 속의 일 전짜리 촛불처럼 우수에 잠겨 슬프고 가냘프게 보였다. 그는 교장과 교수들에 대한 존경의 마음으로 줄곧 당황하고 있었다.

마침내 관을 나르는 사람들이 관을 들어 올리려는 순간, 슬픔에 잠긴 양복점 주인은 한 걸음 앞으로 다가서더니 눈물을 억제하면서 넋을 잃고 크고 조용한 방 한가운데서 겨울의 고목처럼 멈춰 섰다. 그 모습이 너무나도 적막하고 허전하고 초라했기에 보는 사람도 가슴이 아팠다. 목사가 그의 손을 붙잡고 가까이 다가섰다. 그는 이상스럽게 휘어진 실크 모자를 머리 위에 얹고는, 관 바로 뒤를 따라 층계를 내려가서 수도원의 뜰을 지나고 낡은 문을 통해 눈이 쌓인 하얀 들판을 따라 낮은 묘지의 담을 향해 걸어갔다.

묘 옆에서 찬미가를 부르는 대부분의 학생들이, 지휘하는 음악 선생의 박자를 맞추는 손은 보지도 않고 작은 양복점 주인의 초라한 모습을 보고 있었기 때문에 음악 선생은 화를 냈다. 양복점 주인은 슬픔에 잠겨 추위에 떨면서 머리를 숙이고 있었다. 그는 목사와 교장과 수석 학생의 조사(弔辭)를 들으며 합창하는 학생들을 향해 멍하니 고개를 끄덕였다. 때때로 웃옷 안주머니에 넣어 둔 손수건을 왼손으로 만지작거렸으나 그것을 꺼내지는 않았다.

"저분 대신 우리 아버지가 그 자리에 서 있었다면 어땠을까 하는 생각을 하지 않을 수가 없었어."

나중에 오토 하르트너가 이렇게 말했다. 그러자 모두들 이구동성으로 말했다.

"나도 그런 생각을 했었어."

장례식이 끝난 후에 교장은 힌딩거의 아버지와 함께 헬라스의 방으로 왔다.

"제군들 중에서 고인과 특히 친했던 친구가 있나?"

교장이 물었다.

처음에는 아무도 나서지 않았다. 힌두의 아버지는 불안하고도 애처롭게 젊은 학생들의 얼굴을 들여다보았다. 그때 루치우스가 앞으로 나섰다. 힌딩거 씨는 그의 손을 덥석 잡더니 잠시 동안 꼭 쥐고는 아무 말도 하지 못하고 있다가 고개를 끄덕이고는 방을 나갔다. 그러고 나서 그는 곧 출발했다. 눈으로 덮인 들판을 기차로 하루를 꼬박 달리지 않으면, 집에 돌아가서 아들 힌딩거가 얼마나 적막한 곳에 잠들어 있는지를 부인에게 말해 줄 수가 없었기 때문이다.

이런 일이 생긴 지 얼마 후 수도원에서는 또 마력이 사라져 버렸다. 선생들은 다시 학생들을 질타하기 시작했다. 문을 닫는 손도 난폭해졌다. 없어진 헬라스 방의 한 소년의 일은 거의 생각나지 않았다. 그 슬픈 호숫가에 오랫동안 서 있었기 때문에 감기가 들어 병실에 누워 있는 아이도 있었으며 면 슬리퍼를 신고 목도리를 두르고 뛰어다니는 아이도 몇 명 있었다.

한스 기벤라트는 다리도 목도 아프지는 않았으나, 그 불행한 참사가 생긴 날 이후 침통해지고 나이가 든 것처럼 보였다. 무엇인가 그의 마음속에는 변화가 일어난 것이었다. 소년이 청년으로 성장한 것이었다. 그의 마음은, 이를테면 다른 나라로 옮겨져 그곳에서 불안스럽고 안정되지 않은 채 아직도 자신이 머무를 곳을 찾지 못하고 있었다. 그것은 죽음의 공포 때문도 아니고 선량한 힌두에 대한 애도 때문도 아니었으며, 오직 갑자기 눈뜬 하일너에 대한 죄의식 때문이었다.

하일너는 다른 두 아이와 함께 병실에 누워 뜨거운 차를 마셔야만 했다. 그리고 힌딩거의 죽음에서 받은 인상을 정리하고, 후일의 시작 활동을 위한 시간을 가졌다. 그러나 그것도 그에게는 대수로운 일은 아닌 것 같았다. 그는 도리어 병색이 짙은 비참한 얼굴을 하고 있었으며, 앓고 있는 친구들과도 거의 말을 하지 않았다. 감금의 벌 이후로 그는 고독을 어찌할 수 없었으며 그의 감수성 많은, 말동무 없이는 견디지 못하는 마음은 상처를 입고 거칠어졌다. 선생들은 그를 혁명적인 불평분자로서 엄중히 감시하고, 학생들은 그를 피하고, 조교는 언제나 비꼬는 듯한 친절로 그를 대했다.

그가 벗삼는 셰익스피어나 쉴러나 레나우는 그를 압박하고 굴종을 강요하는 현실 세계와는 다른, 보다 힘차고 웅대한 세계를 보여주었다. 또 그의 『수도자의 노래』는 처음에는 은둔자 같은 우울한 음조를 띠던 것에 불과했으나, 점차로 수도원이나 교사나 동급생에 대한 신랄한 증오에 가득 찬 구절로 변했다. 그는 고독 속에서 시니컬한 순교자의 쾌감을 발견했다. 이해되지 않는 것에 만족을 느끼고, 가차없이 모멸적인 『수도자의 노래』 속에서 마치 자기가 작은 유베날리스(60세가 되기까지 세상에서 인정을 받지 못한 로마의 풍자시인)라도 되는 듯이 여기고 있는 것이었다.

장례식이 있은 지 일주일 후에 다른 두 친구는 다 낫고, 하일너만이 여전히 병실에 누워 있었다. 한스는 그에게 병문안을 갔다. 한스는 어색하게 인사를 하고, 의자를 침대 옆으로 끌어당겨 앉고는 병자의 손을 잡으려고 했다. 병자는 불쾌한 듯 벽 쪽으로 돌아눕더니 아주 무뚝뚝한 표정을 지어 보였다. 그러나 한스는 물러나지 않고 하일너의 손을 힘 있게 쥐고는, 옛 친구의 얼굴을 억지로 자기 쪽으로 돌리려고 했다. 그러자 하일너는 화를 내면서 입술을 비틀었다.

"도대체 어떻게 하자는 거냐?"

한스는 그의 손을 놓지 않았다.

"내가 말하는 것을 들어 봐." 하고 한스가 말했다.

"나는 그때 비겁하게도 너를 버렸어. 너는 내가 어떤 생각을 하고 있는지 알고 있었을 거야. 신학교에서 윗자리를 차지하고, 가능하다면 일등을 하겠다는 것이 나의 굳은 결의였어. 그것을 너는 쓸데없는 공부라고 말했지. 너에게는 틀림없이 그렇지. 그러나 나에게는 그것이 유일한 이상이었어. 나는 그때까지 그것보다 나은 것을 알지 못했던 거야."

하일너는 눈을 감고 있었다.

한스는 아주 소리를 낮추어 말을 계속했다.

"야, 정말 미안하다. 네가 다시 한 번 내 친구가 되어 줄지는 모르겠지만 어쨌든 나를 용서해 주렴."

하일너는 눈을 감은 채 묵묵히 있었다. 지금 그의 마음속의 모든 착하고 밝은 요소가 친구를 향해 웃음 짓고 있었지만, 요즘 몰인정한 고독감이 습관이 되어 버린 그는 적어도 잠시 동안은 그 가면을 벗지 않고 그대로 눌러쓰고 있었다. 그래도 한스는 굽히지 않았다.

"꼭 부탁한다, 하일너! 나는 더 이상 네 주위를 방황하는 것보다는 차라리 꼴찌가 되는 것이 낫다고 생각해. 너만 좋다면 우리 다시 친구가 되자. 그리고 우리는 다른 아이들은 상대하지 않아도 좋다는 것을 보여 주자."

그때 하일너가 한스의 손을 힘 있게 쥐면서 눈을 떴다.

2, 3일이 지나자 하일너도 병이 나아 병실에서 나왔다. 수도원 안에서는 다시 맺어진 이 우정에 대해서 적지 않은 흥분이 일었다. 그리고 두 사람에게는 이제부터 기이한 나날이 시작되었다. 특별히 이

렇다 할 체험이라고 할 만한 것은 없었으나, 그들의 마음은 결합하고 있다는 일종의 독특한 행복감과 무언중에 자리잡은 양보로 가득 차 있었다.

이전과는 다소 달라진 것이 있었다. 몇 주일 동안 떨어져 있던 기간이 두 사람을 변하게 만들었다. 한스는 더욱 부드럽고 따뜻하고 열광적으로 되어 있었으며, 하일너의 태도는 힘차고 남성적으로 되어 있었다. 둘은 그동안 서로 떨어져서 그리워하고 있었기 때문에, 재결합이 마치 커다란 체험처럼 또는 귀중한 선물처럼 생각되었다.

조숙한 이 두 소년은 그들의 우정 속에서 무엇인가 첫사랑의 미묘하고 신비스러운 것을 가슴 두근거리는 부끄러움을 갖고 무의식적으로 이미 맛보고 있었던 것이다. 거기에다 그들의 결합은 성숙한 사나이의 씁쓰레한 매력을 가지고 있었다. 그리고 그와 마찬가지로 씁쓰레한 맛으로써 학우 전체에 대한 반항심을 가지고 있었다. 모든 아이들에게 하일너는 친할 수 없는 사나이였고 한스는 이해할 수 없는 사나이였다. 그 무렵 다른 모든 아이들 사이의 우정은 아직도 순박한 소년의 장난에 지나지 않았던 것이다.

한스는 그 우정이 깊어지고 행복감에 집착하게 될수록 그에게 학교는 점점 멀어졌다. 새로운 행복감은 싱싱한 포도주처럼 그의 피와 사상에 끓어올라 빙빙 돌았다. 그와 동시에 리비우스도 호메로스도 그 중요성과 빛을 잃고 말았다.

선생들은 이제까지 모범적인 학생이었던 기벤라트가 의문의 인간으로 변하고, 요주의 인물인 하일너의 나쁜 감화에 물든 것을 보고 놀랐다. 무엇보다도 선생들이 두려워하는 것은 청년의 발효가 시작되는 위험한 연령의 조숙한 소년에게 나타나는 이상한 현상이었다. 그렇지 않아도 그들에게 하일너는 원래부터 무언지 언짢은 천재적인 기질을 가지고 있었다.(천재와 교사들 사이에는 옛날부터 움직일 수 없는 심연이 있었다.)

천재적인 인간이 학교에서 나타내는 것은 교수들에게는 이전부터 혐오의 대상이었다. 교수들에게 천재라고 하는 것은 교수를 존경하지 않고, 열네 살에 담배를 피우기 시작하고, 열다섯 살에 연애를 하고, 열여섯 살에 술집엘 가고 금지된 책을 읽고 대단한 작문을 쓰는 것이었다. 때로는 선생들을 조롱조로 쳐다보며, 교무 일지 속에서는 선동자와 감금 후보자의 역할을 하는 불량배인 것이다.

학교의 교사는 자기가 맡은 학급에 한 사람의 천재가 있는 것보다는 확실성이 보장되는 열 명의 바보가 있는 것을 좋아한다. 잘 생각해 보면 그것도 당연한 일이다. 왜냐하면 교사의 임무는 정상을 벗어난 인간을 기르는 것이 아니라, 라틴어를 잘하고 계산에 능하고 성실한 인간을 양성하는 것이기 때문이다.

그러나 어느 편이 더 많은 고통을 받을 것인가! 선생이 학생으로부터 괴로움을 당할 것인가, 그렇지 않으면 그 반대일 것인가. 양자 중에서 누가 더 폭군이며 누가 더 많이 귀찮게 구는가. 또 상대방의 마음과 생활에 상처를 입히고 더럽히는 자는 누구인가. 그것을 검토해 보면 누구나 불쾌한 기분이 되어 분노와 부끄러움을 갖고 자기의 젊은 시절을 생각하지 않을 수 없게 된다. 그러나 그것은 우리들이 취급할 일이 아니다.

정말로 천재적인 인간이라면 상처는 대개의 경우 쉽게 쾌유되고, 학교에 굴하지 않고 좋은 작품을 만든다. 또한 후일 죽어서는 시간의 흐름의 명쾌한 후광에 싸여, 여러 세대에 걸쳐 후세의 학교 선생들로부터 걸작으로, 그리고 고귀한 모범생으로 소개될 인물이 된다는 것을 우리는 위안으로 삼는다.

이렇게 해서 학교에서 규칙과 정신과의 싸움의 장면은 되풀이되고 있다. 그리고 국가와 학교는 매년 나타나는 몇 사람의 보다 깊고 뛰어난 정신을 타도하여 뿌리부터 꺾으려고 숨도 쉬지 않고 노력하고 있는 것을 우리는 끊임없이 보고 있다. 더욱이 언제나 누구보다도 학교 선생으로부터 미움을 받은 사람, 때때로 벌을 받은 사람, 탈주한 사람, 쫓겨난 사람들이 후에 가서 국민의 보배가 되는 것이다. 그러나 마음속의 반항으로 자기 자신을 망치고 파멸하는 사람도 적지 않다. 그 수가 얼마나 되는지 그것을 누가 알겠는가?

예로부터 훌륭한 학교의 원칙에 반해서 변태적인 두 젊은이에 대해서도 의심스럽다고 느끼지는 순간, 사랑 대신에 가혹함이 한층 더 가중되었다. 다만 가장 근면한 헤브라이어의 연구자로서 한스를 자랑으로 삼고 있던 교장만이 졸렬한 구제책을 시도했다. 그는 한스를 자기 사무실로 불렀다. 그곳은 옛날 원장이 거처하던 아름다운 그림과 같은 구석방으로, 전설에 따르면 가까운 크니트링겐 출생의 파우스트 박사가 이곳에서 엘핑거 술을 몇 잔 마셨다고 한다.

교장은 상당한 인물로서 견식도 실무적인 수완도 없지는 않았다.

뿐만 아니라 학생들에 대해서는 일종의 부드러운 호의를 가지고 있었으며, 그는 학생들을 즐겨 '군(君)'이라 불렀다. 그의 커다란 결점은 자부심이 너무 강한 것이었다. 그 결점은 교장으로 하여금 종종 교단에서 아슬아슬한 곡예를 부리게 했으며, 또 자기의 세력이나 권위가 조금이라도 의심스럽게 보이는 것을 참지 못했다.

그는 어떠한 항의도 받아들이지 않았으며, 어떠한 과오도 고백하지 못했다. 그래서 무능력하거나 또는 정직하지 못한 학생들은 그와 매우 잘 어울렸으나, 능력 있고 정직한 학생들은 잘 어울리지 못했다. 왜냐하면 조금만 반대 의사를 표시해도 그는 격분하여 올바른 판단력을 잃기 때문이다.

마음을 끌어당기는 듯한 눈초리와 다정한 목소리로 아버지 대신의 친구 역할을 하는 데에서 그는 명수였다. 지금도 그는 그 방법을 썼다.

"앉아라, 기벤라트."

그는 주저주저하면서 들어온 소년의 손을 힘 있게 잡으며 친절하게 말했다.

"좀 이야기하고 싶은 것이 있는데, 괜찮은가?"

"네, 선생님."

"네 자신도 최근 성적이, 적어도 헤브라이어에서 약간 떨어진 것을 느끼고 있겠지. 너는 지금까지 헤브라이어는 일등이었어. 그런데 갑자기 성적이 떨어지는 것이 매우 유감이다. 혹시 헤브라이어에 흥미를 잃은 것이 아니냐?"

"그렇지 않습니다, 선생님."

"잘 생각해 보아라. 그런 일은 흔히 있단다. 아마 다른 과목에 더 주력을 하고 있는 모양이지?"

"아닙니다, 선생님."

"정말이냐? 좋아, 그럼 다른 원인을 찾아봐야겠구나. 그것을 찾는 데 네가 나를 도와 주겠니?"

"모르겠습니다…… 저는 항상 숙제는 했습니다."

"물론 그렇지. 그러나 같은 핏줄에서도 바보는 있는 법이다. 너는 물론 숙제를 잘해 왔다. 그것은 바로 너의 의무이기도 하지. 그러나 이전에는 어떤 경우에도 흥미를 가지고 열심히 공부했고 성적도 아주 좋았다. 그런데 갑자기 열의가 식은 것이 무슨 까닭인지 알고 싶다. 어디 아픈 데라도 있나?"

"아닙니다."

"혹 두통이라도 생겼니? 물론 그다지 건강해 보이지는 않는구나."

"네. 두통은 이따금 생깁니다."

"그럼 공부가 지나친 것은 아니냐?"

"아닙니다, 전혀."

"그렇다면 다른 독서를 많이 하나? 정직하게 말해 보아라!"

"아닙니다. 저는 거의 아무것도 읽지 않습니다, 선생님."

"그렇다면 잘 모르겠구나. 애야, 아직은 모르겠으나 어딘지 못마땅한 일이 틀림없이 있을 것이다. 너는 진심으로 노력하겠다고 약속해 줄 수 있겠니?"

한스는 교장이 내민 오른손에 자기 손을 얹었다. 교장은 그를 진심 어린 부드러움으로 들여다보았다.

"그럼 좋다. 아주 지쳐 버리지 않도록 해라. 그렇지 않으면 수레바퀴 아래에 깔리게 될 테니까."

교장은 한스의 손을 꼭 쥐었다. 한스는 안도의 숨을 쉬면서 문으로 걸어갔다. 그때 교장이 다시 한스를 불렀다.

"좀더 묻겠는데, 기벤라트! 하일너와 교제하고 있는 모양이지?"

"네, 매우 친합니다."

"다른 아이들보다도 가까이 지내고 있다지?"

"그렇습니다. 아주 가까이 지내고 있습니다. 그는 제 친구입니다."

"도대체 어떻게 해서 그렇게 됐지? 너희들은 서로 성격이 다르지 않니?"

"그건 저도 잘 모르겠습니다. 다만 그는 제 친구일 뿐입니다."

"내가 너의 친구를 그다지 좋아하고 있지 않다는 것을 너도 잘 알고 있겠지. 그는 침착성을 잃은 불평가며, 재능이 있는지는 몰라도 아무것도 하지 않고, 네게도 좋지 않은 영향을 끼치고 있어. 나는 네가 그로부터 좀 멀어졌으면 하고 생각하는데, 넌 어떠니?"

"그건 안 됩니다, 선생님."

"안 된다고? 도대체 왜?"

"그는 제 친구이기 때문입니다. 쉽게 그를 버릴 수는 없습니다."

"음. 그러나 너는 다른 아이와 더 가까워질 수 있지 않니? 하일너의 나쁜 감화에 몸을 맡기고 있는 것은 너뿐이야. 그 결과는 이미 눈에 드러나고 있다. 너는 하일너의 어떤 점에 특별히 끌리느냐?"

"제 자신도 모릅니다. 그러나 우리는 서로 좋아합니다. 그를 버리는 것은 비겁합니다."

"그래, 그래. 내가 더 이상 네게 강요할 수는 없지. 그러나 차차 그로부터 멀어지기를 바란다. 나는 그렇게 되기를 원하고 있단다."

교장의 최후의 문구에는 먼젓번의 그 부드러움은 하나도 없었다. 한스는 돌아가도록 허락되었다.

그때부터 한스는 새로이 공부에 모든 힘을 쏟았다. 물론 이전과 같이 순조롭게 진전되지는 않았다. 겨우 지나치게 뒤떨어지지 않을 정도로 고생고생해서 따라갈 뿐이었다. 그렇게 된 것의 일부는 우정 때문이라는 것을 그도 알고 있었다. 그러나 한스는 우정 때문에 손실과 장해를 가져왔다고는 생각하지 않았다. 도리어 지금까지 소홀히 여겨 왔던 모든 것을 보상받을 수 있는 보물을 우정 속에서 찾아냈다. 그것은 이전의 무미건조한 의무의 생활과는 비교될 수 없을 만큼 보다 높고 따뜻한 생활이었다.

그는 젊은 연인과 같은 기분이 되었다. 위대한 영웅적인 행위는 가능하지만, 매일 지루하고 하잘것없는 일을 할 수는 없을 것 같은 느낌이 들었다. 그리하여 끊임없이 절망적인 한숨을 쉬며 자기 자신을 속박했다. 겉만 슬쩍 들여다보고 꼭 필요한 것만을 거의 강제적으로 재빨리 외는 하일너가 가진 재주를 한스는 알지 못했다.

이 친구는 대개 매일 저녁 한가한 시간에 그를 유인했기 때문에 그는 무리를 해서라도 매일 아침 한 시간 일찍 일어나지 않으면 안 되었다. 그리고 마치 적과 싸움이라도 하듯이, 특히 헤브라이어 문법을 공부했다. 정말로 즐겁게 생각된 것은 호메로스와 역사 시간뿐이었다. 암중모색(暗中摸索)하는 기분으로 호메로스의 세계에 대한 이해에 가까워졌다.

역사에서 영웅은 그 이름이나 연대 같은 것에 대한 이해는 차차 없어지고, 가까이에서 불타는 듯한 눈으로 바라보고 생생한 붉은 입술을 갖고 있는 것처럼 되었다. 어느 영웅이든 얼굴과 손을 가지고 있었다. 어떤 영웅은 조용하고 서늘한 돌과 같은 손을, 또 다른 영웅은 가는 혈맥이 돋아난 야위고 뜨거운 손을 가졌다.

복음서를 그리스어의 원문으로 읽고 있을 때에도, 그는 때때로 갖가지 인물을 확실하게 느끼고는 놀랐다. 아니 도리어 압도당했다. 특히 『마가복음』 6장의 예수가 제자들과 배를 버리는 장면에서 그런 느낌이 강했다. 거기에는 "사람들이 곧 예수이신 줄 알고 그 온 지방으로 달려 돌아다니다."라고 씌어 있었다.

그 부분을 읽고 있을 때 그리스도가 배에서 내리는 모습이 눈에 보였다. 그리고 그 모습이나 얼굴 모양에 의해서가 아닌 사랑의 눈빛으로 가득 찬 이상한 깊이와, 민감하기는 하나 강한 넋에 의해 형성되고 지배되는 것처럼 보이는 우아하고 아름다운 갈색의 손이 가볍게 손짓한다기보다는 불러들여 환영하는 몸짓에 의해 그리스도라는 것을 곧 알았다. 순간 거친 물가와 무거운 배의 뱃머리가 눈앞에 떠올랐다. 그리고 그 광경은 겨울 입김처럼 흩어져 버렸다.

이따금 그런 일이 되풀이되었다. 책 속에서는 어느 인물 또는 역사의 한 조각이 되살아나, 자기의 시선을 살아 있는 사람의 눈에 비치기 위해서 말하자면 욕심을 부려 뛰어나오는 것이었다. 한스는 이것을 받아들이면서 이상스러운 생각이 들었다. 그리고 이처럼 홀연히 나타나서 이내 사라지는 현상에 직면하자, 자기가 마치 검은 대지를 유리처럼 들여다보거나 또는 하느님에게라도 발견된 것처럼 이상하게 변화된 자신을 느꼈다.

이러한 귀중한 순간은 부르지 않아도 오고 애달파하기도 전에 곧 사라져 버렸다. 그것은 마치 순례자나 절친한 손님과 같았으나, 무엇인가 낯설고 숭고한 것을 신변에 감싸고 있었기 때문에 이야기를 걸거나 강제로 멈추게 할 수가 없었다. 한스는 이러한 체험을 가슴속에 간직하고, 그 일에 대해서는 하일너에게도 아무 말 하지 않았다.

하일너에게 이전의 우울감은 안정되지 않은 신랄한 정신으로 변해, 수도원이나 선생들이나 친구들이나 기후나 인간 생활이나 신의 존재에 대해 비평을 가하고, 때로는 싸움이나 엉뚱하고 멍청한 행동으로 줄달음질했다. 그는 어쨌든 한번 고립되었고 다른 아이들과 대립했었기 때문에 경솔한 자부심을 가지고 이 대립을 한층 날카롭게 반발적인 적대 관계로 만들어 버렸다. 그 속으로 기벤라트가 아무런 저항조차 하지 않은 채 휩쓸려 들어간 것이다. 그리하여 두 친구는 반감을 가지고 보여지는 기괴한 섬이 되어 많은 아이들로부터 멀리 떨어지고 말았다.

한스는 점차 그것을 그다지 불쾌하게 여기지 않게 되었다. 그러나 다만 교장에 대해서만은 어두운 불안감을 느끼고 있었다. 이전에는 교장의 애제자였던 그가, 지금은 냉담하게 취급되고 분명히 고의적으로 푸대접을 받고 있었다. 그리하여 특히 교장의 전문 과목인 헤브라이어에 대해서는 날이 갈수록 흥미를 잃고 말았다.

소수의 정체자를 제외하고서 40명의 생도가 수개월 사이에 심신이 모두 변화해 버리는 것을 지켜보는 것은 흥미 있는 일이었다. 많은 아이들이 몸집과는 상관없이 키가 마구 자랐다. 그리하여 함께 자라지 않는 의복 밖으로 손목과 발목을 재미있게 내놓고 있었다. 얼굴은 차츰 사라져 가는 어린아이다움과 수줍어하면서도 가슴을 펴기 시작한 어른다움 사이에서 조화를 이루고 있었다. 몸은 아직도 사춘기의 모진 모양을 나타내지 않은 아이라 할지라도, 모세에 관한 책의 연구에 의해 적어도 일시적인 어른다운 엄숙함을 미끈한 이마에 띠고 있었다. 통통한 볼은 거의 희귀한 것이 되어 버렸다.

한스 또한 변했다. 몸집에서는 하일너에게도 뒤지지 않게 되었다. 뿐만 아니라 하일너보다 오히려 나이 들어 보이기까지 했다. 이전에는 부드럽고 투명하던 이마의 모가 이제는 뚜렷이 눈에 띄었다. 눈은 한층 깊이 들어갔고 얼굴은 병색을 띠었으며, 팔다리와 어깨는 뼈만 앙상하게 남았다.

학교 성적에 스스로가 불만스럽게 되면 될수록 하일너의 영향을 받아 그는 더욱 심하게 다른 아이들과의 관계를 끊었다. 그는 이미 모범생으로서, 장래의 수석으로서 동급생을 내려다볼 근거를 잃었기 때문에 그의 거만은 전혀 어울리질 않았다. 그러나 다른 사람들로부터 그것을 깨닫게 하거나 자기 마음속에서 그것을 고통스럽게 여기는 것은 용납되지 않았다. 특히 한스는 모범적인 하르트너와 건방진 오토 벵거와 종종 싸웠다.

어느 날 벵거는 한스를 조롱하고 화나게 했다. 한스는 그만 제정신을 잃고 주먹으로 응수했다. 그들은 심하게 치고 박았다. 벵거는 비겁한 아이였으며 매우 약한 상대를 해치우는 일은 아주 잘했다. 그는 사정없이 때리고 달려들었다. 그때 하일너는 그 자리에 없었다. 다른 아이들은 한가로이 바라보면서 한스가 두들겨 맞는 것을 통쾌하게 여겼다. 한스는 심하게 얻어맞아서 코피를 흘렸고 갈비뼈 전체가 아파왔다. 그는 밤새 수치와 고통과 분노 때문에 잠을 이룰 수가 없었다. 하일너에게는 이 일을 감추었으며, 이때부터 한스는 완전히 다른 아이들과 절연하고 같은 방 학생들과 거의 말을 하지 않았다.

봄을 맞아서 비가 내리는 대낮이나 비 오는 일요일이나 황혼 녘에는 수도원의 생활에도 새로운 조직과 움직임이 나타났다. 아크로폴리스실에는 피아노의 명수와 피리 부는 사람이 둘 있었기 때문에 규칙적인 음악의 밤이 두 번 열렸다. 게르마니아실에서는 희곡 독서회를 열었다. 몇 명의 젊은 경건주의자는 성서 모임을 만들어 매일 밤 칼뱅의 『성서 주역』을 한 장(章)씩 읽었다.

하일너는 게르마니아실의 독서회에 입회를 지망했으나 받아들여지지 않았다. 그는 격분했다. 분풀이로 이번에는 성서 모임에 들어갔다. 거기에서도 그는 환영받지 못했으나 무리하게 밀고 들어갔다. 그리고 겸손하고 조용한 일동의 경건한 담화 속에 대담한 언설과 신을 모독하는 야유로써 쟁론과 불화를 가져왔다. 하일너는 곧 이러한 몹

쓸 장난에도 지쳤으나, 오랫동안 야유적인 성서의 입버릇이 그의 말투에 남아 있었다.

그러나 이번에는 그를 거의 돌아다보지 않았다. 학생들은 이제 완전히 기획과 창립의 정신에 몰두해 있었다. 가장 화제에 오른 사람은 재능과 기지를 갖춘 스파르타의 방의 어느 학생이었다. 그는 개인적인 명성을 생각하는 반면에 여러 학생들을 즐겁게 하고, 여러 가지 재미있는 하잘것없는 짓으로 단조로운 생활에 기분 전환을 가져왔다. '둔스탄'이라는 별명으로 불리는 그는, 인기를 얻고 명성을 얻을 수 있는 기발한 방법 등을 알고 있었다.

어느 날 아침 학생들이 침실에서 나오자 세면장 입구에 한 장의 종이가 붙어 있었다. 거기에는 '스파르타의 육경구(六警句)'라는 제목 아래 친구들을 몇 명 골라내어 그들의 폭행, 나쁜 놀이, 우정 관계를 신랄하게 조롱하는 2행 시가 적혀 있었다. 기벤라트와 하일너의 쌍에게도 일격을 가하고 있었다. 작은 조직 안에는 심한 흥분이 일어났다. 극장의 입구이기나 한 것처럼 생도의 무리가 벌떼처럼 세면장 입구로 몰려들어 떠들썩했다.

다음날 아침에는 입구 전체에 응수와 찬성과 새로운 공격의 경구와 풍자시가 나붙었다. 그러나 그 소동의 장본인은 두 번 다시 여기에 가담할 만큼 어리석지 않았다. 불씨를 곡창에 던지는 목적은 이미 달성했기에 그는 기쁨에 잠겨 손을 비비고 있었다. 거의 전 학생이 며칠 동안 이 풍자시 전쟁에 가담했다. 누구나 2행 시를 생각하면서 묵묵히 걸어다녔다. 이 일에 전혀 상관하지 않고 예전과 같이 묵묵히 공부에만 열중하는 사람은 아마도 루치우스 혼자뿐이었다.

마침내 어느 선생이 이것을 알게 되어 소란스러운 유희를 금지시켰다. 교활한 둔스탄은 이번의 성공에 만족하지 않고 그동안 본격적인 준비를 하고 있었다. 드디어 그는 신문 제1호를 냈다. 그것은 극히 작은 규격의 초고지에 복사한 것으로, 자료는 그동안 수주일에 걸쳐 수집해 놓은 것이 있었다. 신문은 '산돼지'라는 표제를 단 주로 유머 신문이었다. 『여호수아서』의 저자와 마울브론 신학교의 한 학생 사이의 우스운 대화가 제1호의 뛰어난 기사였다.

둔스탄은 이에 성공하려고 애쓰지는 않았다. 매우 다망한 편집자 겸 발행인다운 얼굴과 거동으로 그는 수도원 안에서 그 옛날 베네치아 공화국의 명성 높은 아레티노와도 같이 비난과 칭찬의 명성을 얻고 있었다.

헤르만 하일너가 열정적으로 편집에 가담하여 둔스탄과 함께 날카롭고 풍자적인 검찰관 역을 맡았을 때 학생들 사이에서는 놀라움의 소용돌이가 일어났다. 하일너에게는 그러한 역에 필요한 기지와 독설이 부족하지 않았다. 거의 한 달 동안 이 작은 신문은 수도원 전체를 숨막히게 했다.

기벤라트는 하일너가 마음대로 하도록 내버려두었다. 그에게는 함께 일할 흥미도 재간도 없었다. 뿐만 아니라 처음에는 하일너가 다른 일에 바빠서 최근 빈번하게 스파르타실에서 밤을 지내고 있는 것을 미처 알지 못했다. 한스는 하루 종일 우울하게 멍청히 돌아다녔다. 그리고 서서히 흥미 없는 공부를 시작했다.

어느 날 리비우스 시간에 이상한 일이 일어났다. 교수는 한스의 이름을 불러 번역을 해 보라고 했다. 그러나 그는 그냥 앉아 있었다.

"어찌 된 일이냐? 왜 일어나지 않나?"

교수가 화를 내며 소리쳤다.

한스는 움직이지 않았다. 똑바로 의자에 앉은 채 머리를 조금 수그리고 눈을 반이나 감고 있었다. 이름이 불려지고 꿈에서 깨어나기는 했으나, 교수의 말소리가 아주 먼 곳에서 울려 오는 것처럼 들릴 뿐이었다. 옆자리 아이가 심하게 찌르는 것을 순간 느낄 수 있었다. 그러나 그것도 아무 소용이 없었다.

그는 다른 사람들에게 둘러싸여 다른 곳에 닿아 있었다. 누군가가 한스에게 말을 걸었다. 아니, 말이 아니라 다만 샘이 솟는 소리처럼 깊고 부드럽게, 아주 가깝고 낮게 속삭였다. 그리고 많은 눈이 한스를 바라보았다. 낯설고 예감이 넘치는 커다랗게 빛나는 눈, 그것은 리비우스에서 읽은 로마 군중의 눈이었다. 아마도 그가 꿈에서 보았던지, 아니면 언젠가 그림에서 본 미지의 인간의 눈이었을 것이다.

"기벤라트!"

교수는 또 한 번 소리를 질렀다.

"잠을 자고 있는 거냐?"

한스는 조용히 눈을 뜨고는 놀라서 교수를 바라보며 머리를 흔들었다.

"자고 있었구나! 그렇지 않았다면 어느 문장을 읽고 있는지 말해 봐라."

한스는 손가락으로 책을 가리켰다. 그는 어디를 읽고 있는지 잘 알고 있었다.

"자, 그럼 이번에는 일어서겠지?"

교수는 조롱하듯이 물었다. 한스는 그제야 일어섰다.

"너는 도대체 무엇을 하고 있는 거냐? 내 얼굴을 쳐다보아라!"

한스는 교수의 얼굴을 바라보았다. 그의 눈초리가 교수의 마음에 들지 않았는지 교수는 이상히 여기며 고개를 이리저리 갸웃거렸다.

"어디 불편하냐, 기벤라트?"

"아닙니다, 선생님."

"앉아라. 그리고 수업이 끝난 후에 내 방으로 오너라."

한스는 자리에 앉아서 리비우스 책 위에 엎드렸다. 그는 완전히 깨어나서야 모든 것을 깨달았다. 그러나 동시에 그의 마음의 눈은 그 많은 낯선 인물의 뒤를 쫓았다. 그는 서서히 넓은 세계로 멀어져 가면서 끊임없이 빛나는 눈을 그 자신 위에 쏟고 있었으나, 마침내 아주 먼 안개 속에 가라앉아 버렸다.

그와 동시에 교수의 목소리와 번역하고 있는 학생의 목소리와 그 외에 교실의 작은 소음이 점점 가까워져서 마침내 평소와 다름없이 아주 확실해졌다. 의자와 교단, 흑판은 이전과 같았다. 벽에는 나무로 만든 큰 콤파스와 삼각자가 걸려 있었다. 그리고 주위에는 친구들이 앉아 있었다. 그들 중 대부분이 호기심을 갖고 뻔뻔스러운 눈초리로 한스 쪽을 넘겨다보고 있었다. 한스는 그때 깜짝 놀랐다. "수업이 끝난 후에 내 방으로 오너라." 하는 소리를 들었던 것이다. 큰 일이다. 도대체 무슨 일을 저질렀단 말인가. 수업이 끝난 후 교수는 한스에게 눈짓을 하여 빤히 바라다보고 있는 다른 학생들 사이를 지나 그를 자기 사무실로 데리고 갔다.

"자, 도대체 어떻게 된 일인지 말해 보아라. 자고 있었던 것은 아니지?"

"예."

"네 이름을 불렀을 때 왜 일어나지 않았니?"

"저도 모르겠습니다."

"그러면 들리지 않았니? 너 귀가 먹었니?"

"아닙니다, 들렸습니다."

"그런데 왜 일어나지 않았니? 거기다 나중에는 이상한 눈빛까지 했으니 말이다. 도대체 무슨 생각을 하고 있었니?"

"아무것도 생각하고 있지 않았습니다. 저는 정말 일어서려고 했습니다."

"그런데 왜 일어나지 않았니? 역시 어디가 불편한 게 틀림없구나."

"그렇지 않습니다. 어쩐 일인지 저도 모르겠습니다."

"머리가 아팠었니?"

"아닙니다."

"그래 좋다, 돌아가거라."

식사 전에 그는 다시 불려서 침실로 갔다. 거기에는 교장이 마을 의사와 함께 기다리고 있었다. 의사는 한스를 진찰하고는 꼬치꼬치 캐물었으나 아무것도 확실한 것은 알 수가 없었다. 의사는 가볍게 웃으면서 별일 아니라고 했다.

"대수롭지 않은 신경 증세입니다, 선생님."

의사는 조용히 웃었다.

"일시적인 쇠약, 일종의 가벼운 현기증에 불과합니다. 이 젊은이는 매일 건물 밖으로 내보내지 않으면 안 되겠습니다. 두통은 물약으로 처방해야겠습니다."

그때부터 한스는 매일 식후에 한 시간씩 바깥에 나가야만 했다. 그는 이것이 조금도 싫지 않았으나, 아쉬운 것이 있다면 이 산책에 하일너가 동행하는 것을 교장이 단호히 금지하고 있는 것이었다. 하일너는 분개하여 욕을 했지만 이에 따를 수밖에 없었다. 그래서 한스는 언제나 혼자 나갔으나 거기서 어떤 즐거움을 느꼈다.

이른봄이었다. 아름답고 둥글게 구부러진 언덕에 얕고 맑은 파도처럼 싹트는 푸름이 흘렀다. 나무들은 날카롭게 윤곽을 이룬 갈색의 그물과 같은 겨울의 모습을 벗어 던지고, 잎의 유희와 들과 산의 색이 조화를 이루어 생생하게 푸른 끝없는 파도를 이루었다.

전에 라틴어 학교 시절의 한스는 봄을 발랄한 호기심을 가지고 하나하나 관찰했다. 여러 종류의 새들이 차례차례 돌아오는 것을 관찰했다. 또한 차례로 꽃이 피는 것도 관찰했다. 그러고 나서 5월이 되면 곧 낚시질을 시작했다. 그러나 지금은 새의 종류를 구별하려고도, 솟아나는 싹으로 관목을 분간해 내려고도 하지 않았다. 그는 다만 전체의 움직임과 도처에 싹트는 빛깔을 보고, 푸른 잎의 냄새를 들이마시고 부드럽게 끓어오르는 공기를 느끼면서 두려운 기분으로 들판을 걸었다.

그는 곧 피곤을 느끼며 언제나 누워서 자고 싶었고, 현실적으로 자기를 둘러싸고 있는 것과 다른 여러 가지를 보았다. 그것이 실제로 어떤 것인지는 그 자신도 몰랐고 생각해 보려고도 하지 않았다. 그것은 밝고 부드러운 이상한 꿈으로, 초상 또는 진기한 나무의 가로수처럼 그를 둘러싸고 있었다.

아무것도 일어나고 있는 것 같지는 않았으며 다만 보기 위한 순수한 화면에 지나지 않았다. 그것을 보는 것은 하나의 체험이었다. 그것은 다른 땅으로, 다른 인간에게로 떠나가는 것이었다. 낯선 지상을, 밟기 좋고 부드러운 땅을 걸어가는 것과 같았다. 낯선 공기를, 선들선들 가볍고 미묘한 꿈과 같은 향기로 가득 찬 공기를 호흡하는 것이었다. 때때로 이 화면 대신에 가벼운 손이 부드럽게 그의 몸을 만지면서 스쳐 가는 것 같은, 망연하고 따뜻하게 흥분되는 감정이 찾아 들기도 했다.

한스는 독서나 공부를 할 때 주의를 집중하는 것이 몹시 힘이 들었다. 그의 흥미를 끌지 못하는 것은 그림자처럼 손 아래로 미끄러져 빠져나가는 것이었다. 헤브라이어 단어를 수업 시간에 알고 싶으면, 마지막 30분 안에 외지 않으면 안 되었다. 그러나 물체의 모습이 뚜렷하게 떠오르는 순간이 빈번하게 일어났다. 책을 읽고 있으면 묘사된 것이 하나도 빠짐없이 갑자기 눈앞에 나타나 생명을 얻고, 가까운 주위에 있는 것보다도 훨씬 구체적으로 움직이는 것이 보였다. 그의 기억력은 벌써 아무것도 받아들이려고 하지 않았고, 거의 날마다 마비되어 가고 불확실해져 가는 것을 깨닫고 그는 절망했다. 그러나 한편으로는 옛날의 기억이 경이롭고도 두렵게 무시무시한 명료성을 갖고 이따금 그를 괴롭혔다.

한스는 수업 도중이나 책을 읽고 있을 때, 아버지나 아나 할멈 아니면 옛날의 선생이나 동급생 중의 한 사람이 떠올라 잠시 동안 그의 주의를 빼앗곤 했다. 슈투트가르트에 머물렀던 일과 주의 시험, 그리고 휴가 중에 있었던 일들을 몇 번이고 되풀이해서 체험했다. 또는 낚싯대를 드리우고 냇가에 앉아 있는 자기의 모습을 보았고, 햇빛이 내리쬐는 물 냄새를 맡기도 했다. 동시에 자기가 꿈꾸고 있는 것은 훨씬 옛날의 일처럼 생각되는 것이었다.

한스는 어느 따뜻하고 습기 찬 컴컴한 석양녘에 하일너와 함께 침실을 한들한들 거닐면서 집안일과 아버지, 낚시질, 학교에 대해서 이야기했다. 하일너는 아주 입을 다물고 있었다. 그는 한스에게 이야기를 시켜 놓고서 이따금 고개를 끄덕이기도 하고, 하루 종일 노리갯감으로 가지고 있던 작은 잣대로 생각에 골몰한 듯 허공을 몇 번 치곤 했다. 차츰 한스도 입을 다물었다. 이윽고 밤이 되었다. 둘은 창틀에 걸터앉았다.

"야, 한스!"

마침내 하일너가 입을 열었다. 그 소리는 불안으로 흥분되어 있었다.

"왜?"

"아무것도 아냐."

"괜찮아, 말해 봐."

"나 갑자기 생각했는데, 네가 여러 가지를 말했으니까……."

"도대체 무슨 말이야?"

"너는 저어…… 젊은 여자의 뒤를 따라가 본 일 없니?"

다시 침묵이 흘렀다. 그런 일은 그들이 아직까지 한 번도 이야기 한 적이 없었다. 한스는 그런 일에 대해서 두려움을 가지고 있었다. 그러나 그 수수께끼의 세계는 동화의 꽃밭처럼 그를 끌었다. 그는 얼굴이 붉어지는 것을 느꼈다. 그의 손가락이 떨렸다.

"꼭 한 번."

한스가 속삭이듯이 말했다.

"아직 아무것도 모르던 어린아이였을 때야. ……그럼 너는?"

하일너는 한숨을 쉬었다.

"야, 그만두자. 이런 걸 얘기하는 게 아니었어. 쓸데없는 짓이야."

"그렇지 않아."

"……나한테 애인이 있어."

"너한테? 정말이야?"

"고향의 이웃집 아이야. 이번 겨울에 그 애랑 키스했어."

"키스?"

"응. 그때는 이미 어두웠어. 석양 얼음판 위에서였지. 그 애가 스케이트 벗는 것을 내가 도와 주고 있었는데, 그때 키스를 했어."

"그 애가 아무 말도 하지 않았니?"

"아무 말도 하지 않고 그대로 뛰어서 도망가 버렸어."

"그러고 나서?"

"그러고 나서…… 그것뿐이야."

그는 또 한숨을 쉬었다.

한스는 하일너를 금단의 동산에서 온 영웅처럼 바라보았다. 그때 종이 울렸다. 모두 침대에 들지 않으면 안 되었다. 불이 꺼져 아주 조용해진 한참 후까지, 한스는 잠이 들지 않고 하일너가 연인에게 한 키스에 대해서 생각하고 있었다. 다음날 더 자세히 물어보려 했으나 왠지 부끄러웠다. 하일너는 한스가 묻지 않았기 때문에 자기가 먼저 말을 꺼내기가 어색했다.

학교에서 한스는 더욱 나빠졌다. 선생들은 언짢은 얼굴을 하고 이상한 시선으로 그를 쏘아보게 되었고, 교장 역시 어두운 얼굴을 하고 있었다. 동급생들도 오래전부터 기벤라트가 일등을 포기한 것을 눈치채고 있었다. 하일너만은 학교를 별로 중요하게 생각하지 않았기 때문에 아무것도 알지 못했다.

한스 자신은 별로 신경을 쓰지 않으면서 모든 것이 되어 가는 대로 지켜보고 있었다. 하일너는 그동안 신문 편집에 싫증이 나서 완전히 친구의 품으로 되돌아왔다. 금지된 것을 어기고 그는 몇 차례 한스의 산책에 따라가서 함께 양지바른 곳에 누워서 몽상도 하고 시도 낭독하고 교장을 야유하기도 했다. 한스는 매일매일 하일너가 그의 연애 사건에 대해 좀더 이야기해 줄 것을 기대하고 있었다. 그러나 오래 끌면 끌수록 거기에 대해 물어볼 용기가 나질 않았다.

한편 친구들 사이에서 두 사람은 지금까지 없었던 미움을 받았다.

왜냐하면 하일너가 『산돼지』에서 신랄하게 풍자했기 때문이었다. 그렇지 않아도 신문은 이 무렵에 폐간되었다. 임무를 끝내 버린 것이다. 본래 그것은 겨울과 봄 사이의 따분한 몇 주일 간을 목표로 했던 것이었다.

이제 갓 시작된 아름다운 계절은 식물 채집이나 산책이나 밖에서의 놀이를 즐기기에 충분했다. 날마다 낮이면 체조하는 아이, 씨름하는 아이, 경주하는 아이, 공놀이를 하는 아이들이 수도원의 안뜰을 활기로 가득 채웠다. 이때 하나의 새로운 파문이 일어났다. 그 장본인은 물론, 평소와 마찬가지로 전체 학생의 두통거리이며 암초와 같은 헤르만 하일너였다.

교장은 소갈머리 없이 쓸데없는 말을 하는 동급생을 통해, 자신이 금지시킨 것을 우롱하고서 하일너가 매일 산책하는 기벤라트와 동행한다는 것을 알게 되었다. 이번에는 한스는 그대로 두고 그의 오래된 친구인 하일너만을 사무실로 불러들였다. 교장은 부드럽게 '너'라고 불렀으나 하일너는 즉석에서 그 말을 거절했다. 하일너는 교장이 명령을 불복종한 데 대해서 책망을 하자, 자기는 기벤라트의 친구이며 서로의 교제를 막을 권리는 아무에게도 없다고 반박했다. 심한 언쟁이 일어났으며 그 결과 하일너는 서너 시간 감금되었고 동시에 당분간 한스와 함께 외출하는 것이 금지되었다.

그리하여 다음날부터 한스는 또다시 혼자서 공인된 산책을 했다. 그는 2시에 돌아와서는 다른 아이들과 함께 교실에 들어갔다. 그리고 수업이 시작될 때에서야 하일너가 없다는 것을 알았다. 힌두가 없어졌을 때와 똑같았으나, 이번에는 아무도 지각이라고는 생각하지 않았다. 3시에 전 학생이 세 명의 선생과 함께 없어진 하일너의 수색에 나섰다. 모두가 흩어져서 숲 속을 소리 지르면서 헤맸다.

두 명의 선생을 위시하여 하일너가 자살했을 거라고 생각하는 사람들이 많았다. 5시에는 그 지방 경찰서와 파출소에 전보를 치고, 석양에는 하일너의 아버지에게 지급 우편을 보냈다. 밤늦게까지 아무런 종적도 나타나지 않았다. 학생들 사이에서는, 하일너는 투신 자살을 했을 것이라 추측하며 여기저기에서 수군거리는 소리가 그치지 않았다. 또한 집으로 돌아갔을 것이라고 말하는 학생도 있었다. 그러나 도망자는 거의 돈을 갖고 있지 않았다는 것이 확인되었다.

모든 학생들은, 한스만은 이러한 사정을 알고 있을 것임에 틀림없다고 생각했다. 그러나 한스는 도리어 누구보다도 가장 놀라며 걱정하고 있었다. 밤에 침실에서 다른 아이들이 묻고, 억측을 하고, 말도 안 되는 소리를 하고, 쓸데없는 농을 걸어 오자 한스는 이불 속으로 깊이 기어들어 가 친구의 일로 번민하고 걱정하면서 오랫동안 괴로운 시간을 보냈다. 하일너는 이제 다시 돌아오지 않으리라는 예감이 그의 불안한 마음을 사로잡았다. 그는 겁에 질린 슬픈 마음에 가슴이 막혀 있다가 마침내 지쳐서 잠이 들어 버렸다.

이 무렵 하일너는 몇 마일 떨어진 깊은 숲 속에서 뒹굴고 있었다. 추워서 잘 수는 없었으나 마음속으로부터 자유로운 기분이 되어 깊이 숨을 내쉬고, 좁은 새장에서 도망쳐 나온 새처럼 수족을 뻗었다. 그는 점심때부터 걷고 있었다. 크니트링겐에서 산 빵을 이따금 씹으면서, 이른봄의 맑은 나뭇가지 사이로 밤의 어둠과 별과 빨리 달리는 구름을 바라보았다. 결국 어디로 갈까 하는 것은 문제가 되지 않았다. 적어도 오늘밤만은 몸서리치는 수도원을 뛰쳐나와 자기의 의지가 명령이나 금지보다 강하다는 것을 교장에게 보여 준 셈이었다.

다음날도 온종일 모두 그를 찾았으나 허사였다. 그는 이틀 밤을 어느 마을 근처의 밭에 있는 짚단 속에서 지냈다. 아침이 되자 그는 또다시 숲 속으로 들어갔다. 그리고 이른 석양 무렵에 다시 마을로 들어가려고 할 때 그만 지방 경찰관에게 붙들리고 말았다. 경찰관은 악의 없는 욕설을 퍼부으며 그를 붙잡고 사무실로 데리고 갔다. 그곳에서 그는 농담과 애교로 면장의 마음에 들게 되었다. 면장은 그를 자기 집으로 데리고 가서 햄과 달걀을 많이 먹이고 잠자리에 들게 했다. 이 사실을 알게 된 하일너의 아버지는 다음날 이곳에 와서 그를 데리고 갔다.

탈주자가 아버지와 함께 되돌아왔을 때 수도원의 흥분은 대단했다. 그러나 하일너는 꼿꼿이 머리를 쳐들고서 천재적인 짧은 여행을 전혀 후회하지 않고 있는 것처럼 보였다. 모두가 그에게 사죄를 시키려고 했으나 그는 그것을 거절했다. 또한 교사 회의의 비밀 재판에서도 그는 조금도 겁을 먹거나 공손한 태도를 취하지 않았다. 학교에서는 그를 붙들어 놓으려고 했으나 그러기에는 그가 너무나 지나쳤다. 드디어 그는 퇴학 처분을 당하고, 석양에 아버지와 함께 두 번 다시 돌아오지 않을 먼 여행을 떠났다. 그의 친구인 기벤라트와는 잠시 악수를 나누었을 뿐 별다른 이야기 없이 이별했다.

극도로 반항적이고 추악한 이번의 탈선 사건에 대해서 교장이 한 일장 훈시는 장엄하고 격렬한 것이었다. 그러나 슈투트가르트의 상사에게 보낸 그의 보고는 훨씬 점잖고 요령 있는 가냘픈 문구였다. 학생들이 퇴학을 당한 불량배와 편지를 주고받는 것은 금지되어 있었다. 그것에 대해서 한스 기벤라트는 도리어 미소를 지었다.

수주일 동안 사람들의 화제에 오른 것은 하일너와 그의 도망에 관한 것뿐이었다. 멀리 떨어지고 시간이 흐름에 따라서 모든 사람들의 판단은 달라졌다. 그 당시에는 두려워서 피하려고 했던 그 탈주자를, 이제는 마치 날아간 독수리처럼 보는 사람도 적지 않았다. 헬라스의 방에는 빈 책상이 두 개나 생겼다. 뒤에 없어진 아이는 먼저 없어진 아이처럼 그리 빨리 잊혀지지는 않았다. 단지 교장만은 두 번째 일도 조용히 지나가 주었으면 하고 바랄 뿐이었다.

그러나 하일너는 수도원의 평화를 깨뜨리는 일은 결코 하지 않았다. 한스는 하일너의 소식을 눈이 빠지게 기다렸으나 아무런 소식도 오지 않았다. 하일너는 이곳을 떠난 뒤 그대로 행방불명이 되었다. 그의 인물과 도망 사건은 차차 지난날의 이야깃거리가 되었고 마침내는 전설화되었다.

그 정열적인 소년은 후에, 더욱 다양한 천재적인 업적과 방황을 거듭한 끝에 비통한 생활 가운데서 엄격하게 단련되어 큰 인물이라고까지는 할 수 없지만 의젓하고 당당한 훌륭한 인간이 되었다. 뒤에 남은 한스는 하일너의 탈주를 알고 있었을 것이라는 혐의를 벗지 못하고, 그로써 선생들의 호의를 완전히 잃고 말았다. 한 선생은 한스가 수업 중에 몇 가지 질문에 대답하지 못했을 때 이렇게 말했다.

"왜 너는 훌륭한 친구 하일너와 함께 가지 않았니?"

교장도 이제 그에게서 손을 떼고, 마치 바리새인의 위선자가 세리(稅吏)를 보는 것처럼, 경멸에 가득 찬 동정을 가지고 그를 바라보았다. 기벤라트는 이미 학생 축에도 들지 않았다. 그는 이제 나병 환자에 속해 있었다.

아픈 회상

마치 두더지가 모아 둔 양분을 먹고 살아가듯이, 한스는 전에 얻은 지식으로 아직까지도 생명을 보존하고 있었다. 그 다음부터는 쓰라린 궁핍이 시작되었다. 그것은 오래가지 않아서 새로운 노력에 의해 중단되기는 했지만, 그의 무모함에 그 자신 또한 웃지 않을 수 없었다.

그는 쓸데없이 골머리를 앓을 필요성을 느끼지 않았다. 구약 성서 최초의 다섯 권 다음에 호메로스를 포기하고, 크세노폰 다음에는 대수를 포기해 버렸다. 선생들 사이에서 그의 평판이 조금씩 내려가는 것을, 우에서 양으로, 양에서 가로, 마지막에는 영으로 떨어지는 것을 별 관심도 갖지 않고 바라보고 있었다. 또다시 두통이 일어나는 것이 버릇처럼 되었지만 그 두통이 일어나지 않을 때는 헤르만 하일너를 생각하기로 하고, 가냘프고 허망한 꿈을 물으며 몇 시간이나 멍청한 생각에 잠기기도 했다.

조교수인 비드리히는 친절한 젊은 선생이었는데, 한스의 비굴한 미소에 마음이 쓰라려 탈선한 소년을 아끼는 마음에 진심으로 동정심을 갖고 대해 주는 유일한 선생이었다. 그 나머지 선생들은 그에게 공연히 화를 내기도 하고, 벌을 준다는 듯이 멸시의 눈초리를 던진 채 상대도 하지 않는 상태였다. 때로는 모멸에 가득 찬 농담을 하기도 하여 잠든 그의 공명심을 일깨워 주려고도 했다.

"만일 잠드시지 않았다면, 이 문장을 읽어 주실 수 있겠습니까?"

유난히 화가 난 사람은 교장 선생이었다. 이 속이 덜 든 사나이는 자기 눈초리의 위력을 너무나도 자부하고 있었다. 그래서 그가 위풍당당하게 내리누르려는 듯 노려보아도, 기벤라트는 언제나 비굴하게 겁을 먹은 듯한 미소로 대답했으므로 벌컥 화가 치밀었다. 한스의 비웃음은 교장 선생을 차츰 신경질적으로 만들어 버렸다.

"그런 머저리 같은 천치 바보의 얼굴로 웃지 말아라. 오히려 통곡을 해도 시원찮을 텐데."

그것보다 그의 마음에 충격을 준 것은 아버지의 편지였다. 아버지는 깜짝 놀라서 아들의 마음을 고쳐 달라고 교장에게 애원했다. 교장이 기벤라트 씨에게 편지를 써 보낸 것이었다. 아버지는 기가 막혀 어찌할 바를 몰랐다. 한스에게 보낸 그의 편지는 이해성 있는 인간이면 감히 쓸 수 없는 격려나 도의적인 울분으로 뒤덮인 글귀를 하나도 빠짐없이 늘어놓은 것이었다. 그러나 그중에서도 눈물겨운

호소를 잊지는 않았다. 그것이 아들의 마음을 울려 쓰라리게 했다.

교장을 비롯하여 기벤라트의 아버지나 교수나 조교수까지 자신의 의무에 충실한 지도자들은 어느 누구나 한스의 마음속에서 그들의 소망을 방해하는 독소, 딱딱하게 굳은 게으름을 발견하고, 무리를 해서라도 그가 바른 길을 밟게 해야겠다고 생각했다. 그 온정에 넘친 조교수를 제외하고는, 가냘픈 소년의 얼굴에 깃든 얼빠진 웃음 뒤에, 멸망해 가는 영혼의 시달림을 받아 물에 빠진 듯이 불안스럽고 절망적인 가슴을 부여안고 주위를 두리번거리는 것을 눈치챈 사람은 아무도 없었다. 학교나 아버지나 몇 명의 교사들의 잔인한 명예욕이, 이 소년이 숨김없이 그들에게 드러낸 멍들기 쉬운 영혼을 아무런 후회도 없이 짓밟아 버림으로써, 이 나약하고 아름다운 소년을 이 지경에까지 이르게 했다는 걸 아무도 생각하지 못했다.

어째서 그는 가장 감수성이 강하고 위험한 소년 시절에 매일 밤늦게까지 공부를 해야만 했는가? 왜 그에게서 토끼를 빼앗아 버렸는가? 왜 라틴어 학교에서 일부러 그를 친구들로부터 멀리 격리시켜 버렸는가? 왜 낚시질이며 돌아다니며 노는 것을 금지시켰는가? 왜 심신을 깎고 여리게 하는 쓸데없는 공명심의 공허하고 저속한 이상을 불어넣어 주었는가? 왜 시험이 끝나고 나서도 마땅히 쉬어야 할 휴가를 그에게 주지 않았는가? 이제 와서는 지쳐 빠진 노새가 길가에 쓰러져서 아무 쓸모도 없게 되어 버렸다.

초여름에 이 군(郡)의 의사는 성장 과정에 기인하는 신경 쇠약에 불과하다고 거듭 진단을 내렸다. 한스가 휴가 중 마음껏 먹고 언제든 숲 속을 거닐고, 충분히 휴식을 취할 마음만 있다면 꼭 병이 나을 수 있다는 것이었다. 그러나 유감스럽게도 그렇게는 안 되었다.

휴가가 시작되기 3주일 전이었다. 한스는 오후 수업 시간에 교수에게 심하게 꾸중을 들었다. 선생이 욕을 퍼붓고 있는 동안 한스는 의자에 털썩 쓰러져서 부들부들 떨다가 그만 흐느껴 울었다. 그 바람에 수업은 아주 중단되고 말았다. 그 후 그는 반나절 동안 침대에 누워 있어야 했다.

이튿날 한스는 수학 시간에 흑판에 그린 기하 도표를 설명하도록 재촉을 받았다. 그는 앞으로 나갔지만 흑판 앞에서 현기증을 일으켰으며, 백묵과 자로 선을 긋고 있던 중 그만 그 두 가지를 다 떨어뜨리고 말았다. 주우려고 허리를 굽혔으나 마룻바닥에 무릎을 꿇은 채 도저히 일어설 수가 없었다.

의사는 이 사실을 알고는 몹시 화를 냈다. 그는 신중한 태도로 즉시 휴가를 보낼 것을 명하고 신경과 의사를 부르도록 권했다.

"저 놈은 또 무도병이 생긴 겁니다."

의사가 교장에게 속삭였다.

교장은 가만히 생각해 보았다. 무모하게 화난 얼굴을 하고 있기보다 아버지처럼 자비에 넘친 표정으로 바꾸는 게 좋겠다고 생각했다. 그것이 그에게는 용이한 일이었고 어쩌면 알맞은 것인지도 몰랐다.

교장과 의사는 각기 한스의 아버지에게 편지를 써 주고 한스를 고향으로 내려 보냈다. 교장의 분통은 오히려 극성스러운 노파심으로 변해 버렸다. 얼마 전에 하일너 사건 때문에 뒤숭숭했던 학무과는 이 새로운 불행을 어떻게 생각할 것인가? 모두가 의외로 생각한 것은, 교장이 이번 돌발 사건에 대해서 으레 해야 할 훈시마저 단념해 버린 것이었다. 오히려 마지막 순간에 한스에게는 끔찍스러울 정도로 친절하게 대해 주었다.

한스가 정양 휴가를 하고 나서도 돌아오지 않으리라는 것을 교장은 빤히 알고 있었다. 가령 그전에 완치된다 하더라도 그때는 이미 진도가 훨씬 뒤떨어진 그 어린 학생은 휴학한 수개월 동안, 아니 몇 주일 동안의 학과라도 회복할 가망이 없으리라. 진심으로 격려해 주는 "잘 가! 다시 만나자."라는 말로 그와 헤어지기는 했지만, 그 다음 순간 헬라스의 방에 들어서서 텅 빈 세 개의 책상을 볼 때마다 마음이 무거워졌다.

타고난 재능을 지닌 두 제자가 없어져 버린 데 대한 죄의 일부는, 이유야 어찌 되었든 자신에게 있을지도 모른다는 생각을 마음 한구석에서 떨쳐 버리는 데 교장은 적잖이 신경을 썼다. 그러나 배짱 좋고 도의적으로도 강한 남자였기 때문에, 이 무익하고 어두운 의심을 그의 마음 한구석에서 쉽게 추방할 수 있었다.

조그만 여행 가방을 들고 떠나가는 신학교 학생 뒤에서는 교회며, 성문이며, 박공과 탑들이 있는 수도원이 사라지고 숲과 언덕이 벌판 아래로 잠기는 대신, 바덴 주 국경 언저리의 과일 나무들이 물결치는 초원이 눈앞에 아른거렸다. 그 다음에는 포르츠하임 시가 나타나고, 그 뒤에는 슈바르츠발트의 검푸른 전나무 숲이 시작되었다.

그 사이를 뚫고서 무수한 계곡이 흘러내리고 있었다. 뜨겁게 내리쬐는 여름 햇살을 받아 가며 전나무 숲은 어느 때보다 푸르고 시원하게 보였으며, 짙은 그림자를 연상케 했다. 소년은 경치가 하나씩 하나씩 바뀌어 가면서 고향의 모습을 더욱 짙게 해 주는 풍경을 바라보며 한결 즐거운 심경이 되었다.

그러나 벌써 고향이 가까워 오니 문득 아버지의 모습이 머리에 떠올랐다. 아버지가 자기를 어떻게 맞이해 줄 것인가 하는 불안이 아늑한 여행의 기쁨을 송두리째 뒤집어 놓고 말았다. 시험을 치르러 슈투트가르트로 갈 때의 여행이라든가 입학하러 마울브론으로 갈 때의 여행이, 그때마다 느껴지던 긴장과 불안스럽던 기분과 더불어 다시 머리에 떠올랐다.

그러나저러나 대관절 무엇 때문에 그랬을까? 교장과 마찬가지로 그 역시 두 번 다시 돌아가지 않으리라는 것을, 신학교도 학문도 야심에 충만했던 온갖 희망도 완전히 종말을 고하고 말았다는 것을 충분히 알고 있었다. 그러나 그건 이제 그를 슬프게 하는 원인이 되지 못했다. 오직 기대를 배신당하고 실망하고 있을 아버지에 대한 근심이 그의 마음을 무겁게 누를 뿐이었다.

지금의 그는 정양(靜養), 그것보다도 실의에 차 있는 아버지에 대한 불안감이 천근만근의 중압감으로 그를 내리누르고 있었다. 지금의 그는 휴식하고, 실컷 잠을 자고, 마음껏 울어 보고, 마음껏 꿈이나 꾸어, 온갖 시달림과 학대에서 제발 안정을 얻어 보자는 간절한 소망 이외에는 아무것도 없었다. 그러나 이러한 환경에서 도저히 그 소망이 이루어질 것 같지 않았다.

기차 여행 끝 무렵에 심한 두통이 일어났다. 기차는 그가 좋아하는 곳을 달리고 있었는데도 그는 창문을 내다보지 않았다. 그곳 언덕과 숲을 옛날에는 열심히 돌아다녔던 것이다. 낯익은 고향 정거장에서 하차해야 된다는 것조차 하마터면 잊을 뻔했다. 그는 우산과 여행 가방을 들고 기차에서 내렸다. 아버지는 아들을 물끄러미 살펴보고 있었다. 교장의 최후 통첩은 성공을 거두지 못한 아들에 대한 환멸과 분노를, 당황할 정도의 놀라움으로 바꾸어 놓았다. 그는 쇠약하여 못 볼 지경이 된 아들을 연상하고 있었는데, 의외로 혼자서 걷고 있는 한스를 발견한 것이다.

그러나 가장 마음에 걸리는 것은, 의사와 교장이 알려 준 신경 질환에 대한 한스의 드러나지 않는 불안과 공포였던 것이다. 그의 집안에는 여태까지 신경 질환에 걸린 사람이 없었다. 세상 사람들은 이런 병자를 마치 광증을 가진 사람 대하듯, 이해성 없는 조소나 경멸하는 듯한 동정심을 가지고 대하는 것이었다. 그런데 지금 한스가 그런 몰골을 하고 돌아온 것이다.

첫날 한스는 잔소리를 듣지 않고 마중받은 것을 은근히 기뻐했다. 그러고는 간신히 자신을 억제하며 자기를 대해 주고 아껴 주는 아버지의 염려와 불안에 찬 모습을 보았다. 때로는 묘하게 떠보는 눈초리로, 때로는 간담이 서늘한 호기심을 가지고 쳐다보거나, 짐짓 부드러운 말씨로 말을 걸거나, 그렇지 않으면 눈치채지 않을 정도로 노려보고 있는 것이었다.

이 점에 한스는 주의를 기울이게 되었다. 그는 그럴수록 겁을 집어먹었다. 자신의 상태에 대한 막연한 불안이 그를 괴롭히기 시작했다. 날씨가 좋은 날에는 몇 시간이고 숲 속에 드러누워 있었다. 그것은 효과가 있었다. 소년 시절의 행복했던 가냘픈 빛이 숲 속에서 때때로 그의 상처받은 마음을 비춰 주었다. 예를 들면 꽃이나 딱정벌레에 대한 기쁨이며, 새 옆으로 살짝 접근하거나 짐승의 발자취를 밟기도 하며 기뻐했던 그것이었다.

그러나 그것은 언제나 잠깐 사이에 지나지 않는 일이었다. 대개는 맥이 빠져서 이끼 위에 드러누워 무거운 머리를 부여안고 뭘 좀 생각해 내려고 애를 썼으나 그것도 되지 않았고, 나중에는 꿈이 몰려와서 머나먼 다른 세계로 그를 이끌어 갔다. 끊일 사이가 없이 두통이 일어났다. 수도원이나 라틴어 학교를 회상하면 수많은 책이며 학과며 의무가 뚜렷하게 떠올라서 무서운 악마와 같이 덤비며 안겨 오기도 했다.

어느 때는 이런 꿈을 꾸기도 했다. 친구 헤르만 하일너가 죽어서 들것에 눕혀져 있는 것을 보았다. 가까이 다가서려고 하자 교장과 다른 학생들이 밀어냈다. 몇 번이나 밀고 들어가도 그때마다 밀려나 버렸다. 신학교 교수와 조교수뿐 아니라 초등학교 교장과 슈투트가르트의 시험관도 그곳에 끼여 있었다. 모두들 성난 얼굴을 하고 있었다. 이내 장소는 바뀌어, 들것에 누워 있는 것은 물에 빠진 힌두였다. 익살스럽게 생긴 그의 아버지가 높은 실크 모자를 쓰고 구부정한 다리로 슬픔에 잠겨 옆에 서 있었다.

그리고 또다시 탈주한 하일너를 찾아서 숲 속을 달리고 있었다.

몇 번이나 먼 곳에 있는 나무 등걸 사이로 하일너가 걸어가고 있는 것이 보였으나, 이름을 부르려고 할 때마다 사라지고 말았다. 결국에는 하일너가 발걸음을 멈추고 한스를 가까이 오게 해서 말했다.

"이봐, 난 애인이 있단 말야."

어느 때는 고요하고 거룩한 눈매와 아름답고 평화스런 손길을 가진 여위고 아름다운 사람이 배에서 내리는 것을 보고 그쪽으로 달려갔다. 그러나 모든 것이 다시 사라지고 말았다. 그것이 뭔가를 생각해 보자, 드디어 복음서의 어떤 대목이 머리에 떠올랐다. "백성들이 곧 예수를 알아보고 온갖 곳에서 그리로 달려왔도다."라는 그리스어 문구였다.

그러고는 'πειεδραμον' 이 무슨 변화형인가, 이 동사의 현재, 부정법, 완료, 미래가 어떤 것인가를 생각해 내지 않으면 안 되었다. 그는 그것을 단수와 복수로 완전히 변화시키지 않으면 안 되었다. 조금이라도 막히면 조바심이 나서 온몸에 땀이 배었다. 드디어 제정신이 들자 그의 머리 속은 상처투성이가 된 것 같았다. 그의 얼굴이 얼떨결에 체념과 죄의식으로 찡그려지자 별안간 교장의 목소리가 들렸다.

"얼빠진 그 미소는 뭐냐? 넌 웃을 일이 있다는 거냐?"

어떤 날에는 차도가 있을 때도 있었지만, 대체로 보아 한스의 건강 상태는 좀처럼 나아지는 기색이 보이지 않았다. 오히려 뒷걸음질 치는 것 같았다. 그 옛날 한스의 어머니를 치료하고 죽음의 선고를 내린 의사가 가끔 가벼운 통풍에 시달리고 있는 아버지를 진찰하러 오곤 했는데, 슬픈 얼굴을 하고는 소견을 말하는 걸 뒤로 미루고 있었다.

그때가 되어 비로소 한스는 라틴어 학교의 마지막 2년 동안에 친구가 하나도 없었다는 걸 깨닫게 되었다. 그 무렵의 친구들 가운데는 죽은 사람도 있고 견습공이 되어 돌아다니는 사람도 있었다. 한스는 그중의 어느 누구와도 연결이 안 되었고 누구에게도 도움을 청할 수가 없었다. 누구 하나 그에게 상관하지 않았다. 옛날의 선생이나 목사도 거리에서 만나면 친절하게 고개를 끄덕여 주었으나 사실은 한스를 아무렇게도 생각하지 않았다. 이제 그는 온갖 것을 집어넣어도 좋은 그릇이거나, 온갖 종자를 뿌려도 좋은 밭이 아니었다. 그를 위해 시간이나 마음을 쓴다는 것은 이제 아무런 보람이 없는 일이었다.

목사가 조금이라도 한스를 돌보아 주었더라면 아마 좀 나아졌을지도 모를 일이었으나, 그가 어떻게 했으면 좋았을까? 그가 줄 수 있는 건 학문뿐이었다. 그렇지 않으면 학문을 탐구하는 마음에 그쳤을 것이다. 아니, 그런 것은 벌써 하나도 남김없이 한스에게 주고 말았다. 그 이상의 것은 갖고 있지도 않았다. 그의 라틴어 지식은 누구든 자신을 갖고 덤벼들어도 당하질 못하고, 또 그의 설교도 이미 잘 알려진 목사였다. 그러나 그는 모든 고뇌에 대해서 친절한 눈길과 다정스러운 말을 할 수는 있었지만, 사람들이 역경에 빠졌을 때 쉽게 달려가 의논할 수 있는 그런 목사는 아니었다.

아버지 기벤라트도 한스에 대한 실망의 분노를 감추려고 노력은

했지만, 아들의 친구나 위안자는 아니었다. 그래서 한스는 모두에게 소외당하고 사랑을 받지 못할 것 같은 마음이 들어, 아늑한 정원에서 햇빛을 쬐거나 숲 속에 드러누워 몽상이나 잡념에 빠졌다. 책을 읽어도 머리에 들어오지 않았다. 책을 들면 으레 머리와 눈이 쑤셨다. 어떤 책을 펼쳐도 곧 수도원 시절과 거기에서의 가슴 답답했던 생각이 숨막힐 정도로 되살아나 무시무시한 꿈의 한구석으로 쫓고는 이글이글 타는 눈초리로 거기에 잡아매 놓는 것이었다.

이 괴로움과 버림받음 속에서 또 다른 악마가 위안자로 위장을 하고는 병든 소년에게 다가와 차츰 그와 친해져서, 떨어지려 해도 떨어질 수 없게 만들어 버렸다. 그것은 죽고 싶다는 생각이었다. 총 같은 걸 구하거나 숲 속의 적당한 곳에서 목을 매는 것쯤은 손쉬운 일이었다. 거의 매일같이 그 생각이 산책하는 그를 따라다녔다.

그는 외지고 아늑한 장소를 발견했다. 거기라면 마음놓고 죽어 갈 수 있을 것 같았다. 그곳을 결국 죽을 장소로 결정했다. 몇 번이나 그곳을 찾아가서는 주저앉아, 언젠가는 여기에 주검이 되어 뒹굴고 있는 모습이 남들에게 발견될 것이라는 걸 허공에 그려 보고는 알 수 없는 쾌감마저 느끼고 있었다. 목을 매달 줄과 걸어 놓을 나뭇가지를 정하고 그 강도도 시험해 보았다. 방해가 될 장애물은 하나도 없었다.

조금씩조금씩 아버지께 보낼 짧은 편지와, 헤르만 하일너에게 보낼 아주 긴 편지를 썼다. 이 두 통의 편지는 이제 자기 시체 옆에서 발견될 것이다. 여러 가지 준비와 이제는 충분하다는 생각이 그의 마음에 좋은 영향을 주었다. 운명의 나뭇가지 아래에 앉아 있으면 이전의 그 압박감은 사라지고, 어쩌면 기쁨에 넘친 쾌감을 맛보며 시간을 보낼 수가 있었다. 왜 오래전에 진작 저 아름다운 나뭇가지에 목을 매달 수가 없었을까. 그 이유는 자신도 알 수 없었다.

결심은 움직일 수 없었다. 그의 죽음은 이미 결정된 사실이 되고 말았다. 우선은 좋았다. 먼 여행을 떠나기 전에 사람들이 하는 버릇대로 최후의 며칠 동안 아름다운 햇빛과 고독한 꿈을 마음껏 맛보자는 생각을 물리칠 수 없었다. 여정에 오르는 건 언제라도 할 수 있다. 만반의 준비를 끝내 놓고 있었다. 그러나 자발적으로 조금만 더 지금까지의 환경에 머물러서 자기의 위험한 결심을 꿈에도 알지 못하는 사람들의 얼굴을 구경한다는 것은 독특한 흥분이 솟는 쾌감이기도 했다. 의사를 만날 때마다 그는 생각하지 않을 수 없었다. '그래, 조금만 더 기다려 봐!'라고.

운명은 그로 하여금 어두운 계획을 즐기게 하고, 그가 죽음의 술잔에서 매일 몇 방울의 쾌감과 생활력을 맛보는 걸 바라보고 있었다. 이미 불구자가 된 젊은이는, 아무래도 좋았으나 그래도 제 분수에 맞게 그 수명을 우선 종결 지어야 했다. 좀더 인생의 고뇌와 감미로움을 맛보기 전에는 인생의 무대에서 사라져서는 안 된다. 엉겨붙어 떠나지 않던 쓰디쓴 생각은 줄어들고, 지칠 대로 지쳐 버린 자포자기한 기분과 괴로움도 없이 맥빠진 권태감에 사로잡혀 자리를 양도하고 말았다.

그런 기분에 젖어 한스는 하루하루 시간이 덧없이 흘러가는 것을 생각하며 멍하니 허공을 쳐다보고, 때로는 몽유병자와 같은 기분이 되기도 하고, 때로는 어린아이와 같은 마음이 되기도 했다. 맥 풀린 꿈결 같은 생각으로 어느 날 그는 뜰의 전나무 아래에 앉아 별 생각 없이 우연히 머리에 떠오른 라틴어 학교 시절의 시 구절을 되새기며 혼자 흥얼거렸다.

아, 나는 너무나 지쳤네.
아, 나는 너무나 고단하네.
지갑에는 돈 한 푼 없고, 주머니에 엽전 한 닢 없네.

이 시를 옛 멜로디에 맞춰 노래 부르며 벌써 이것으로 스무 번째라는 것 이외에는 아무것도 머리 속에 없었다. 그러나 창가에 서서 엿듣고 있던 그의 아버지는 너무나 놀랐다. 그의 무뚝뚝한 성질에는 이 무의미하고 천하태평 같은 느릿느릿한 단조로운 노랫소리를 전혀 이해할 수 없었다. 그는 이것이 절망적인 정신 박약의 표시라고 생각하며 탄식했다. 그때부터 아들을 이전보다 더 신경질적으로 바라보았다. 아들은 물론 그것을 눈치채고 괴로워했다. 그러나 새끼줄로 그 단단한 나뭇가지에 목을 매기에는 아직 때가 일렀다.

그럭저럭하는 사이에 다시 무더운 여름철을 맞이했다. 주의 시험과 그 후의 휴가로부터 벌써 1년이 지났다. 한스는 때때로 그때 일을 생각했으나 아무런 감정도 일지 않았다. 그의 감각은 상당히 무디어져 있었다. 다시 낚시질을 가고 싶었지만 아버지에게 차마 말할 용기가 나지 않았다. 물가에 설 때마다 심한 고통을 느꼈다. 그러다가 아무도 보지 않는 기슭에서 오랫동안 발을 멈추고 두 눈을 빛내면서 소리 없이 헤엄치는 검은 고기 떼의 움직임을 보고 있었다.

저녁에는 매일같이 윗마을로 헤엄을 치러 갔다. 그럴 때는 언제나 검사관 게슬러의 작은 집 옆을 지나가야 했다. 3년 전에 그토록 사랑한 에마 게슬러가 다시 집에 돌아와 있는 것을 발견했다. 호기심으로 두어 번 에마를 바라보았으나 그전처럼 마음에 들지는 않았다. 그때는 부드러운 몸짓과 날씬한 몸매를 가진 처녀였는데, 지금은 자라서 몸짓도 어딘가 모난 데가 있고 어린애 같지 않게 머리를 묶고 있었다. 그것이 완전히 에마를 볼썽사납게 했다. 길다란 옷매무새도 어울리지 않았다. 숙녀답게 보이려고 애쓰는 것도 모두 허사였다. 한스에게는 그녀가 우습게 보였으나, 동시에 옛날에는 그녀를 볼 적마다 얼마나 독특하고 감미롭고 말할 수 없이 벅찬 기분에 도취되어 있었던가를 생각하면 슬픈 생각만 들었다.

그 당시는 모두가 지금과는 아주 달랐었다. 훨씬 아름답고 신선했으며, 정말 오랫동안 그는 라틴어와 역사, 그리스어, 시험, 신학교 그리고 두통 이외에는 아는 것이라고는 아무것도 없었다. 그러나 그때는 동화책이며 도둑놈 이야기를 쓴 책이 있었다. 그때는 아담한 정원에 장난감 물레방아가 돌고 있었다. 저녁때는 나숄트의 집 대문간에서 리제의 모험 이야기를 같이 들었다. 그 후 잠시 동안 갈리바르디라고 불리던 이웃 노인 그로스 요한을 강도 살인범으로 알고 꿈을 꾼 일이 있기도 했다. 또 일년 중 매달 뭔지 모를 즐거움이 늘 넘쳐 있었다. 건초를 말리는 일, 풀베기, 최초의 낚시질이며 천렵, 홉의 수확, 감자를 굽는 불이며 보리 타작의 시작, 그리고 그 사이에 야외로 놀러 가는 일요일이나 명절 날이 더없이 즐겁게 기다려졌었다.

그때는 그 밖에도 신비스러운 매력을 갖고 그를 끌어당기는 일이 얼마든지 있었다. 집이나 골목길, 계단, 창고 바닥, 샘물, 울타리, 그리고 온갖 사람과 동물 따위를 그는 모두 좋아하고 사랑했다. 설사 사랑하지 않았다 하더라도, 그런 것들은 뭐라 말할 수 없는 힘을 가지고 그를 유혹했다. 홉을 딸 때는 그도 도왔다. 말같이 큰 처녀들이 노래 부르는 소리에 귀를 기울이기도 했다. 그리고 그 노래의 가사를 외기도 했다. 가사는 대개 익살맞아 우스운 게 많았으나, 그중에는 듣고 있으면 저절로 목이 메일 정도로 눈에 띄게 애달픈 것도 몇 가지 있었다.

그런 여러 가지 것들이 어느 틈에 자취를 감춰 버려 마지막이 되고 말았다. 우선 리제의 집에서 저녁을 보내는 일이 없어졌다. 그 다음에는 동화책을 읽지 않게 되었다. 이런 식으로 하나씩 하나씩 그만두게 되어 홉을 따는 일도, 뜰 안의 물레방아도 그치고 말았다. 아, 그 여러 가지 것들이 지금은 다 어디로 가고 만 것일까?

조숙한 한스 소년은 지금 병든 나날을 보내고 있는 가운데 현실이 아닌 제2의 유년 시대를 체험하게 된 것이다. 선생들에 의해 어린 시절을 빼앗겨 버린 마음이 지금, 별안간에 넘쳐흐르는 그리움을 품고 꿈결 같은 아름다운 시절로 도망쳐서 회상의 숲 속을 요술에 걸린 사람처럼 헤매고 돌아다녔다. 그 회상의 세기와 밝은 빛은 아마 병적인 것일지도 모른다. 그가 옛날에 직접 맛보았을 때와 다르지 않은 실감을 가지고 온갖 것을 맛보았다. 기만당하고 억압받았던 유년 시대가 오랫동안 막혔던 샘물과도 같이 그의 마음속에 용솟음쳐 올랐다.

한 그루의 나무는 순이 잘리면 뿌리 가까이에 새순이 돋아나는 것이 보통이다. 그와 마찬가지로 청춘 시절에 시달리고 망쳐진 영혼은, 끊어진 생명의 끄나풀을 새삼스럽게 이을 수 있다는 듯이, 그의 시초의 꿈 많던 어린 날의 봄 같은 시절로 돌아갈 때가 많다. 뿌리에서 나온 새싹은 수분이 풍부하게 성장해 가지만 그것은 겉모양에 지나지 않으며, 그것이 다시 나무가 될 수는 없는 것이다. 한스 기벤라트도 같은 경로를 밟았다. 따라서 어린이 나라에서의 그의 꿈의 발자취를 약간 더듬어 볼 필요가 있다.

기벤라트의 집은 오래된 돌다리 근처에 있었다. 그 집은 두 개의 서로 다른 골목길 사이의 모퉁이 집이었다. 그 집의 맞은쪽 길은 읍내에서 가장 길고 폭이 넓은 훌륭한 도로로, 게르버 거리라고 불렸다. 또 한 개의 도로는 급한 오르막길로 되어 있었는데 짧고 비좁고 보잘것없었으며, '매' 거리라고 불렸다. 오래전에 폐업했지만 '매'라는 간판을 달았던 아주 낡은 요릿집의 이름에서 딴 것이다.

게르버 거리에는 어느 집이나 선량하고 성실한 이 마을의 토박이들이 살고 있었다. 누구나 자기 집과 가족 묘지와 자기 정원을 가지고 있는 사람들이었다. 정원은 집 뒤의 산으로 가파르게 층계가 되어 올라가 있고, 그 울타리는 1870년대에 만들어진, 황색 금작화가 뒤덮여 있는 철둑과 경계를 이루고 있었다.

품위가 있는 점에서 게르버 거리와 겨룰 수 있는 것은 읍내의 광장뿐이었다. 거기에는 교회, 군청, 재판소, 면사무소, 수석 목사의 주택 등이 있어서 깨끗하고 품위가 있었으며, 도회지와 같은 아주 고상한 인상을 주었다. 게르버 거리에는 사무소 같은 건 없었지만, 훌륭한 현관문이 달린 신식·구식의 주택과 아름다운 고딕식의 나무기둥에 벽돌을 쌓아 올린 집과 말쑥하고 밝은 박공 등이 늘어서 있었다. 그리고 집들이 한 줄로만 이어져 있는 것이 이 길에 친근함과 쾌활함, 밝음을 더욱 풍부하게 해 주었다. 그것은 거리 저쪽의 널빤지 담 아래로 시내가 흐르고 있었기 때문이다.

게르버 거리가 길고 넓고 밝고 또 묵직하고 우아하다면, '매' 거리는 그것과는 정반대였다. 여기저기 줄지어 있는 집들은 기울어지고 어둠침침하며, 담벼락의 회칠은 얼룩져 이지러져 있고, 지붕 마구리는 앞으로 기울어서 납작해진 모자를 연상케 했다. 문이나 창문은 사방이 뒤틀려 나무토막으로 적당히 이어 놓았으며, 난로의 굴뚝은 구부러지고 홈통은 못 쓰게 되어 있었다.

집들은 서로 장소와 빛을 빼앗고, 골목길은 좁고 이상하게 구부러져 영원히 벗어나지 못할 어둠에 싸여 있는 것 같았다. 그것이 비가 오거나 해가 진 후에는 침침하고 볼썽사나운 어둠으로 변하고 마는 것이었다. 모든 집의 창문 밖에는 막대기와 노끈이 걸려 있고 여기에 언제나 세탁물이 널려 있었다. 골목길은 아주 작고 보잘것없었지만, 전세로 사는 사람들이나 하숙생들은 별도로 취급하더라도 실로 막대한 가구들이 살고 있는 셈이었다. 기울어지고 허물어져 가는 집들의 구석구석까지 사람들이 몰려들어 살고 있었다. 빈곤과 범죄와 병이 그곳에 진을 치고 있었다.

경찰이나 병원은 읍내의 다른 전체보다 '매' 거리의 몇 채 안 되는 집들 때문에 시달리고 있는 형편이었다. 티푸스가 발생했다면 그곳이요, 살인이 났다 하면 역시 그곳이었다. 읍내에 도난 사고가 있으면 우선 '매' 거리를 뒤졌다. 떠돌아다니는 행상들도 그곳에 투숙했다. 그중에는 익살꾼인 화장품 장수 호테호테, 또 갖가지 범죄와 악습의 장본인이라고 사람들이 수군거리는, 가위를 가는 아담 히텔이 있었다.

학교에 들어가서 처음 몇 해 동안 한스는 때때로 '매' 거리에 놀러 갔다. 남루한 옷을 입고 엷은 금발을 한, 한패의 뒤숭숭한 떼거지 애들과 함께, 나쁜 소문이 돌고 있던 로테플로윌러가 이야기하는 살인 얘기를 들으러 곧잘 갔던 것이다. 이 여인은 어떤 조그만 여관집 주인과 헤어진 아낙네로, 5년 징역형을 언도받아 살고 나온 일이 있었다. 그녀는 옛날에 사람들에게 널리 알려진 미인으로 직공들 간에 많은 정부를 두고 있었다. 그래서 자주 추문을 퍼뜨렸고 칼부림의 씨를 뿌렸던 것이다. 그러나 지금은 혼자 살면서, 공장 문이 닫히면 커피를 끓이고 이야기를 하며 저녁을 보냈다.

그녀는 언제나 문을 활짝 열어 놓고 지냈기 때문에 아낙네들이나 젊은 노동자들 이외에 근처의 거지 아이들이 문턱에서 무서움에 질린 파리한 얼굴을 하고 황홀하게 그녀의 얘기를 듣고 있었다. 조그만 까만 돌 아궁이에서 냄비의 물이 끓고 그 옆의 기름 촛불이 타면, 파란 숯불과 함께 괴상하게 흔들리는 불꽃으로 만원이 된 어두운 방을 비치고 있어, 듣는 사람의 그림자가 커다랗게 벽과 천장에 투사되어 도깨비와 같은 움직임을 방 전체에 그려 놓는 것이었다.

여덟 살 난 한스는 거기에서 우연히 핑켄바인 형제와 알게 되었다. 소년은 약 일년간 아버지의 엄격한 반대를 무릅쓰고 친구를 사귀는 것을 즐겨 왔다. 도르프와 에밀이라는 이름을 가진 그 형제는 읍내에서 가장 잔꾀가 많은 골목대장이었다. 과일 도둑 또는 조그만 나무 도둑으로서, 누구 하나 모르는 사람이 없었다. 무수한 잔꾀로 범죄나 장난을 치는 데는 빈틈없는 명수였다. 그들은 가끔 새알이나 납덩이나 까마귀 새끼, 찌르레기, 토끼 등을 잡아 팔기도 하고 법으로 금하는 밤낚시를 하기도 했다. 그들은 담이 아무리 높고 아무리 두꺼운 유리 조각이 뾰족뾰족 박혀 있어도 쉽사리 넘을 수 있었다.

그러나 '매' 거리에서 가장 먼저 한스의 친구가 된 것은 헤르만 레히텐하일이었다. 그는 고아에다 불구의 몸으로 매우 조숙한 아이였다. 한쪽 다리가 너무 짧아서 언제나 지팡이를 짚고 다녀야 했다. 그래서 아이들 놀이에 끼어들 수도 없었다. 그는 항상 가냘픈 볼과 혈색이 좋지 않은 병든 얼굴을 하고 있었으며, 나이에 맞지 않게 무뚝뚝한 입술을 갖고 있었다. 반면 턱은 너무나 뾰족했다. 손재주는 누구보다도 능숙했다. 특히 낚시질에는 지나칠 만큼 열성을 갖고 있었다. 그것이 한스에게로 옮아갔다.

한스는 그때까지도 낚시 허가증을 갖고 있지 않았다. 그런데도 몰래 남의 눈에 띄지 않는 곳에서 낚시질을 했다. 낚는다는 것 자체가 기쁨이라면, 법의 눈을 피해 천렵을 하는 것도 더없는 즐거움인 것이다.

절름발이 레히텐하일은 한스에게 좋은 낚싯대를 자르는 방법과 줄로 쓸 말총을 꼬는 법, 끈을 물들이는 방법, 실의 고리를 만드는 방법, 낚싯바늘을 가는 방법 등을 가르쳐 주었다. 그리고 날씨를 보는 방법, 물을 관찰하는 방법, 미끼를 선택하는 법과 다는 방법, 낚을 때 고기를 다루는 방법, 실을 적당한 깊이까지 풀어 주는 방법 등 여러 가지를 가르쳐 주었다. 그는 말로만 가르쳐 준 게 아니라 현장에서 실제로 시범을 보여 줌으로써, 당기거나 늦추거나 하는 순간의 호흡과 군침이 저절로 삼켜지는 느낌, 손에 닿는 신비스런 감촉까지 가르쳐 주었다. 그는 가게에서 파는 보기 좋은 낚싯대와 코르크나 유리 먹인 실 등의 인공적인 낚시 도구를 핏대를 세우며 멸시하고 깔보았다. 스스로 만든 낚시 도구가 아니면 낚시질을 할 수 없다는 것을 한스에게도 확인시켜 주었다.

한스는 핑켄바인 형제와는 다툰 끝에 헤어졌지만, 말수가 적은 절름발이 레히텐하일은 싸움도 하지 않고 한스를 떼어 버리고 말았다. 2월의 어느 날, 초라한 침대에 손발을 뻗고 누워서 지팡이를 의자 위에 벗어 놓은 옷 위에다 놓은 채 열이 나기 시작하더니, 끝내 소식도 없이 죽어 버린 것이었다. '매' 거리 사람들은 그가 죽었다는 걸 며칠도 못 가서 잊어버리고 말았다. 한스만이 매우 오랫동안 그의 그리운 회상을 되씹곤 했다.

'매' 거리에 사는 별의별 주민들의 수효는 레히텐하일 정도가 죽었다고 해서 쉽사리 그 수가 줄지는 않는다. 술 주정 때문에 목이 달아난 우편 배달부 레텔러를 모르는 사람이 있을까! 그는 2주일마다 곯아떨어져서 길바닥에 드러눕기가 일쑤였고 밤중에 소동을 일으킨 일도 여러 번 있었지만, 보통 때는 어린아이같이 선량하고 언제나 다정스러운 미소를 짓고 있었다. 그는 한스에게 달걀처럼 생긴 상자에서 코담배의 냄새를 맡게 하고, 때로는 한스에게 물고기를 얻어다 버터를 발라 튀김을 만들어 놓고 한스를 불러 같이 먹기도 했다. 그에게는 유리 눈을 박은 박제 솔개며, 다 낡아빠진 댄스 곡을 가냘프게 고운 소리로 울려 주는 낡은 시계도 있었다.

또 맨발로 걸어다닐 때도 반드시 커프스를 달고 다닌, 80살 고령의 기계공 포르시를 모르는 사람이 있을까! 옛날 학교에 근무하던 엄격한 공립 학교 선생의 아들이었던 그는 성서를 거의 절반이나 외고 있었다. 거기에다 격언이며 도덕적인 금언 같은 것을 진저리가 날 정도로 죄다 외고 있었다. 그는 머리가 백발인데도 아낙네들 앞에선 플레이보이 행세를 했다. 그리고 술을 마실 때마다 곯아떨어져 말썽이었다. 조금만 취해도 기벤라트네 집 모퉁이 댓돌에 걸터앉아서 지나가는 사람들을 불러 세워 놓고 격언을 장황하게 늘어놓기가 일쑤였다.

"꼬마 한스 기벤라트 군! 자, 내 말을 들어 봐! 지라하가 가로되, 나쁜 조언을 하지 않고 언짢은 마음을 갖지 않은 자는 행복하니라. 아름다운 나무의 푸른 잎과 같이 어떤 것은 다시 핀다. 사람도 이와 같다. 어떤 사람은 죽고 어떤 사람은 태어나느니라. 그래, 이제는 가도 좋아, 이 물개 같은 놈아."

이 포르시 영감은, 그 경건한 잠언과는 별도로 도깨비나 괴상한 전설 같은 이야기도 곧잘 할 줄 알았다. 그는 도깨비가 나오는 곳을 알고 있었다. 그리고 언제나 자신의 이야기의 전부를 혼동하고 있었다. 대개의 경우 이야기를 듣는 사람을 조롱이라도 하는 듯이 허풍을 떨며 이야기했으나—그 이야기는 회의적이며 너무나 과장적이었다—이야기하는 사이에도 무섭다는 듯이 몸을 움츠리고 소리를 차츰차츰 낮추다가, 끝에 가서는 아주 나직하게 소름이 끼치는 듯한 속삭임이 되고 마는 것이었다.

이처럼 초라한 거리에는 얼마나 많은 끔찍스럽고 분명하지 못하며 풀기 어려운 자극적인 일이 숨어 있었을까? 자물쇠 장수 브렌토레는 폐업 후 방치된 채로 있는 일터가 아주 황폐해지고 나서도 이 거리에 살고 있었다. 그는 반나절 동안은 언제나 창가에 앉아서 부산한 거리를 우울하게 내다보고 있었다. 때때로 허술한 차림의 이웃 아이들이 한 놈이라도 그의 손에 붙들리기만 하면, 야수 같은 그의 손아귀로 누르다가는 귀나 머리칼을 잡아당겼다. 온 몸뚱이가 파랗게 멍들 정도로 꼬집기도 했다.

그런데 어찌 된 일인지, 어느 날 그는 아연 철사에 목이 졸린 채 계단에 대롱대롱 매달려 죽고 말았다 그것은 너무나 처참한 광경이어서 누구 하나 가까이 가 보려고 하지 않았다. 겨우 기계공 포르시 노인이 뒤에서 철사를 끊었다. 그러자 혓바닥을 쑥 빼문 시체가 앞으로 꼬꾸라져서 계단을 굴러 내려 놀란 구경꾼들의 한복판으로 떨어졌다.

한스는 밝고 넓은 게르버 거리에서 컴컴한 '매' 거리로 들어설 때마다 이상하고 섬뜩한 기분이 되어, 유쾌한 것 같기도 하고 무섭기도 한 것 같은 긴박감이라든지 호기심, 공포, 양심의 가책, 그리고 모험적인 기쁨에 두근거리는 불안감의 혼합체에 억눌리고 마는 것이었다. '매' 거리는 전설이나 기적, 듣지도 보지도 못한 흉측한 일들이 일어날 수 있는 유일한 장소였다. 또 요술이나 악마 같은 것들이 으레 나타날 듯이 생각되는 유일한 장소이기도 했다.

그곳은 전설이나 창피스러운 로이틀링의 통속 소설을 읽을 때처럼, 괴롭긴 하지만 달콤한 전율을 느낄 수도 있는 곳이었다. 선생들에게 빼앗긴 로이틀링의 통속 소설에는 존넨비르틀레와 탈주범 하네스, 단도잡이 칼레, 역마차 습격범 미헬 등 암흑가의 영웅이나 중죄수, 모험가들의 죄상과 그에 대한 처벌들이 가득 실려 있었다.

'매' 거리 이외에 한 곳이 또 있었다. 그곳은 보통 장소와는 아주 딴판이었다. 자신의 심각한 체험을 맛볼 수도, 들어 볼 수도 있는 곳이요, 어두컴컴한 마룻바닥이나 기묘한 방 안에 앉아 자신을 망각해 버릴 수도 있는 곳이었다. 그곳은 근방의 커다란 피혁 공장으로, 낡았지만 거대한 집이었다. 어둠이 짙은 그곳 광에는 큰 가죽이 매달려 있었다. 또 지하실에는 덮어 감추어진 굴과 통행 금지 구역으로 되어 있는 통로가 있었다.

그곳에서 저녁때가 되면 리제가 아이들에게 재미있는 동화를 들려주었다. 그곳은 건너편에 있는 '매' 거리보다 조용하고 친밀성이 있고 인간미도 있었지만, 의문을 품고 있는 점에서는 '매' 거리와 별반 다를 것이 없었다. 피혁 직공들이 굴이며 지하실, 무두질하는 곳, 다듬이질 방에서 일하고 있는 모습은 아주 독특하고 이상스럽게 보였다. 하품이 날 지경으로 큰 방은 조용하고 소름이 끼칠 정도였지만, 그에 못지않게 매력도 있었다. 우악스럽고 무뚝뚝한 주인은 모두가 식인종처럼 무서워하고 싫어했다. 리제란 여자는 이처럼 별난 집안을 마귀처럼 돌아다니고 있었다. 그녀는 모든 어린아이와 새들, 고양이와 강아지의 보호자요, 어머니였다. 악을 모르는 이 여인은 이상한 동화나 노래를 너무 많이 알고 있기도 했다.

지금 한스의 생각과 꿈은 벌써 오래전에 떠나왔던 이러한 세계에 다시 들어가서 움직이고 있었다. 커다란 환멸과 절망 속에서 그는 과거의 행복했던 시절로 도망쳐 갔다. 그때는 그래도 희망에 넘쳐 있었고, 눈앞의 세계가 몸서리쳐질 듯한 위험과 마법에 걸린 보물이나 에메랄드의 성을 신비스런 뒤란 깊숙이 감추고 있는 거대한 요괴들의 숲처럼 눈에 보이게 했다.

한스는 이 신비의 세계로 한 발자국 들여놓았으나 기적이 나타나기도 전에 지쳐 버리고 말았다. 지금 다시 수수께끼처럼 아물거리는 입구에 섰으나, 이번에는 내쫓긴 자로서 할 일 없는 호기심을 품고 서 있는 데 지나지 않았다.

한스는 두세 번 '매' 거리를 찾아갔다. 그곳에는 여전히 짙은 어둠 속에 악취, 골방, 볕 하나 들지 않는 계단들이 있었다. 이름뿐인 대문 앞에는 노인네들이 지금도 앉아 있었다. 엷은 금발에 불결한 누더기를 걸친 아이들이 악을 쓰며 뛰어다니고 있었다. 기계공 포르시는 더욱 나이가 들어, 이제는 한스의 나직한 인사말에도 비웃는 듯한 떨리는 목소리로 대답만 할 뿐이었다. 가리발디라고 불렸던 그로스 요한은 벌써 세상을 떠나고 없었다.

우편 배달부 레텔러는 아직 살아 있었다. 그는 한스에게 담배를 권한 다음 그에게 구걸을 하려고도 했다. 마지막에 그는 핑켄바인 형제 이야기를 했다. 하나는 지금 담배 공장에 들어가 있는데 벌써 어른처럼 말술을 마시는 것 같고, 또 하나는 대목 장날 칼부림이 있은 후에 도망쳐서 일년 전부터 행방을 감추었다는 것이다. 온갖 것이 비참하고 슬픈 인상을 풍겼다.

한스는 어느 날 밤 피혁 공장으로 가 보았다. 낡고 큰 집에 그의 잃어버린 유년 시대의 온갖 것이 기쁨과 함께 숨어 있기라도 하듯, 그는 대문을 지나고 침침한 안뜰을 건너 여러 곳으로 발걸음을 옮겼다. 구부러진 계단과 자갈을 깔아 놓은 현관을 지나서 캄캄한 계단 옆으로 나와 더듬더듬 다듬이질 방으로 갔다. 거기에는 가죽이 펼쳐져 매달려 있었다. 그곳에서 그는 코를 찌르는 듯한 가죽 냄새와 별안간 끓어오르는 추억의 구름을 들이마셨다.

그는 또 내려와 제혁용 수액 단지와 수액의 찌꺼기를 말리기 위한, 상당히 높긴 하지만 지붕이 좁고 시렁이 있는 뒤뜰로 나갔다. 벽에 붙은 의자에 리제가 앉아 감자 한 바구니를 앞에 놓고 껍질을 까고 있었다. 서너 명의 아이들이 그녀를 둘러싸고 이야기에 귀를 기울이고 있었다. 한스도 캄캄한 문간에 서서 그쪽에 귀를 기울였다.

황혼이 짙어 가는 피혁 공장은 아늑한 평화 속에 싸여 있었다. 마당의 담벼락 뒤에서 흐르는 개울물의 가냘픈 속삭임 외에는 감자를 까는 리제의 칼 소리와 이야기를 하고 있는 그녀의 목소리만이 들릴 뿐이었고, 어린아이들은 조용히 웅크리고 앉아서 군침을 삼키며 열심히 경청하고 있었다. 그녀는 밤중에 어린아이의 목소리가 강 저쪽에서 성 그리스토헬을 부르고 있다는 이야기를 들려주고 있었다.

한스는 잠시 듣다가 어두운 현관을 살짝 빠져나와 집으로 돌아갔다. 그는 두 번 다시 어린아이가 될 수 없다는 것과, 저녁때 피혁 공장에서 리제 곁에 앉아 이야기를 들을 수 없다는 걸 느꼈다. 그때부터 그는 피혁 공장에도, '매' 거리에도 접근하지 않기로 결심했다.

첫사랑, 그 아픔의 환희

이제 가을도 한창이다. 캄캄한 전나무 숲에서는 듬성듬성한 활엽수가 노랗고 빨갛게 횃불처럼 빛나고 있었다. 개울에는 새벽녘의 찬 기운으로 말미암아 안개가 서렸다.

창백한 옛날의 신학교 학생은 여전히 교외를 산책하고 있었다. 누가 보든 내키지 않는 걸음걸이 같았고 피곤한 것 같기도 했다. 사귀려고 들면 얼마든지 상대해 줄 사람도 있었건만 그는 끝내 상종하길 꺼렸다. 의사 선생은 물약이며 간유며 달걀이며 냉수마찰을 처방했다. 그러나 아무것도 효과가 없었다는 게 별로 이상한 일도 아니었다. 아무래도 건강한 생활에는 내용과 목표가 있지 않으면 안 되었다. 젊은 기벤라트는 그것을 상실하고 만 것이다.

아버지는 한스를 서기로 취직시키거나 수리공으로 가르쳐 보려고도 했으나, 아들이 아직 허약했기 때문에 약간의 근력을 길러 주어야 했다. 그리고 우선은 그것보다 차츰 진심으로 그의 앞날을 걱정해 주어야 할 것 같았다.

처음에는 그의 마음을 뒤흔들어 놓았던 것이 차츰 완화되어 자살기도를 스스로 그만두게 된 그때부터 한스는 흥분하기 쉽고 변하기 쉬운 불안한 상태에서 외곬의 우울증에 빠져 버리고 말았다. 그러고는 마치 부드러운 진흙 속에 빠져 들어가는 것처럼 맥없이, 그리고 천천히 그 속으로 가라앉았다.

지금 그는 가을 들판을 헤매고 다니며 계절의 영향에 굴복하고 말았다. 시들어 가는 가을, 고요히 떨어지는 낙엽과 갈색이 짙어 가는 초원, 짙은 아침 안개, 익어서 죽어 가는 온갖 식물들이 병자처럼 그를 무겁고 절망적인 감정과 슬픈 생각으로 몰아 가고 있었다. 그는 같이 소멸하고 싶다는 소망과 같이 잠들고 싶다는, 그리고 같이 죽고 싶다는 소망의 포로가 되어 버렸다. 그러나 그의 젊음은 그것을 거부하고, 끊임없는 힘으로 끈질기게 삶에 집착하고 있으니 더욱 괴로운 일이었다.

나뭇잎들이 노랗게 변했다가 갈색이 되고, 그러다가 빨갛게 변해 가는 것과 숲 속에서 뭉게뭉게 피어 올라오는 우윳빛 안개를 바라보았다. 또 뜰을 바라보기도 했다. 거기에는 마지막 과일을 거두어들인 후 생명을 잃어버리고 물든 채 시들어 가는 과꽃을 돌보아 주는 이도 없었다. 그리고 수영이나 천렵이 끝나고 시든 잎새에 뒤덮여 있는 개울을 바라보았다. 그 차가운 강가에서 견뎌 낼 수 있는 이는 끈

덕진 피혁공들뿐이었다.

며칠 전부터 개울은 많은 과즙 찌꺼기를 싣고 갔다. 그도 그럴 것이, 과즙 짜는 공장이나 물방앗간에서는 지금 과즙 짜기에 혈안이 되어서 읍내 거리에도 과즙 냄새가 끓어오르듯이 풍기고 있기 때문이다. 아랫마을 물방앗간에서는 구두 장수 플라크 씨가 작은 압착기를 빌려 와서 한스와 같이 과즙을 짰다. 물방앗간 앞뜰에는 크고 작은 착즙기, 달구지, 과실을 가득 담은 바구니, 자루, 들통이며 양재기, 단지, 그리고 산더미 같은 갈색 찌꺼기, 나무 지렛대와 손수레, 빈 운반 도구 따위가 어지럽게 흩어져 있었다.

착즙기가 움직인다. 끽끽거리고 삐걱댄다. 앓는 소리를 내거나 떠는 소리를 내기도 하며 쉴 새 없이 돌아간다. 착즙기에는 대개 초록색 래커 칠이 되어 있었다. 이 색깔은 찌꺼기의 황갈색이나 사과 바구니 색깔, 연초록색 개울이나 맨발로 뛰는 어린아이들, 맑은 가을 하늘의 햇빛을 보는 모두 이에게 기쁨과 생의 쾌감, 만족감과 유혹적인 인상을 불러일으켰다.

으깨진 사과들이 내지르는 소리 때문에 신맛이 절로 돌아 입 안에는 침이 흥건히 괴었다. 옆에서 그 소리를 듣는 이는 얼른 사과에 덤벼들어 한입 덥석 물지 않을 수 없을 지경이었다. 대통 속에서는 싱싱하고 단 과즙이 굵은 물기둥을 이루며 햇빛에 적황색으로 웃음을 머금은 듯 흘러내렸다.

여기 와서 그 모양을 보는 이는 그 자리에서 한잔 청해 맛보지 않을 수 없게 된다. 그러고는 그 자리에 그냥 버티고 서서 눈물을 글썽이며 감미롭고 유쾌한 물결이 몸속에 흘러 들어가는 것을 느끼게 된다. 그럴 때면 으레 감미로운 과즙은 즐겁고도 강하게 달콤한 향기로 근처의 공간을 가득 채우는 것이다. 이 향기야말로 성숙과 추수의 정수(精髓)로 일년 중 가장 아름다운 것이다. 다가오는 겨울을 앞두고 그 향기를 맡는다는 건 확실히 기분 좋은 일이다.

이 향기를 맡으면 감사의 마음으로 수많은 즐겁고도 훌륭한 것들, 가령 포근한 5월의 비와 쏴 하고 내리는 여름철의 비, 찬 가을 아침의 이슬, 부드러운 봄날의 햇빛, 따갑게 내리쬐는 여름의 뙤약볕, 하얗게 또는 빨갛게 빛나는 꽃들, 추수 전에 익은 과일들의 적갈색 광택, 그리고 그 사이사이에 사철의 변화에 따라 가져다주는 온갖 아름다운 감각이며 즐거운 것들을 회상하게 되는 것이다.

그것은 누구에게나 멋진 나날이었다. 부자도 졸부도 그때만은 범부가 되어, 몸소 나와 살이 잘 붙은 사과를 손에 들고 무게를 재어 보기도 하고, 자루를 세어 보기도 하며, 은으로 만든 표주박으로 맛을 보기도 하고, 과즙 속에 물이 한 방울이라도 들어가면 안 된다고 일러두기도 한다.

가난뱅이에겐 사과가 한 자루밖에 없었다. 그들은 컵이나 아무 데나 널려 있는 뚝배기로 맛을 보아 가며 물을 탔다. 그러나 그들의 만족과 기쁨에 넘친 기분은 부자와 마찬가지였다. 여러 가지 이유로 과즙을 짤 수 없는 사람들은 아는 이나 이웃집의 압착기가 있는 데로 돌아다니며 한잔씩 얻어 마시고는, 그 기회에 사과도 한 개씩 얻었다. 그리고 제 딴에는 그 멋을 안다는 듯 넋두리를 늘어놓는다.

식구가 많은 못사는 집 아이들이나 잘사는 집 아이들이나 모두 작은 컵을 가지고 쫓아다녔다. 모두들 먹다 남은 사과와 한 조각의 빵을 들고 있었다. 왜냐하면 과즙을 짤 때 빵을 실컷 먹어 두면 나중에 배탈이 나지 않는다는 근거 없는 이야기가 예로부터 전해 내려오고 있었기 때문이다.

아이들의 소동은 별도로 치고라도, 수없는 고함 소리가 뒤얽혀 있었다. 그런 소리는 어느 것 하나 분주히 서두르고 흥분과 기쁨에 넘쳐 있지 않은 게 없었다.

"한스, 이리 와! 나 있는 데로! 한 잔만 마셔, 응?"

"정말 고마워요. 그런데 난 벌써 배탈이 날 지경인걸요."

"백 파운드에 얼마 지불했니?"

"4마르크요. 하지만 최고품이죠. 그럼 맛 좀 볼까요?"

그러나 약간 귀찮은 일도 간혹 일어났다. 사과를 담은 자루가 이내 터져서 사과가 모두 땅바닥으로 굴러 떨어졌다.

"이거 큰일인데, 사과가…… 좀 도와 주세요!"

모두들 힘을 합해 도와 주었으나, 그중 몇 명의 거지 아이가 그 사이에 슬쩍해 보려고 했다.

"야, 요놈들아! 슬쩍하지 말아라. 먹고 싶으면 떳떳하게 먹어. 그렇지만 집어넣으면 안 돼. 거기 있어, 이 도둑놈아!"

"여, 이웃 친구! 거만하게 굴지 말고 좀 거들어 봐."

"꿀 맛 같네. 꼭 꿀 같은데! 당신은 얼마나 만들었어?"

"두 통뿐이야. 하지만 전부 최고품이지."

"한여름에 짜지 않은 게 다행이었지. 여름 같았으면 벌써 다 마셔 버리고 말았을걸."

올해도 없어서는 안 될 채신머리없는 노인들 두서넛이 얼굴을 내밀었다. 그들은 요 몇 년 동안 자신들은 과즙을 짜지 않았지만 모르는 것이 거의 없었다. 그들은 곧잘 먼 옛날 일을 이야기했다. 그때는 과일 같은 건 거의 공짜로 얻을 수 있었다는 것이었다. 무엇이든 지금보다 값이 싸고 품질도 좋고 색도 좋았으며, 설탕을 넣는다는 걸 통 몰랐다고 했다. 또 무엇보다 그 당시는 나무에 열매가 맺는 것조차 달랐다고 했다.

"그땐 그래도 추수라고 떠들 수 있었지. 나한테도 사과나무가 있었지 않았나? 그게 한 나무에 5백 파운드나 열리곤 했거든."

시대가 아주 나빠지기는 했지만, 그 염치없는 노인네들은 올해에도 실컷 마시고, 몇 개밖에 남지 않은 이빨로 오물오물 사과를 갉아먹었다. 그뿐인가! 심지어는 큰 배를 서너 개나 억지로 먹은 탓에 가엾게도 배탈이 난 노인네도 있었다.

"정말이야." 하며 그 노인네는 변명을 했다.

"옛날엔 이런 것쯤이야 열 개도 문제가 없었지."

그러고는 진짜로 한숨을 내쉬며 큰 배 열 개를 먹어도 배탈이 나지 않던 그 시대를 회상하곤 했다.

플라크 씨는 혼잡한 사람들 가운데에 압착기를 놓고, 나이 든 제자를 부리고 있었다. 그는 사과를 바텐 주에서 사들였다. 그의 과즙은 어느 해나 제일 고급이었다. 그는 회심의 미소를 지으며 약간 시식하는 것쯤은 막지 않았다. 그는 아이들을 좋아했다. 그의 아이들은 근방을 쫓아다니며 얼굴에는 행복을 싣고 잡담 속을 이리 빠지고 저리 빠지며 헤매 다녔다. 그리고 떠들지는 않았으나 그의 제자가 더욱 희열에 넘쳐 있었다. 그의 제자는 두메산골의 가난한 농가 태생이었다. 그러므로 집 밖에서 마음대로 움직이며 일할 수 있는 것이 무엇보다 유쾌한 일이었던 것이다. 특제 과즙 맛 또한 별미였다. 건강한 농사꾼들은 탈을 쓴 익살꾼같이 이빨을 드러내고 웃었고, 신발만을 만드는 이들의 손은 여느 일요일보다 깨끗했다.

한스 기벤라트가 압착장에 왔을 때만 해도 심정은 조용한 반면에 알 수 없는 불안에 싸여 있었다. 그는 억지로 여기에 온 것이다. 그리고 맨 처음에 압착기를 빠져나온 과즙을 한잔 얻어 마시게 되었다. 잔을 준 사람은 나숄트의 리제였다.

그는 맛을 보았다. 강렬한 과즙이 한 모금 목구멍을 자극하자 달콤하고 감미로운 맛과 함께 어릴 적 가을에 대한 가지가지 즐거운 향수가 되살아났다. 동시에 어릴 때 여러 사람과 어울리며 가졌던 유쾌한 기분을 되찾아 보자는 숨은 욕망도 일어났다. 아는 이들이 그에게 말을 건네 오고 과즙 컵을 전했다. 그가 플라크 씨의 압착기가 있는 데까지 왔을 때는 벌써 소담스런 분위기와 과즙의 포로가 되어 기분도 바뀌어 있었다. 아주 명랑해져서 구두 장수에게 인사도 하고 사람들 속에서 익살도 부려 보았다. 플라크 씨는 놀라움을 감추고 그를 기쁘게 맞이했다.

반 시간쯤 지났을 때 파란 스커트를 입은 처녀가 그곳으로 왔다.

그녀는 플라크 씨와 그의 제자들에게 미소를 던지고 일을 거들기 시작했다.

"응, 그래." 하고 구두 장수가 말했다.

"얘는 하일브론에서 온 내 질녀란다. 얘 고향엔 포도밭이 많아서 여기와는 아주 딴판으로 추수를 하지."

그 처녀는 열여덟 아니면 열아홉쯤 되었다. 저지대 지방 여자답게 몸놀림이 빠르고 쾌활했다. 그리고 그리 키가 크지는 않았지만 몸집도 풍성하고 나무랄 데가 없었다. 둥근 얼굴 속의 정열에 불타는 까만 눈동자와 키스라도 퍼붓고 싶은 예쁜 입술은 더욱 쾌활하고 영리해 보였다. 아무튼 그녀는 건장하고 명랑한 하일브론의 처녀 같기는 했지만, 신앙심 깊은 구두 장수의 친척 같지는 않았다. 그녀는 철저히 세속적인 여인이었다. 그녀의 눈초리는 아무래도 밤마다 성서를 뒤지고 고스너의 『금언집』을 읽는 것을 낙으로 삼는 사람의 눈은 아니었다.

한스는 또 별안간 우울한 심화에 빠져 버리고 말았다. 에마가 곧 가 주기를 마음속으로 빌었으나 그녀는 그 자리를 뜰 생각을 하지 않는 듯이 웃으며 조잘거렸고, 거의 모든 사람의 익살에 하나도 빼놓지 않고 응수하고 있었다. 한스는 부끄러워서 아무 말도 하지 않았다.

젊은 처녀들과 이야기할 때는 '당신'이라 불러 주어야 하지만, 그것이 그에게는 아무래도 어색한 말이었다. 게다가 이 처녀는 지나치게 촐랑거렸다. 그의 존재라든가 부끄럼 같은 건 문제도 삼지 않았다. 그는 마치 차 바퀴에 닿은 달팽이처럼 껍질 속으로 들어가 버렸다. 그는 잠자코 싫증난 사람처럼 얼굴을 찌푸렸다.

누구 하나 그것을 돌볼 틈도 없었지만 에마는 더욱 그랬다. 한스가 소문을 듣기로는 그녀는 2주일 전부터 플라크 댁에 와 있었다. 그것은 벌써 온 읍내 사람들이 다 알고 있었다. 그녀는 빈부귀천을 막론하고 아무 데나 쫓아다니며 새로 짠 과즙 맛을 보거나 익살도 부려 보며 조금 웃다가, 다시 제자리로 와서는 사뭇 열심히 일을 거들어 주는 척했다. 그러고는 어떤 어린아이를 안고서 사과를 주기도 하며 즐거움과 웃음 보따리를 사방에 풀어놓기도 했다.

그녀는 지나가는 아이들을 불러서 "사과 줄까?" 하고 조잘거렸다. 그러고는 빨갛고 곱다란 사과 하나를 집어다가는 두 손을 등 뒤에 감추고 "오른쪽? 왼쪽?" 하고 알아맞히게 했다. 그러나 사과는 한 번도 맞힌 손에는 없었다. 아이들이 투덜거리기 시작하자 그녀는 겨우 한 개를 내주었다. 그러나 그것은 잘 익지 않은 파랗고 조그만 것이었다.

그녀는 아마 한스의 이야기도 들었던 것 같았다. 언제나 두통을 앓고 있는 이가 당신이냐고 물었다. 그러나 한스가 대답도 하기 전에 벌써 그녀는 이웃 사람과 딴 이야기에 휩쓸려 버리고 말았다. 한스가 살짝 도망쳐 버릴까 생각했을 때 플라크 씨가 그의 손에 핸들을 쥐여 주었다.

"그럼 계속해서 좀 해 보는 게 어때? 에마가 너를 도와 줄 테니까. 나는 이제 일터로 가 봐야겠다."

플라크 씨가 가 버렸다. 제자는 플라크 부인과 같이 과즙을 날라야만 했다. 그래서 한스는 압착기에 에마와 단둘이 남게 되었다. 그는 입술을 깨물고 적을 마주 대하고 있는 것처럼 일을 했다. 어째서 이렇게 핸들이 무거운지 의문스러웠다. 얼굴을 쳐들고 보니 그 처녀가 천진한 웃음보를 터뜨렸다. 그녀가 장난 삼아 핸들을 반대쪽으로 잡고 버티고 있었던 것이다. 한스가 약이 올라 끌어당기자 또 버티었다. 그는 말도 하지 않았다. 그러나 핸들을 반대쪽으로 밀고 있는 동안에 갑자기 수줍고 답답한 기분이 되어 버렸다. 물론 처녀의 몸뚱이가 저쪽에서 핸들을 잡고 늘어져 있었기 때문이었다. 그래서 그는 천천히 핸들을 돌리다가는 나중에는 완전히 멈추어 버렸다.

달콤한 불안감이 그에게 엄습해 왔다. 젊은 처녀가 대담하게도 그의 면전에서 웃음보를 터뜨리자, 그는 별안간 그녀가 다른 사람같이 다정스러워 보였다. 그러나 동시에 서먹서먹한 것만은 사실이었다. 한스도 웃기는 했으나 그 웃음소리는 어딘가 부자연스런 데가 있었다. 이윽고 핸들도 완전히 멈추고 말았다.

에마는 "뭘 그리 힘들어하세요?" 하며 그녀가 막 마시다 남은 반쯤 찬 과즙 컵을 한스에게 내밀었다. 그는 이 한 모금의 과즙을 상당히 진하고 전의 것보다 단 듯이 마시고 나서는, 탐나는 듯이 컵을 들여다보고 있었다. 그러자 가슴이 심하게 고동치고 호흡이 차츰 답답해지는 데 놀랐다.

두 사람은 다시 일을 조금 했다. 한스는 제발 저 처녀의 치맛자락이라도 자기의 살결을 스쳐 주고, 그녀의 손이라도 자기의 손에 닿아 주었으면 하는 위치에 자리를 잡으려고 애쓰면서도 자기가 무슨 행동을 하고 있는지조차 모르고 있었다. 그러나 그녀의 치맛자락이나 손이 닿을 때마다 그의 심장은 두근거리는 불안한 환희로 숨이 막히고 흐뭇하고 달콤한 허탈감에 뒤덮였다. 차츰 무릎이 떨리고 머리 속은 어질어질하며 현기증을 일으킨 것처럼 요란한 소음이 울리는 것 같았다. 그가 무슨 말을 했는지는 알 수 없었으나 그녀에게 대답은 잘한 것 같았다. 그녀가 웃자 그도 따라 웃었다. 그녀가 두세 번 바보 흉내를 내자 그가 손가락으로 위협했다. 그런 다음에도 두 번이나 그녀의 손에서 컵을 빼앗아 마셔 버렸다.

동시에 가지가지의 추억이 그의 마음을 스쳐 지나갔다. 저녁 무렵 사내들과 같이 문간에 서 있던 식모, 이야기책에 나오는 두세 개의 글귀, 지난날 헤르만 하일너에게 받은 키스, 수없는 단어, 소설, 처녀, 애인이 생기면 어떨까 하는 것에 대해 학생들과 토론했던 애매한 대화 등이 머리 속을 스쳐 갔다. 그는 산등성이를 올라가는 노새처럼 가쁜 숨을 내쉬었다.

모든 것이 변했다. 거기서 일하던 사람도, 잡담도, 분주히 움직이며 화려하게 웃음 짓고 있는 구름과 같은 것에 모두 녹아 버리고 말았다. 하나하나의 목소리며 욕설이며 웃음소리는 하나의 멍한 혼잡 속으로 사라져 버리고, 강이나 낡은 다리는 멀리 마치 한 폭의 그림같이 보였다.

에마의 모습도 달리 보였다. 그는 더 이상 그녀의 얼굴을 보지 않았다. 즐거운 듯한 까만 눈이며, 빨간 입술, 그 속에 하얗게 드러난

치아만을 보았다. 그녀의 자태도 녹아 없어졌다. 보이는 것은 그녀의 신체의 하나하나의 부분뿐이었다. 까만 양말에다 슬리퍼며, 목덜미에 뒤얽혀 붙은 뒷머리며, 파란 머플러 속에 감추어진 그을린 둥근 목덜미며, 팽팽한 어깨며, 그 밑에서 큰 파도를 일으키고 있는 숨결이며, 햇빛을 받아 빨갛게 보이는 귀며, 그 모든 것이 하나씩 부각되었다.

얼마 있다가 그녀는 컵을 통 속에 떨어뜨렸다. 그것을 주우려고 허리를 굽혔다. 그때 통 모서리에서 그녀의 무릎이 그의 손목을 눌렀다. 그도 느린 행동이었지만 허리를 굽혔다. 그러자 하마터면 그의 얼굴이 그녀의 머리칼에 닿을 뻔했다. 머리에서는 약간 향기가 풍기고 있었다. 그 아래쪽에 풀어 헤쳐진 곱슬머리의 그늘 속에 고운 목덜미가 파란 윗옷 속에서 따뜻하게 갈색으로 빛나며 숨어 있었다. 그 윗옷의 등에 달린 호크가 아주 단단하게 채워져 있었는데 호크의 틈새로 조금 아래까지 환하게 들여다보였다.

그녀가 다시 일어섰을 때 그녀의 무릎을 따라 미끄러지면서 머리카락이 그의 뺨을 약간 스쳐 갔다. 그녀는 구부리고 있었기 때문에 얼굴이 약간 상기되어 있었다. 한스는 격렬한 몸부림을 느꼈다. 그는 얼굴이 백짓장같이 되고 순간 깊고 깊은 피로감을 느꼈다. 그래서 압착기의 나사를 꽉 잡고 있어야 했다. 그의 심장은 경련하듯 고동치며 팔은 힘이 빠지고 어깨는 아팠다.

그때부터 그는 거의 한마디도 않고 그녀의 눈을 피해 버렸다. 그러다가 그녀가 딴전을 하면, 그는 아직 맛보지 못한 쾌감과 앙큼한 양심이 싸우면서 가만히 그녀를 바라보았는데 그때 그의 마음속에서 알지 못하는 무엇인가가 끊어졌다. 그러고는 가없는 파란 해안이 있고 신기한 매력을 가진 신천지가 서서히 그의 영혼 앞에 전개되는 것이었다.

그 불안이나 달콤한 고뇌라고 하는 것이 무엇을 뜻하는 것인지 그는 그때까지 알지 못했다. 겨우 추상적으로 예측할 수 있을 정도였다. 그는 마음속의 고뇌며 쾌감이며 하는 것들 가운데 무엇이 큰 것인지도 몰랐다. 그 쾌감이라는 것은 젊음에 넘친 사랑의 힘, 승리와 힘찬 맥박이 뛰노는 생명의 최초의 예감을 뜻하고, 그 고뇌라는 것은 아침의 평화가 깨뜨려졌다는 것이며, 그의 영혼이 두 번 다시 찾아볼 수 없는 유년 시절의 나라를 떠났다는 것을 의미하고 있었다.

간신히 최초의 난파를 벗어난 그의 조각배는 지금부터 새로운 폭풍우의 폭력과 대기하고 있는 심연, 위험하기 짝이 없는 암초 근처로 몰려들어 간 것이었다. 그것을 뚫고 지나가는 데는 안내자가 없다. 최상의 지도자를 가진 젊은이라 하더라도 자신의 힘으로써 활로를 찾지 않으면 안 되는 것이다.

때마침 구두 장수의 제자가 돌아와서 압착기의 일을 교대해 주었다. 한스는 잠깐 거기에 있었다. 한 번 더 에마의 살결에 부딪히든가 다정한 소리를 들어 보든가, 어느 하나를 바라고 있었다. 아니, 둘 다 원했는지도 모른다. 에마는 또 다른 집 압착기 앞에서 조잘거리고 있었다. 한스는 플라크 씨의 제자 앞에서 공연히 부끄러운 생각이 들어 인사도 없이 슬그머니 집으로 와 버렸다.

온갖 것이 이상스럽게 변해 그의 마음을 끌고 있었다. 살진 참새들이 소란스럽게 하늘을 날고 있었으나 그 하늘이 이렇게 높고 푸르렀던 적은 없었던 것 같았다. 냇물도 이처럼 깨끗하게 청록색으로 빛났던 적이 없었다. 방파제도 이처럼 눈부시게 하얀 거품이 인 적이 없었다. 어느 것이나 새로 그려진 고운 그림이 투명한 새 유리판 뒤에 서 있는 것 같았다. 어느 것이나 큰 축제가 시작되기를 기다리고 있는 것 같았다. 자신의 부푼 가슴속에서 묘하게도 대담한 감정과 유달리 눈부신 희망이 심하게 밀어닥쳐서 거세고 불안하고 감미롭게 따르고 있었다. 이 균열을 일으킨 감정은 팽창되어 몰래 솟아오르는 샘이 되어 버렸다.

또 어떤 때는 마치 무엇인가 비상한 힘이 그의 가슴속에서 자유를 얻어 날개를 펴려고 하는 듯한 기분이 되기도 했다. 아마 그것은 흐느낌이거나, 노래이거나, 통곡이거나, 웃음이었을 것이다. 이 흥분 상태는 집에 돌아가서야 비로소 약간 진정되었다. 물론 집에서는 모든 것이 여전했다.

"어딜 갔다 왔니?"

기벤라트 씨가 물었다.

"물방앗간 옆의 플라크 씨한테요."

"그 사람, 몇 통이나 봤니?"

"두 통인 것 같아요."

한스는 아버지가 과즙을 짤 때 플라크 씨의 아이들을 부르도록 허락해 주기를 부탁드렸다.

"물론이지." 하고 아버지가 말했다.

"우리는 다음 주일에 하자. 그때는 아이들을 불러와야지."

저녁 식사 시간까지는 아직 한 시간이 남았다. 한스는 뜰에 나갔다. 두 그루의 전나무 이외에 푸른 것이라곤 거의 없었다. 그는 개암나무 잔가지를 하나 꺾어 들고 허공을 휘저으며 시든 잎들 사이를 돌아다녔다. 해는 이미 서산으로 기울었다. 산의 까만 윤곽은 뾰족하고 가는 전나무 가지 끝을 드러내며, 유록색의 유리알같이 맑은 가을 하늘을 갈라놓고 있었다. 회색 빛으로 길게 뻗은 구름이 황갈색을 띤 저녁놀을 투사하면서 희박한 황금색 대기를 뚫고 고기잡이배가 귀로에 오른 것처럼 느릿느릿하고 한가로이 골짜기 저 너머로 떠갔다.

저녁 색채의 풍만하고 무르익은 아름다움 때문에 한스는 알 수 없는 묘한 감동을 일으키며 정원을 걷고 있었다. 가끔 걸음을 멈추고 눈을 감고는 에마를 생각했다. 그녀의 컵으로 그에게 과즙을 마시게 했던 에마를 다시 머리 속으로 그려 내려고 애썼다. 그녀의 머리칼이며 탄탄한 푸른 옷에 휘감긴 자태며, 목덜미며, 까만 머리 때문에 갈색으로 그림자 진 목덜미가 눈에 선했다. 그 모든 것이 쾌감과 전율로써 그의 마음을 가득 채워 주었다. 그러나 그녀의 얼굴만은 아무래도 윤곽을 그려 볼 수가 없었다.

해가 넘어갔는데도 그는 냉기를 느끼지 않았다. 그리하여 깊어 가는 황혼이 이름조차 알지 못하는 신비에 가득 찬 베일 같은 생각이 들었다. 물론 그가 하일브론의 처녀에게 반했다는 것은 알았지만, 그의 핏속에 눈뜬 남성의 작용을 단지 막연히 기이하고 조바심이 일어나는 지쳐 빠진 상태라고밖에는 달리 어떤 것으로도 이해할 수가 없었던 것이다.

저녁 식사 때, 예전부터 정들어 살아오던 환경의 한가운데에 아주 변화된 자신이 앉아 있는 것을 발견하고 그는 이상하게 부딪혀 오는 감상에 잠기고 말았다. 아버지, 늙은 식모, 세간까지 방 전체가 낡아 빠져 버린 것 같았다. 그는 마치 방금 기나긴 여행을 마치고 집에 돌아오기라도 한 것처럼, 놀랍고 서먹서먹하고 그리운 생각으로 모든 것을 쳐다보았다.

식사가 끝났다. 한스가 막 자리에서 일어서려고 했을 때 아버지가 단도직입적으로 말했다.

"한스! 너 기계공이 돼 볼래? 그렇지 않으면 서기라도……."

"왜요?"

한스가 놀라서 되물었다.

"네가 그러겠다면 다음 주말에 기계공 실러에게 들어갈 수 있어. 아니면 그 다음 주에 공회당 견습생으로 들어갈 수 있으니까 잘 생각해 봐서 내일 또 얘기하자."

한스는 일어나 밖으로 나왔다. 갑작스런 물음에 그는 당황했다. 수개월 전부터 서먹서먹해진 매일매일의 활동이며 생생한 생활이 뜻하지 않게 그의 면전에 나타나서 어느 때는 유혹하는 듯한 얼굴을, 또 어느 때는 협박하는 듯한 얼굴을 내밀고 기대를 갖게도 하고, 노력을 요구하기도 했다. 그는 정말 기계공도 서기도 되고 싶은 욕망이 없었다. 수공업에서의 가혹한 육체 노동은 그에게 오히려 약간의 공포심마저 갖게 했다. 학교 친구 아우구스트가 머리에 떠올랐다. 그는 기계공이 되어 있었기 때문에 그에게 물어 보면 좋을 것 같았다.

그 일을 생각하고 있는 동안에 그의 얼굴은 차츰 희미해져 갔다. 이 문제는 그리 서두를 필요도 중대성도 없는 것 같았다. 그는 무언가 다른 일에 정신을 빼앗기고 있었다. 그는 초조하게 현관을 왔다 갔다했다. 갑작스레 그는 모자를 들고 집을 나가 천천히 골목길을 빠져나갔다. 아무래도 오늘 안에 한 번 더 에마를 만나 보아야겠다는 생각이 든 것이다.

벌써 어둠이 짙었다. 근처 요릿집에서는 고함 소리와 목쉰 노랫소리가 들려왔다. 불을 밝힌 창문이 여러 군데 있었다. 여기저기에 하나씩 둘씩 불이 켜져 어슴푸레 빨간빛이 어두운 문밖을 비치고 있었다. 젊은 처녀들의 긴 행렬이, 손에 손을 맞잡고 큰 소리로 웃기도 하고 조잘거리기도 하면서 즐겁게 골목길을 서성거리고 희미한 불빛 속에서 흔들리며, 청춘과 환락의 포근한 파도처럼 가물거리는 골목길을 내려가고 있었다.

한스는 오래도록 그녀들을 전송했다. 그의 심장의 고동이 목구멍까지 전해 왔다. 커튼을 친 창문에서는 바이올린을 켜는 소리가 들려왔다. 우물가에서는 한 여인이 상추를 씻고 있었다. 다리 위에서는 두 젊은이가 그들의 애인과 함께 산책을 하고 있었다. 하나는 처녀의 손을 으스러지게 부여잡고 그녀의 팔을 흔들면서 여송연을 피우며 걸어가고 있었다. 또 한 쌍은 바싹 다가서서 천천히 앞으로 걸어

가고 있었다. 젊은이는 처녀의 허리를 안고, 처녀는 어깨와 머리를 그의 머리에 푹 파묻고 있었다.

한스는 이런 모습을 여러 번 보아 왔지만 그리 관심을 갖지 않았었다. 그러나 지금은 그것이 그윽한 뜻을 함유하고 있었다. 분명치 않지만 몹시 정답고 달콤한 의미를 품고 있었다. 그의 눈초리는 두 쌍의 남녀에게 머물렀다. 그의 공상은 희미한 예감을 가지고 다가온 설렘으로 줄달음질치고 있었다. 안타깝게 마음속 밑에까지 동요를 일으켜 그는 어떤 커다란 비밀에 접근해 있다는 것을 느꼈다. 그 비밀이 감미로운 것인지 흉측스러운 것인지는 알지 못했으나, 그 양자 중의 한 끄트머리를, 전신을 떨면서 느껴 본 것이었다.

그는 플라크 씨 집 앞에서 멈췄지만 안으로 들어갈 용기가 나지 않았다. 안으로 들어가서 무엇을 하고 무엇을 말해야 좋을까? 그가 열한 살이나 열두 살쯤의 소년이었을 때 자주 이 집에 왔던 일을 머리 속에 그려보지 않을 수 없었다. 그때 플라크 아저씨는 그에게 성서 이야기를 들려주기도 하고, 지옥이며 악마며 성령에 대해서 호기심을 억제하지 못하는 질문의 화살도 잘 받아 대답해 주곤 했다. 이런 추억이 그의 마음을 어둡게 했다.

그의 양심은 괴로웠다. 자기가 무엇을 하고 싶은지, 정말 무엇을 원하는지조차 알지 못했다. 그러나 뭔가 신비롭고 금지당한 것 앞에 서 있다는 것은 부정할 수 없었다. 그가 안에 들어가지도 않고 대문 앞의 어둠 속에 서 있다는 것은 구두 장수에 대해 옳지 못하다는 생각이 들었다. 여기에 서 있는 것을 구두 장수가 본다든지 대문 안에서 나온다든지 한다면, 그는 아마 꾸짖지 않고 비웃을 것이다. 한스는 그것이 제일 두려웠다.

그는 발소리를 죽이며 집 뒤로 걸어갔다. 정원 울타리 너머로 불이 켜진 안방을 들여다볼 수가 있었다. 주인은 보이지 않았다. 부인은 바느질을 하거나 무엇을 짜고 있는 것 같았다. 큰아들은 아직 자지 않고 책상 앞에 앉아서 책을 읽고 있었다. 에마는 분명히 설거지를 하는 듯 분주히 왔다갔다하는 것이 보였다. 그것으로 그녀를 한 번, 그것도 잠깐이나마 볼 수 있었다. 아주 고요했다. 먼 골목길의 발소리 하나하나까지, 정원 저 건너편에서 잔잔히 흐르는 강의 물결 소리까지 똑똑히 들을 수 있었다. 어둠과 밤의 냉기가 조금씩 몸속으로 스며들었다.

안방 창문 옆 캄캄한 복도의 작은 창문이 보였다. 한참 후에 이 창문으로 희미한 자태가 나타나더니, 몸을 앞으로 내밀어 보다가 어둠 속을 응시하고 있었다. 한스는 그 모습을 보고 이내 그게 에마라는 것을 알았다. 초조한 기다림 때문에 그의 가슴의 고동은 일순간 정지한 것 같았다. 그녀는 창문에 서서 오랫동안 조용히 이쪽을 보고 있었다. 그녀가 그를 보고 있는 것인지, 또 알고 있으면서 시치미를 떼고 있는 것인지는 몰랐지만, 그는 꼼짝도 않고 뚫어지게 그녀를 쳐다보며 초조한 망설임 속에서 그녀가 그를 알아주었으면 하고 안타깝게 기대하고 있었다. 그러면서도 알아채면 어쩌나 싶어 은근히 겁도 났다.

희미한 그 자태가 창문에서 사라져 버렸다. 그리고 곧 조그만 뜰의 문이 열리면서 에마가 집 안에서 나왔다. 한스는 처음에 간담이 서늘해져서 일어나 도망을 칠까도 생각해 보았으나, 그를 향해 걸어오는 것을 가만히 보고만 있었다. 그녀가 다가오는 발소리가 들릴 때마다 거기서 도망쳐 버릴까 생각했으나, 그보다 더욱 강한 힘이 그를 거기에 꼼짝없이 붙들어 놓고 말았다. 에마가 곧 그의 정면으로 다가왔다. 낮은 울타리가 사이에 있었으므로 반 발자국도 떨어져 있지 않았다. 이윽고 에마가 낮은 목소리로 물었다.

"당신 무슨 일이에요?"

"아무것도 아니야."

그녀가 그를 당신이라고 부른 것이 마치 그녀의 살결이 그의 살결을 어루만져 준 느낌이었다. 에마는 울타리 너머로 그녀의 손을 한스에게 내밀었다. 한스는 수줍은 듯이, 그러나 정답게 그녀의 손을 잡고 약간 힘을 주었다. 그 손을 빼지 않는 걸 보고, 한스는 용기가 나서 처녀의 따뜻한 손을 곱게 조심성 있게 어루만져 주었다. 그래도 여전히 그녀는 움직이지 않았다. 한스는 그 손을 그의 뺨에 가져갔다. 피부로 스며드는 쾌감이며 향긋한 촉감이며 행복한 피로의 숨결…….

그의 앞에는 골목도 정원도 없고, 단지 자기 앞에 서 있는 하얀 얼굴과 검은 머리카락의 흐트러짐 외에는 아무것도 보이는 것이 없었다. 그리고 처녀가 아주 낮은 목소리로, "내게 키스해 주지 않겠어요?" 하고 물었을 때, 그 목소리는 마치 머나먼 밤하늘 저편에서 울려 오는 것 같았다.

하얀 얼굴이 바싹 다가왔다. 몸무게 때문에 울타리 널빤지가 조금 밖으로 밀려났다. 향긋한 헝클어진 머리칼이 한스의 이마를 스쳤다. 하얗고 널따란 눈꺼풀과 까만 속눈썹에 휩싸인 채 감고 있는 그녀의 눈이 한스의 눈 바로 앞에 있었다. 두려움에 싸인 입술이 그녀의 입술에 닿았을 때 심한 전율이 그의 전신을 휩쓸고 갔다. 그는 순간적으로 떨려서 몸을 뒤로 젖혔으나, 그녀는 그의 머리를 두 손으로 부여잡고 그녀의 얼굴에 내리누르며 그의 입술을 놓치지 않았다.

그는 그녀의 입술에 타오르는 열정을 그의 입술로 내리누르면서 마치 그의 생명마저 삼켜 버리려는 듯이, 어쩌면 마귀같이 빨아들이려는 듯이 느껴졌다. 그는 전신이 느긋해졌다. 처녀의 입술과 떨어지기 전의 흐뭇한 쾌감은 멍한 피로와 고통으로 변했다. 에마에게서 그의 입술이 떨어졌을 때, 그는 비틀거리고 경련하면서 달라붙는 손가락으로 울타리를 단단히 붙들었다.

"내일 밤 또 와요."

에마는 이렇게 말하고는 얼른 집 안으로 들어갔다. 그녀가 들어간 지는 채 5분도 되지 않았다. 그러나 한스에게는 기나긴 세월이 흘러간 것 같았다. 그는 멍청한 눈초리로 그녀를 전송하고 여전히 울타리를 움켜쥔 채 너무나 지쳐 한 걸음도 옮겨 놓을 수 없을 것 같았다. 그는 화려한 환각 속에서 그의 피가 요동치는 소리를 들었다. 피는 그의 머리 속에서 망치로 치듯이 고르지 못한 괴로운 파동을 일으키며 심장을 넘나들고 그의 호흡을 멎게 했다.

한스는 방 안에서 문이 열리고 주인이 들어오는 것을 보았다. 그는 조금 전까지도 일터에 있었던 것 같았다. 들킬지도 모른다는 공포심에 억눌려 한스는 그곳에서 도망쳐 버렸다. 그는 약간 취한 사람처럼 느릿느릿하게 내키지 않는 걸음으로 걷고 있었다. 걸음을 옮길 때마다 무엇이 빠개지는 것 같은 느낌이었다. 졸린 듯한 박공과 음산한 빨간 창들이 있는 어두운 골목길이, 마치 색이 낡은 무대 장치의 한쪽 벽처럼 그의 눈앞에서 흘러가고 있었다. 다리며, 강이며, 안뜰이며, 정원도 흘러갔다.

게르버 거리의 분수가 이상스럽게 높은 소리를 내며 물을 내뿜고 있었다. 꿈같은 마음으로 한스는 문을 열고 칠흑같이 어두운 복도를 지나서 계단을 올라갔다. 그러고는 문을 하나 열고 또 하나 열고 안으로 들어섰다. 거기 놓인 책상 위에 앉아서 시간이 한참 지난 후에, 겨우 자기 방으로 돌아왔다는 생각에 갑자기 눈을 떴다. 옷을 벗을 기분이 내킬 때까지는 몇 분이 걸렸다. 그는 무심히 옷을 벗고 창가에 앉았다. 드디어 그는 차가운 가을밤의 공기에 별안간 오한이 나서 이불 속으로 기어들어 갔다.

그는 곧 잠들 수 있으리라고 생각했다. 그러나 누워서 몸이 조금 따뜻해지자 재차 가슴에 격동이 일어났다. 피가 거칠게 끓어오르기 시작했다. 눈을 감으면 그 처녀의 입술이 아직까지 달라붙어 그의 영혼을 빨아들이며 괴로운 열로 그를 태우고 있는 것 같았다. 그는 늦게야 잠이 들었으나 꿈에서 꿈으로 쫓겨다니기만 했다.

그는 불안한 마음으로 깊은 어둠 속에 서서 더듬으며 에마의 팔을 잡았다. 그녀는 그를 안았다. 두 사람은 같이 떨어져서 따뜻한 깊은 물결 속에 가라앉고 말았다. 별안간 구두 장수가 거기에 서서, 왜 너는 도무지 찾아올 줄 모르느냐고 물었다. 한스는 웃지 않을 수 없었다. 왜냐하면 그것은 플라크 씨가 아니고 마울브론의 기도실에서 같이 창 앞에 앉아 익살을 부리던 헤르만 하일너였다는 것을 알았기 때문이다. 그러나 그것도 이내 사라져 버렸다. 그는 과즙 압착기 옆에 서 있었다. 에마가 핸들을 반대 방향으로 돌렸기 때문에 그는 있는 힘을 다해서 이에 저항을 했다. 그녀는 한스 쪽으로 허리를 굽혀 그의 입술을 찾고 있었다. 주위는 고요하고 포근한 깊은 밤의 어둠 속으로 빠져들었다. 그는 현기증 때문에 기절해 버렸다. 동시에 교장의 훈시 소리가 들렸다. 그것이 자기 이야기를 하고 있는 것인지 아닌지는 알 수 없었다.

한스는 다음날 아침 늦게까지 잠을 잤다. 아주 화창하고 좋은 날씨였다. 겨우 잠에서 깨어나 머리 속에 떠도는 혼돈을 정리하려고 정원을 두어 번 왔다갔다했지만, 졸음은 여전히 안개 속에 휩싸여 있었다. 뜰 안에 오직 하나 피다 남은 보라색 과꽃이 기도하는 듯이 햇빛에 아름답게 방긋 웃고 있는 것을 그는 보았다. 따뜻하고 부드러운 햇살이 이른 봄날과도 같이 부드럽게 어루만지듯, 시든 크고 작은 나뭇가지며 잎이 떨어진 덩굴 주위에 넘나들고 있는 것을 그는 보았다. 그러나 그것은 동공에 물끄러미 부각될 뿐 아무런 실감도 느껴지지 않았다. 그는 무엇에나 무관심했다. 별안간 이 뜰에서 아직 토끼가 뛰놀고 그의 물레방아와 어릴 적 물건들이 있었던, 뚜렷하고 강한 그 시절의 추억이 그를 사로잡았다.

그는 3년 전의 어느 9월 하루를 머리 속에 그려 보았다. 세당 축제 1870년 9월, 독일 군이 세망을 침공하여 나폴레옹 3세를 체포한 기념일 전날 밤이었다. 아우구스트가 담쟁이덩굴 풀을 가지고 한스에게 왔었다. 두 사람은 깃대를 깨끗이 씻고 황금색의 꼭지에 담쟁이덩굴 풀을 꽂으면서 내일의 일을 이야기하며 내일의 즐거움을 기다리고 있었다. 다만 그것뿐으로, 그 외에 다른 일은 아무것도 없었으나 두 사람은 축제의 기대와 기쁨으로 가득 차 있었다. 밤에는 높은 바위 위에서 세당의 불을 일으킬 계획이었다.

왜 하필이면 오늘 그날 밤의 일을 머리 속에 그려 보지 않을 수 없었는지, 왜 이 추억이 그다지도 아름답고 강렬한지, 왜 이 추억이 그를 그다지도 비참하고 슬프게 해 주는지 한스는 알 길이 없었다. 이 추억의 옷을 입고 그의 유년 시절이며 소년 시절과 이별을 고하고, 가서는 되돌아오지 않을 행복에 커다란 바늘 흔적을 남기기 위해 다시 한 번 즐겁게 웃으면서 그의 앞에 되돌아왔다는 것을 그는 깨닫지 못했다.

이 추억이 에마와 어제 저녁의 기억과는 조화되지 않는다는 것을, 또 그 옛날의 행복과는 결합되지 않는 무엇이 그의 마음속에 나타난 것을 단순히 느꼈을 뿐이었다. 황금색의 깃대 꼭지가 반짝반짝 빛나는 것이 보이고, 친구 아우구스트의 웃음소리가 들리고, 막 구워 낸 과자 냄새가 나는 것 같았다. 그것이 모두 다 명랑하고 행복스럽게, 멀리 떨어져서 서먹서먹하게 되어 버렸으므로, 그는 큰 전나무의 꺼칠꺼칠한 줄기에 기대어 거의 절망적인 감정에 복받쳐 흐느꼈다. 그려고 나니 약간이라도 위안을 받고 구원을 받은 기분이 되었다.

정오쯤에 한스는 아우구스트에게 달려갔다. 아우구스트는 이제 일급 견습공이 되어 자리가 잡혔고, 키도 상당히 자랐다. 한스는 기계공이 되기 위한 그의 소망을 이야기했다.

"그건 쉬운 일이 아니야."

아우구스트는 이렇게 말을 하고 세상 물정에 밝은 얼굴을 했다.

"그건 쉽지가 않아, 너는 너무 약골이니까. 처음 일년 동안은 쇠를 다루는데 줄곧 서서 망치만 쳐야 하는걸. 망치질이란 수프 숟가락처럼 다루기가 쉽지 않아. 그리고 또 저녁때는 쇠를 날라다 치워 놓아야 돼. 그뿐인가, 줄질을 하기도 힘이 들지. 처음 숙달될 때까지는 낡은 줄밖에는 안 줘. 낡은 놈은 날이 없어서 원숭이 엉덩이처럼 미끈미끈하지."

한스는 숨통이 막혀 버려 말이 나오질 않았다.

"그래, 그만두는 게 좋단 말이지?"

그는 더듬거리며 물었다.

"왜 그래? 그런 말이 아니야! 정 떨어지는 소리는 그만두자. 처음에는 춤추는 것과는 다르다는 걸 말했을 뿐이야. 그러나 그 외의 점에서는, 정말이지 기계공도 훌륭하지. 알겠니? 머리도 좋지 않으면 안 돼. 그렇지 않으면 그저 대장장이에 지나지 않으니까. 자, 한번 봐라!"

그는 반짝반짝 빛나는 강철제의 정밀한 작은 기계 부속품을 두세 개 가지고 와서 한스에게 보였다.

"반 밀리라도 틀리면 못 쓴다고. 나사못까지도 전부 손으로 일일이 만들지. 눈을 크게 뜨고 잘 봐야 돼! 이것을 갈아서 단단하게 만들어야 비로소 물건이 되지."

아우구스트는 웃었다.

"걱정되니? 물론 견습공은 구박받게 마련이지. 그렇다고 어떻게 할 도리는 없는 거야. 그러나 나도 있고 하니까 물론 도와는 주지. 마침 다음 금요일이 잔치야. 맥주도 나오고 과자도 나온단다. 모두들 오고. 물론 너도 와야지. 그러면 우리 사정을 좀 알게 될 테니까. 그렇지, 그러면 알게 될 거야. 게다가 우리는 옛날 친구니까."

식사할 때 한스는 아버지에게 기계공이 되고 싶은데 일주일쯤 지나서 시작하는 게 어떠냐고 물어 보았다. 아버지는 "그거 좋은 일이지." 하고 말하고는 오후에 한스와 같이 실러의 작업장으로 가서 신청을 했다.

그러나 황혼이 찾아들 무렵부터 한스는 그런 것을 죄다 까맣게 잊어버리고 밤에 에마가 기다리고 있다는 것만 머리 속에 그리고 있었다. 그때부터 벌써 숨이 차서 시간이 너무 긴 것 같기도 하고 짧은 것 같기도 했다. 그는 마치 뱃사공이 급류로 향하는 기분으로 에마를 만나기 위해 약속 장소로 줄달음쳐 갔다. 그날 저녁의 식사 같은 것은 문제도 되지 않았다. 우유 한 잔을 겨우 마시고 뛰어나갔다.

무엇 하나 어제와 다른 것이 없었다. 어둡고 졸린 듯한 골목길이며, 빨간 창문이며, 가로등의 희미한 불빛이며, 천천히 걸어다니는 연인들……. 그는 구두 장수 집 뜰의 울타리 앞에서 커다란 불안에 휩싸였다. 바스락 소리가 날 때마다 간담이 서늘해졌다. 어둠 속에서 기웃거리고 있는 자신이 도둑놈 같은 생각도 들었다.

1분도 채 안 되어 에마가 그의 앞에 나타나 그의 머리카락을 쓰다듬으며 뜰의 문을 열었다. 그는 조심해서 안으로 들어갔다. 그녀는 덩굴로 둘러싸인 길 사이를 지나 뒷문에서 어두운 집 안 복도로 그를 살짝 끌고 들어갔다.

그곳에서 두 사람은 지하실 맨 위 계단에 나란히 앉았다. 상당히 시간이 흘러서야 둘은 칠흑 같은 어둠 속에서 간신히 서로의 얼굴을 볼 수 있었다. 처녀는 매우 기분이 좋아 쉴 새 없이 재잘거렸다. 그녀는 벌써 몇 번이나 키스를 맛본 일이 있었다. 그래서 그 방면에는 잘 알고 있었다.

내성적이고 귀여운 이 소년은 그녀에게 꼭 맞았다. 그녀는 그의 훤칠한 얼굴에 두 손을 받쳐 이마며 눈이며 뺨에 키스를 했다. 입술의 차례가 되어 오늘도 오랫동안 빨아들이는 듯한 키스 세례를 받자 그는 현기증에 휩싸였다. 그는 힘을 잃고 맥없이 처녀의 몸에 기대었다. 그녀는 소리를 낮추어 웃으면서 그의 귀를 잡아당겼다.

처녀는 쉴 새 없이 조잘거렸다. 그는 귀를 기울이고 있었지만, 무엇을 말하는 것인지 알아들을 수가 없었다. 그녀는 손으로 그의 팔이며 머리카락이며 목덜미며 두 손을 쓰다듬어 주고, 그의 뺨을 그녀의 뺨과 머리와 어깨에 기대게 했다. 그는 잠잠히 앉아서 그녀가 하는 대로 맡겨 버렸다. 감미로운 전율과 깊고 행복스런 불안으로 충만되어 때때로 열병 환자처럼 가냘프게 몸을 떨었다.

"무슨 애인이 이래요?"

그녀는 웃었다.

"아무것도 하려고 들지를 않아."

에마는 그의 손을 잡고 그녀의 목덜미나 머리카락을 가슴 위에 얹었다가는 꽉 눌렀다. 한스는 감미롭고 이상한 감정을 느끼며, 눈을 감고 끝없는 심연으로 가라앉는 것 같은 기분에 사로잡혔다.

"그만! 이제 그만!"

그녀가 또 키스 세례를 하려고 하자 그가 손으로 막으며 말했다. 그녀는 그를 끌어당겨 팔로 끌어안으면서 한스의 허리를 가슴으로 눌렀기 때문에, 한스는 그녀의 육체의 감촉에 그만 충격을 받아 머리가 어지러웠다. 더 이상 아무 말도 나오지 않았다.

"당신도 내가 좋아요?"

그녀가 물었다.

그는 그렇다고 대답할까 했으나 머리를 끄덕일 수밖에 없었다. 그렇게 잠시 동안 그대로 끄덕이고 있었다. 그녀는 또 한 번 그의 손을 잡고서는 장난스럽게 그녀의 코르셋 밑에다 집어넣었다. 그러자 다른 사람의 육체의 맥박과 호흡을 뜨겁게, 너무나 가까이에서 느꼈기 때문에, 그의 심장의 고동이 멎어서 죽어 버리지나 않을까 할 정도로 호흡하기가 힘들어졌다. 그는 손을 뗀 다음 신음 소리를 냈다.

"이제 집에 가야지." 하고 그가 일어서려고 했을 때 몸이 비틀거려져서 하마터면 지하실 계단 밑으로 굴러 떨어질 뻔했다.

"어떻게 된 거예요?"

에마가 놀라서 물었다.

"몰라, 너무 피곤해."

뜰의 담장까지 가는 도중 그녀가 그를 부축하려고 바싹 다가오는 것조차 느끼지 못했다. 그녀가 밤 인사를 하는 것과 그의 뒤에서 작은 문이 닫히는 소리조차 그의 귀에는 들리지 않았다. 그는 골목을 지나 집으로 달려갔다. 거센 폭풍우가 그를 휩쓸어 가는 것인지, 거친 물결이 그를 삼켜 버리는 것인지 영문을 몰랐고, 어떻게 집에 돌아왔는지조차 알 수 없었다.

좌우로 희미하게 솟은 집들이 보이고 그 위의 높은 곳에 산등성이며, 전나무 끝이며, 밤의 어둠이며, 잠자고 있는 별들이 보였다. 바람이 불고 있는 것을 느꼈다. 시냇물이 다리 기둥에 부딪치며 흘러가는 소리가 간간이 들리고, 물속에 정원과 희미하게 솟은 집들, 밤의 어두움, 가로등, 별들이 비쳐 있는 것이 보였다.

그는 다리 위에 주저앉아 버렸다. 너무나 지쳐서 더 이상 집을 향해 발걸음을 옮길 수 없을 것 같았다. 그는 다리 난간에 기대앉아, 물결이 다리 기둥에 부딪치고 방파제에서 여울져 물레방아를 돌리며 흘러갈 때 오르간을 치는 것 같은 소리를 듣고 있었다. 그의 두 손은 차가웠다. 가슴과 목구멍에서는 피가 꽉 차 오르는 것 같기도 하고, 밀치고 내려가는 것 같기도 했다. 그리고 그의 두 눈을 어둡게 하기도 하고, 별안간 파동이 심장을 향해 흘러가기도 하며, 머리를 어지럽게 하기도 했다.

그는 집에 돌아가 눕자마자 곧 잠이 들어 버렸다. 꿈속에서 거대한 공간으로 깊이깊이 빠져 들어갔다. 한밤중에 괴로워하다가 너무 지치고 기진맥진하여 눈을 떴을 때, 그는 심한 갈증에 허덕이면서 아침결까지 몽롱한 꿈속에 누워 있었다. 새벽녘에는 넘치는 고뇌와 번민이 기나긴 흐느낌으로 변했다. 그리고 그는 눈물에 젖은 이불 위에서 또 잠이 들었다.

영원한 휴식을 위하여

기벤라트 씨는 과즙 압착기 옆에서 제법 뽐내며 일을 하느라고 동분서주하고 있었다. 한스도 일을 거들었다. 구두 장수 아들 둘이 부탁을 받고 과일을 가르느라 눈코 뜰 새 없이 바쁘게 움직이고 있었다. 둘은 조그만 시음용 컵을 같이 쓰고, 큼직한 검은 빵을 각각 손에 들고 있었다. 그러나 에마는 같이 오지 않았다.

아버지가 통을 가지고 나가서 반 시간 동안이나 자리를 비우고 있을 때에야 겨우 한스는 큰맘 먹고 에마 이야기를 꺼냈다.

"에마는 어디 갔니? 여기 오지 않는대?"

소년들이 먹고 있던 것을 다 삼키고 나서 말을 할 수 있기까지에는 시간이 걸렸다.

"에마는 갔는데 뭐."

그들은 이렇게 말을 하고는 고개를 끄덕였다.

"가 버렸어? 어디로?"

"집에."

"갔어? 기차 타고?"

소년들은 고개를 끄덕였다.

"도대체 언제?"

"오늘 아침에."

소년들은 다시 일을 시작했다. 한스는 압착기를 돌리면서 과즙 통을 멍하니 쳐다보고 있었다. 차츰 그 이유를 알게 되었다.

아버지가 돌아왔다. 모두들 일하고 웃고 야단들이었다. 소년들은 고맙다는 인사를 하고서는 달음질쳐 사라졌다. 저녁때가 되었다. 모두들 집으로 돌아갔다. 저녁 식사가 끝난 뒤 한스는 혼자서 그의 방에 앉아 있었다. 10시가 되고 11시가 되었으나 불도 켜지 않았다. 그러고는 한숨 실컷 잠을 잤다.

여느 때보다 늦게 눈을 떴을 때, 그는 단 하나의 불행과 손실을 희미하게 느꼈을 뿐이었다. 나중에는 또 에마가 머리에 떠올랐다. 그녀는 인사도 없이, 고별도 없이 떠나가 버렸다. 그가 마지막 밤에 그녀에게 찾아갔을 때, 언제 떠난다는 것을 그녀는 확실히 알고 있었던 것이다. 능숙하게 그에게 몸을 맡긴 것이라든지, 그녀의 웃음소리며 키스를 지금 새삼스럽게 머리 속에 그려 보았다. 그녀는 그를 진심으로 상대하고 있지 않았던 것이다. 분노를 억누를 길 없는 고통과 흥분해서 좀처럼 식을 줄 모르는 사랑의 힘이 뒤엉켜 애달픈 번

뇌로 변해 버렸다. 이 번뇌의 채찍질에 못 이겨 그는 집에서 뜰로, 거리로, 숲 속으로, 그리고 다시 집으로 헤매 다녔다.

이처럼 그는 너무도 어린 나이에, 그가 훗날에 맛보아야 할 사랑의 비밀을 너무나 빨리 알게 된 것이다. 그 사랑은 그에게 별반 흥미로운 맛을 가져다주지 못했다. 그 대신 쓰디쓴 고배만 잔뜩 마시게 한 것이다. 하루하루의 일과는 그 얼마나 소용없는 한탄과 실없이 그리워지는 추억과 하염없는 명상으로 충만되어 있었던가? 밤마다 그 엄청난 안타까움에 잠을 이루지 못하고 악몽에 시달리며 가슴의 격동을 억누를 길이 없었다.

그리고 꿈! 그 꿈속에서는 얼마나 그의 피가 풀기 어려운 격정이 되어 어쩔 수 없이 커다란 공포로 파동이 되었는지 몰랐다. 또 껴안아 죽일 듯한 팔이 되기도 했고, 전등불 같은 눈알을 부라리는 요괴가 되기도 했으며, 정신이 까마득할 정도의 심정이 되기도 했고, 이글이글 타오르는 커다란 눈알이 되기도 했다. 그러나 눈을 뜨면 혼자 외롭게 쓸쓸한 가을밤의 고독을 안고 사랑하는 그녀를 찾아 애태우며 눈물에 젖어 통곡하고 머리를 베개에 파묻고 있는 것이었다.

기계공의 일터로 들어갈 금요일이 다가왔다. 아버지는 한스에게 푸른 아마 베옷과 푸른 반모직 모자를 사 주었다. 한스는 그것을 입어 보았다. 작업복을 입으니 그는 아주 딴사람이 된 것처럼 우스워 보였다. 학교며, 교장 댁이며, 플라크 씨의 일터며, 목사 댁을 지나칠 때는 비참한 생각이 들었다. 그토록 고생하며 애썼던 공부와 땀, 그토록 심신을 바쳤던 수많은 기쁨이며, 그토록 뽐내었던 자만심과 공명심, 그리고 희망에 부푼 몽상, 그 모든 것이 뜬구름과 같이 사라지고 말았다. 결국 모든 동료들보다 뒤늦게 만인에게 조소를 받으며, 가장 서투른 견습공이 되어 일터로 가는 것이 고작이었다.

이 일을 알게 되면 하일너는 뭐라고 할까? 그러나 모든 것을 체념하고 푸른 색깔의 작업복을 입고 나설 금요일이 얼마간 기다려지기까지 했다. 그렇게 되면 적어도 또 무엇을 맛보게 될 기회가 있을 것이다! 그러나 그런 생각도 먹구름 속에서의 순간적인 섬광 정도에 지나지 않았다. 그는 처녀가 떠나간 것을 잊지 못했다. 뿐만 아니라 그의 피는 지난 며칠간의 자극을 잊을 수도, 제어할 수도 없었다. 그의 피는 더 많은 것에 굶주려 울부짖었다. 아니, 이제야 눈뜬 그리움은 구원의 아우성을 외치고 있었다. 그리하여 숨막히고 괴로운 시간의 고통으로 발걸음은 더디었다.

가을은 온화한 햇살로 가득해서 여느 때보다 아름다웠다. 이른 새벽은 은빛으로, 한낮은 화려하게 웃음을 띠었고, 저녁은 맑았다. 먼 산은 우산을 펼친 듯이 짙은 하늘색을 띠고, 밤나무들은 황금색으로 빛나고, 담쟁이며 울타리 위에는 야생 포도 잎들이 보라색으로 드리워져 있었다.

한스는 초조하게 혼자서 피해 다녔다. 그는 종일 읍내며 들판을 헤매 다니면서 그의 사랑의 번민을 눈치 채이지 않도록 스스로 사람들을 피해 다녔다. 그러나 밤에는 한길에 오가는 접대부를 하나씩 하나씩 쳐다보고, 연인들이 오면 양심의 가책을 느끼면서 몰래 뒤를 밟았다. 에마와 함께 인생의 온갖 욕망과 매력이 그에게 다가왔으나,

또한 에마와 함께 그것이 허황하게도 도망치고 만 것 같았다.

그는 이제 에마에 대해 느꼈던 번뇌며 안타까움을 머리 속에 그리지 않았다. 또 한 번 그녀의 손을 잡을 수 있다면, 이번에는 결코 수줍어하지도 않고 온갖 비밀을 그녀에게서 빼앗아 마술에 걸린 사랑의 동산으로 끌고 들어갈 수 있을 것만 같은데, 지금은 그 동산의 문도 코앞에서 닫히고 말았다. 그의 온갖 공상은 이 뭉클하고 위험스러운 밀림 속의 덤불에 걸려서 비틀거리며 그 속을 헤매고 있는 것이었다. 그리고 끈질기게 자신을 학대하며, 이 좁은 악마의 세계 바깥에 얼마든지 아름답고 넓은 세계가 밝고 다정스럽게 비치고 있다는 것을 알려 주지 않으려고 들었다.

처음에는 불안 속에서 기다리던 금요일이 결국 다가오자 오히려 기쁜 마음이 앞섰다. 아침 일찍이 푸른 새 작업복을 입고 모자를 쓰고 좀 주저하다가 게르버 거리 아래쪽의 실러네 집으로 갔다. 서너 명의 아는 이들이 이상스럽다는 듯이 그를 바라보며, "어찌 된 일이야? 자네 대장장이가 되었나?" 하고 다그쳐 묻기까지 했다.

일터에는 벌써 일이 한창이었다. 주인은 막 쇠를 달구어 단련할 참이었다. 그는 빨갛게 단 쇳덩어리를 모루 위에다 얹어 놓고 있었다. 직공이 무거운 모루 채로 앞메를 치고 있었다. 주인은 가볍게 모양을 만들어 가면서 두드리고, 불집게를 아래위로 놀리며 사이사이에 꼭 알맞은 망치를 가지고 모루를 치면서 박자를 맞추었다. 그 소리는 상쾌하게 활짝 열어젖힌 문을 통해 아침의 공기 속으로 맑게 울려 나갔다.

기름과 줄밥으로 까맣게 된 긴 작업대 앞에 나이 든 직공과 아우구스트가 나란히 서서 바이스에 매달려 일을 하고 있었다. 천장에서 선반이며, 숫돌, 풀무, 천공기를 돌리는 벨트가 급속도로 돌고 있었다. 여기선 수력을 이용하고 있었다. 일터에 들어선 친구를 보고 아우구스트는 머리를 끄덕이며 주인이 짬이 날 때까지 문간에서 기다리고 있으라고 했다.

한스는 풀무에서 일고 있는 불이며, 정지하고 있는 선반, 요란스럽게 돌고 있는 벨트와 공전반(空轉盤)을 놀라서 구경하고 있었다. 주인은 아까 다루던 쇳덩이를 다 다루고 나자 한스 있는 데로 와서 따뜻하고 두둑한 손을 내밀어 악수를 청했다.

그는 "저기다 네 모자를 걸어라!" 하고 말하면서 벽에 박혀 있는 못을 가리켰다. "그럼 이리 와. 저기 네 자리와 바이스가 있으니까." 하고서는 한스를 제일 뒤쪽의 바이스 있는 데로 데리고 가서, 우선 그것을 쓰는 방법과 도구며 작업대의 정돈법을 가르쳐 주었다.

"네가 장사가 아니라는 건 아버지에게서 벌써 들었지. 보기에도 그렇구먼. 좋아, 좀 힘이 날 때까지는 우선 쇠 다루기는 그만두자!"

주인은 작업대 밑에 손을 넣어서 무쇠로 만든 자그마한 톱니바퀴를 끄집어냈다.

"자, 이걸 가지고 하자. 이 바퀴는 아직 달궈져서 완성이 되지 않은 거야. 사방에 모가 나 있지. 그러니 이걸 갈아서 반들반들하게 해야 돼. 그렇지 않으면 나중에 정밀한 부속품으론 아무런 가치가 없으니까."

주인은 바퀴를 바이스에다 끼우고 낡은 줄을 가지고 와서 가는 방법을 가르쳐 주었다.

"그럼 일을 해 보지. 그러나 다른 줄을 쓰면 안 돼. 그걸로 점심때까지는 충분히 일감이 될 거야. 끝나면 내게 보여 다오. 일을 할 때는 시키는 것 이외에 다른 일에 관여해서는 안 되는 법이야. 견습이라는 것은 사색 같은 건 필요로 하지 않아."

한스는 줄질을 하기 시작했다.

"멈춰라!"

주인은 소리 질렀다.

"그렇게 하는 게 아니야. 왼손을 이렇게 줄 위에다 놓아야 돼. 너 혹시 왼손잡이냐?"

"아녜요."

"자, 그러면 해 봐라. 곧 할 수 있게 될 테니까."

주인은 입구 옆에 있는 첫 번째 바이스가 있는 데로 갔다. 한스는 어떻게 하면 잘할 수 있을까 생각하면서 정신을 똑바로 차리고 해 보았다. 처음 두서너 번 갈아 보자 톱니가 그처럼 연하고 쉽게 갈리는 게 이상한 마음이 들었다. 얼마간 그대로 갈아 보았더니 잘 갈아지는 것은 다만 부스러지기 쉬운 표피에 지나지 않고, 정말 반들반들하게 해야 할 단단한 쇠붙이는 그 뒤에 숨어 있다는 것을 알게 되었다. 그는 마음을 단단히 먹고 계속 열심히 일을 했다. 그가 어릴 적의 장난을 그만둔 후로 처음으로, 어떤 눈에 보이는 것, 쓸 만한 물건이 자신의 손으로 만들어지게 되는 기쁨을 진실로 맛보게 된 것이다.

"좀더 천천히 해라!"

주인이 이쪽을 향해 소리쳤다.

"줄질을 할 때는 하나 둘, 하나 둘 하고 박자를 맞추어 가면서 밀고 당겨야지, 그렇지 않고 마구 갈아 대면 줄이 아주 못 쓰게 되고 만다."

거기서는 제일 나이 든 직공이 선반 앞에서 무슨 일을 하고 있었다. 한스는 그쪽을 곁눈질하지 않을 수 없었다. 강철 쐐기를 선반에다 끼우고서 벨트를 돌렸다. 그러자 쐐기가 급속도로 회전하면서 불꽃을 튀기며 요란한 소리를 냈다. 그 사이에 직공은 털같이 엷고 반짝거리는 쇠 토막을 거기서 끄집어내고 있었다. 사방에 연장이며, 쇠붙이며, 강철이며, 놋쇠며, 시작하다 만 일거리며, 반짝거리는 조그만 바퀴며, 줄이며, 착공기며, 둥근 줄이며, 갖가지 송곳 등이 흩어져 있었다. 줄 옆에는 작은 망치와 큰 망치, 덮개와 불집게, 인두 등이 걸려 있었다. 벽을 따라서 줄과 선반에는 기름걸레, 조그만 비, 금강석 줄, 톱, 기압 펌프, 산소 병, 옷 상자, 나사못 상자들이 얹혀져 있었다. 숫돌은 쉴 새 없이 사용되고 있었다.

한스는 손이 벌써 까맣게 되어 버린 것을 보고 무척 유쾌한 기분이 되었다. 그래서 다른 사람들의 까만 작업복에 비해서 지금은 아직도 우스꽝스러울 정도로 파랗게 새것으로 보이는 그의 옷이 곧 닳아서 낡은 옷으로 보이게 되었으면 하고 얼마나 바랐는지 모른다.

아침나절의 시간이 흘러감에 따라 바깥에서도 일터에 활기를 가져다주었다. 근처 편물 공장에서 일꾼들이 몇 명 와서 부속품을 갈아 가기도 하고 고쳐 가기도 했다. 또 농부가 한 사람 와서, 고치려고 맡겨 둔 세탁기는 어떻게 되었느냐고 물었다. 아직 안 되었다니까 한바탕 욕을 하고는 가 버렸다. 그 다음에는 점잖게 생긴 공장 주인이 오자 주인은 옆방에 가서 상담을 했다.

그 사이에도 사람들과 바퀴와 벨트 등은 잠시도 쉬지 않고 돌고 있었다. 이런 가운데 한스는 생전 처음으로 노동의 찬미가를 듣고 맛보았다. 그것은 적어도 신출내기의 마음을 사로잡거나 끌리게 하는 무엇이 있었다. 그는 자기라는 보잘것없는 인간과 그의 보잘것없는 생활이 커다란 리듬과 맺어져 있다는 것을 알게 되었다.

9시쯤 15분간의 휴식이 있었다. 빵 하나와 과일주 한 잔이 각자에게 분배되었다. 그때 처음으로 아우구스트가 이 신입 견습공에게 다가와서 한스를 격려해 주었다. 그러고는 처음 받는 주급을 가지고 동료들과 함께 흥겹게 써 볼 다음 일요일에 대해서도 정신없이 지껄여 대기 시작했다. 한스는 그가 지금 줄질을 하고 있는 바퀴는 무엇에 쓸 것인지를 물어 보았다. 그것은 탑시계의 부속품이 될 거라는 것이었다. 아우구스트는 그것이 나중에 어떤 모양을 해서 돌아가는지를 가르쳐 주려고 했는데, 그때 마침 수석 직공이 다시 줄질을 하기 시작했기 때문에 모두들 서둘러 각자의 자리로 돌아갔다.

10시가 넘고 11시가 가까워지자 한스는 지치기 시작했다. 무릎과 오른쪽 팔이 좀 쑤셨다. 한쪽 무릎에 얹었던 다리를 다른 쪽으로 옮기고 몰래 기지개를 켰지만 별 효과가 없었다. 그래서 잠시 줄을 옆으로 놓고 바이스에 몸을 기대었다. 그를 주의 깊게 보고 있는 이는 하나도 없었다. 그대로 조용히 선 채 머리 위에 있는 벨트의 노랫소리를 듣고 있으려니 약간 현기증이 나는 것 같아서 눈을 감았다. 한 1분쯤 되었을까? 그때 마침 주인이 한스 뒤에 와 있었다.

"얘, 왜 그러니? 벌써 지쳤니?"

"예, 좀."

한스는 피로한 듯이 말했다. 직공들은 웃었다.

"곧 괜찮아져."

주인이 조용히 말했다.

"이번에는 납땜질을 보여 주마. 따라와!"

한스는 군침을 삼키며 납땜질을 구경했다. 처음에 인두를 불에 달구고, 그 다음에는 땜질할 곳을 염산으로 닦는 것이었다. 그런 다음에는 불에 달군 인두에서 하얀 금속이 흐르면서 치익 하고 소리가 났다.

"걸레를 가지고 와서 잘 좀 훔쳐! 염산은 헝겊 같은 걸 썩히니까 금속 뒤에다 그냥 놓아두면 안 돼!"

한스는 또 바이스대 앞에 서서 줄로 바퀴를 갈았다. 팔이 쑤시고 아팠다. 줄을 꽉 누르고 있어야 하는 왼손이 빨갛게 되어 쓰리고 아프기 시작했다. 정오쯤에 직공 감독이 줄을 놓고 손을 씻으러 갔을 때 한스는 그의 일거리를 주인에게 가지고 갔다. 주인은 그것을 훌끔 보았다.

"좋아, 됐어. 네 자리 밑의 상자 속에 또 한 개의 같은 톱니바퀴가 있으니, 오후에는 그걸 가지고 해 봐!"

한스는 집으로 가려고 손을 씻었다. 점심 시간이 되어 한 시간 쉬기 때문이다. 옛날 학교 친구였던 상점 점원 둘이 뒤꽁무니를 따라와서 그를 비웃었다. 그중 한 놈이 "주 시험을 마친 대장장이!" 하고 소리쳤다. 한스는 걸음을 빨리 했다. 그가 지금 정말 이 일에 만족하고 있는지 그렇지 않은지 자신도 알 수 없었다. 일터는 그의 마음에 들었지만 너무나 지치고 말았다. 정말 지쳐서 미칠 것 같았다.

막 앉아서 식사를 하려고 서두르는데, 갑자기 에마가 머리에 떠오르는 것이었다. 오전 중에는 에마에 대한 생각 같은 것은 염두에도 없었다. 그는 살짝 그의 방에 올라가서 침대에 몸을 던지고 깊은 고민으로 신음했다. 울고도 싶었으나 눈물이 나오지 않았다. 살결을 파고드는 그리움에 몸을 맡기고 절망의 구렁텅이에 빠져 있는 자신을 의식할 뿐이었다. 머리 속은 벽력을 치는 듯이 쿡쿡 쑤시고 아팠다. 흐느낌에 목이 막혀 울먹였다.

점심 시간은 고통스러웠다. 아버지가 시종 싱글벙글하고 계셨기 때문에 아버지 말씀에 대답을 해야 했고, 여러 가지 이야기도 해 드려야 했고, 마음에도 없는 익살을 부려야 했다. 점심을 끝내고 뜰에 나가 햇볕 아래에서 15분쯤 꿈꾸듯 시간을 보내자, 또 일터로 가야 할 시간이 되었다.

벌써 오전 중에 두 손은 빨갛게 부어올라 조금씩 쑤시기 시작하더니 저녁때는 아주 부르터 버렸다. 나중에는 무엇을 잡아도 아파서 견딜 수가 없었다. 그러나 일이 끝나고 나서는 아우구스트의 지도로 일터를 말끔히 치우지 않으면 안 되었다.

이튿날은 더욱 나빴다. 두 손이 타는 것 같았다. 부르튼 것은 더 커져서 물집이 되어 버렸다. 주인은 기분이 언짢은지 아주 사소한 일에도 책을 잡아 욕을 퍼부었다. 아우구스트는 물집 같은 건 2, 3일만 지나면 못이 박여 아무 상관이 없다고 달래 주었지만, 그래도 한스는 비참한 생각이 들어 하루 종일 시계만 쳐다보다가 나중에는 될 대로 되라는 듯이 톱니바퀴를 아무렇게나 갈아 버렸다.

저녁때 정돈을 하면서 아우구스트는 한스의 귀에다 대고, 내일 친구 몇 명과 뷰라하에 가서 기분 좋게 한잔할 건데 그도 꼭 와야 한다고 말했다. 2시에 와서 한몫 끼라는 것이었다. 한스는 일요일에는 하루 종일 집에 누워 있고 싶었지만 동의했다. 집에 돌아가자 아나 할멈이 상처 입은 두 손에 약을 발라 주었다. 그는 8시가 되자 이내 잠자리에 들어갔다. 다음날 아침 늦게까지 잠을 잤기 때문에 아버지와 함께 교회에 가는 데 서두르지 않으면 안 되었다.

점심때 아우구스트의 이야기를 끄집어내어 오늘 그와 함께 놀러 가고 싶다고 말했다. 아버지는 그것을 반대하기는커녕 50페니히나 주면서 저녁 식사 때까지 꼭 돌아와야 한다고 말했다. 한스는 아름다운 햇살을 받으며 거리를 걸어가고 있었다. 몇 달 만에 처음으로 휴일의 기쁨을 맛볼 수 있었다. 일하는 날은 손을 더럽히고 피곤한 사지를 끌면서 일했지만, 지금 일요일의 거리는 갑자기 새롭게 보이고 태양도 모든 것을 한층 더 밝고 아름답게 비추었다. 햇볕을 쬐면서 집 앞의 긴 의자에 앉아 명랑한 얼굴을 하고 있는 고기 장수며,

피혁공이며, 빵 굽는 사람이며, 대장장이의 기분을 그는 이제야 알 것 같았다. 결코 이들을 불쌍한 직업을 가진 사람들로만 간주해 버릴 수는 없었다.

그는 노동자나 직공이나 견습공들이 모자를 약간 비뚜로 쓰고, 하얀 셔츠와 잘 손질한 외출복을 입고 줄을 지어서 거닐거나 요릿집에 드나드는 것을 구경했다. 꼭 그런 것은 아니지만, 대개 목수는 목수끼리, 미장이는 미장이끼리 어울려 서로들 직업의 명예를 가지고 있었다. 그중에서도 대장장이는 가장 고상한 직업이었고, 특히 제1위는 기계공이었다. 그런 모든 것들이 일종의 은근한 정의를 품고 있었다. 그중에 다소 유치하고 익살맞은 것도 적지 않았으나, 그 속에는 동업자 간의 아름다움과 긍지가 있었다. 그것은 오늘도 여전히 일종의 기쁨과 유용한 무엇을 나타내고 있었으며, 보잘것없는 양복 견습공까지도 한 가닥 아득한 희망을 지니고 있었다.

슬러의 집 앞에서는 젊은 기계공들이 조용히 뽐내고 서서 지나가는 사람들에게 미소로 답하면서도 농을 주고받는 것을 보니, 그들이 확실한 단체를 만들고 있어 일요일을 즐길 때는 다른 사람을 필요로 하지 않는다는 것을 알 수 있었다. 한스도 그것을 느끼고 그 일원이라는 것을 기뻐했다. 그러나 기계공들이 일단 향연을 베풀 때면 호탕하게 놀며, 어지간해서는 그치지 않는다는 것을 한스는 전부터 알고 있었기 때문에, 계획을 짜고 있는 일요일의 향연에 대해서 희미한 불안감을 느끼고 있었다.

아마 춤 순서도 꼭 있겠지. 한스는 춤을 출 줄 몰랐다. 그러나 춤만 추지 않는다면 될 수 있는 한 동료들의 기분에 맞추어서, 필요하다면 한 이틀 곯아떨어지는 것쯤은 사양하지 않을 작정이었다. 그는 맥주를 별로 많이 마시는 축에는 못 들었다. 담배 피우는 것은 어떠냐 하면, 여송연 한 개를 조심해서 끝까지 피우는 것이 고작이었다. 아무래도 톡톡히 창피를 당할 것 같았다.

아우구스트는 즐거운 축제일 기분으로 한스를 맞아 주었다. 나이 많은 직공들은 오지 않지만, 그 대신 다른 일터의 친구가 한 사람 오니까 적어도 네 사람은 된다. 마을 하나쯤 설치는 데는 이 사람들로도 충분하다고 아우구스트는 장담했다. 그리고 오늘은 자기가 다 부담할 테니 맥주를 마시고 싶은 대로 얼마든지 마시라고 했다. 그는 한스에게 여송연을 권했다. 네 사람은 터덜터덜 발길을 옮겨 읍내 안을 어깨를 으스대며 걸어갔다. 아랫마을 보리수 광장에 이르러서야 발걸음을 재촉하여 빨리 뷰라하에 도달하려고 했다.

강의 수면은 푸른색으로 비치고 있다가 어느 때는 황금빛으로, 또 어느 때는 하얗게 번쩍이고 있었다. 잎이 거의 떨어진 단풍나무와 아카시아 나무 사이에서는 부드러운 10월의 태양이 따갑게 빛을 던지고 있었다. 드높은 하늘은 구름 한 점 없이 맑게 개어 있었다. 조용하고 맑고 한가로운 가을철의 하루였다.

이런 때는 지나간 여름날의 온갖 아름다움이 괴로움 없던 즐거운 추억처럼 부드러운 공기를 가득 채우는 것이다. 이런 계절이면 아이들은 으레 꽃을 찾으러 가야 할 것 같고, 늙은이들은 그 시절뿐만 아니라 지나간 전 생애의 그리운 추억이 맑게 갠 푸른 하늘을 달리고 있는 것 같아서, 창문이며 집 앞의 긴 의자에 앉아서 깊은 생각에 잠긴 눈초리로 창공을 가만히 쳐다보는 것이었다. 그러나 젊은이들은 즐거운 기분이 되어 각자 타고난 재질과 성품에 따라 배가 부르도록 마시고 먹거나, 노래를 부르고 춤을 추거나, 또 큰 연회를 벌이거나 큰 싸움판을 벌이거나 하여 아름다운 날을 찬미하는 것이다. 왜냐하면 어디를 가나 과일 과자가 새로 구워져 있고, 어디를 가나 막 익어 가는 사과주나 포도주가 지하실에서 부글부글 거품을 일으키고 있으며, 요릿집 앞이나 보리수 광장 같은 곳은 바이올린이나 하모니카가 일년 중의 아름다운 날을 장식하고, 춤과 노랫가락이며 연정의 희롱이 사람들을 불러들이고 있기 때문이었다.

젊은이들은 급히 발걸음을 재촉했다. 한스는 일부러 아무렇지도 않다는 듯이 여송연을 피워 물고 있었다. 그것이 구미에 맞는 데는 자신도 놀랐다. 직공들은 객지에서 품팔이하던 때의 이야기를 했다. 그가 얼마쯤 허풍을 떨어도, 누구 하나 그것이 사리에 맞지 않는 꾸민 말이라고 여기는 이가 없었다. 그런 것쯤이야 으레 따라다니는 법이니까.

아무리 겸손한 직공이라 하더라도 혼자서 밥벌이를 하고 있는 사람이라면, 목격자가 없는 것이 확실할 경우에 그가 객지에서 품팔이하던 때의 이야기를 굉장히 과장해서 재미나게, 아니, 전설 같은 어조로 이야기하는 법이다. 젊은 직공 생활의 훌륭한 시는 민족의 공유 재산과 같은 것으로, 그 하나에서 전통적인 낡은 모험을 새로운 아라비아 무늬로써 다시 창작하는 것이다. 떠돌아다니는 직공이나 거지라도 이야기를 시작하기만 하면 누구라도 불멸의 익살꾼 오일렌 슈피겔이나 유랑의 노동자 슈트라우빙거의 한 단면을 보여 주는 것이다.

"몇 해 전에 프랑크푸르트에 머물렀었는데 그때는 그래도 사는 보람이 있었지. 나 원 더러워서! 아직 이야기는 하지 않았지만, 부자 상인인 주인집 딸과 결혼하려고 했지. 그러나 딸이 그걸 거절해 버렸어. 그녀는 내게 좀 마음이 있었던 것 같았어. 한 4개월 동안 내 애인이다구. 주인과 싸움만 하지 않았더라도 지금쯤은 거기 앉아서 그의 사위가 되어 있었을 텐데."

그리고 계속해서, 그 잔인한 주인이 그를 굶리려고 그를 향해 손을 내밀었을 때 그는 한마디도 하지 않고 그 늙은 놈을 노려보고서는, 그 늙은 놈의 머리가 깨져서는 안 되겠다고 생각하고 아무 말 없이 나와 버리고 말았는데, 그 주제에 그 비겁한 바보는 후에 서면으로 그를 해고시켰다는 이야기를 했다.

또 오펜부르크에서 있었던 큰 싸움에 대해 이야기했다. 그때는 그를 합한 세 명의 대장장이가 공장 직공 일곱 명을 거의 반쯤 죽여 놓았다는 것이었다. 오펜부르크에 가서 키다리 쇼트슈에게 물어 보면 그게 사실인지 아닌지는 당장 알 수 있을 것이라 말하고, 그 사람은 아직 거기에 있는데 그도 한패에 끼어 있었다고 했다.

이와 같은 사건들을 일일이 무지스럽고 냉정한 어조로, 그러나 아주 열심히 마음에 들게 이야기했다. 모두 아주 만족해서 귀를 기울였다. 그들은 자기도 남몰래 이 이야기를 다른 동료들에게 이야기해 주려고 생각했다. 그래야만 주인 딸을 한번 애인으로 가져 보았다는 명예를 얻게 되고, 망치를 들고 나쁜 주인의 간담을 서늘하게 만든 명예를 얻게 되기 때문이다. 그 이야기의 장소는 때로는 바덴이 되기도 하고 헤센이나 스위스로 바뀌기도 한다. 도구는 어느 때는 망치 대신 줄이 되기도 하고 불에 달군 쇠붙이가 되기도 한다. 또 어느 때는 직공 대신 빵 굽는 사람이 되기도 하고 양복쟁이가 되기도 한다. 그러나 언제든지 변화가 없는 낡은 이야기였다.

사람들은 그것을 몇 번이고 즐겨 들었다. 그 이야기는 낡았지만 재미나고 동업자들 간에는 명예가 되기 때문이다. 그렇다고 해서 지금 젊은 직공들 중에 경험에서의 천재나 꾸미는 데에서의 천재가 없어졌다는 것은 아니다. 특히 아우구스트는 이야기에 끌려들어 가 기분이 아주 좋아졌다. 그는 쉴 새 없이 웃음을 터뜨리고 맞장구를 쳤다. 그리고 벌써 반(半)직공이라도 된 것처럼 꼴사나운 건달패의 얼굴을 하고 담배 연기를 한가로이 공중으로 뿜었다.

이야기꾼은 그의 이야기를 계속하고 있었다. 그는 원래 직공이라는 체면상, 일요일에는 견습공들 틈에는 끼이지 않고 풋내기들의 코 묻은 돈을 쓰는 데 얻어먹는 것을 부끄럽게 여기는 것이 당연했기 때문에, 오늘같이 함께 행동하게 된 것은 단순히 호의를 베풀기 위해서 온 거라는 사실을 알려 줄 필요가 있었던 것이다.

그들은 국도를 따라 한참 걸으며 강 아래쪽을 향해 내려갔다. 천천히 오르막길이 되어 활 모양으로 굽어지는 차도를 택하느냐, 거리는 반밖에 안 되지만 험준한 오솔길을 택하느냐로 옥신각신하다가,

길이 좀 멀고 먼지가 가끔 일긴 하지만 차도를 택하기로 했다.

오솔길은 일하는 날에 산책하는 신사들이 택하는 길이었다. 보통 서민들은, 일요일 같은 때는 아직까지 시적 매력을 잃지 않고 있는 국도를 특히 좋아했다. 가파른 오솔길을 올라간다는 것은 농부들이나 읍내의 자연 애호가들에게 알맞은 것이고 노동이나 운동이 되기도 하지만, 보통 사람들에게는 오락이 아니다.

이와 반대로 국도에서는 편히 걸을 수 있고, 걸으면서 이야기도 주고받을 수 있었다. 구두나 외출복을 조금이라도 아낄 수도 있었다. 마차나 말도 볼 수가 있고, 다른 산책객과 부딪히기도 하고 쫓기기도 할 수 있었다. 누가 뒤에서 농이라도 걸면, 이쪽에서도 웃으며 대꾸를 한다. 멈추어 서서 지껄일 수도 있다. 혼자라면 소녀들 뒤꽁무니를 쫓아서 웃어 댈 수도 있다. 그렇지 않으면 사이좋은 친구와의 개인적인 불화를 저녁때 주먹으로 폭발시키고 화해할 수도 있다. 그래서 모두들 차도로 갔다. 길은 큼직하게 커브를 그리며, 시간 여유가 있어 땀 흘리기를 좋아하지 않는 사람처럼 천천히 기분 좋은 오르막길이 되어 있었다.

직공은 웃옷을 벗어서 어깨에 걸쳤다. 이번에는 이야기 대신에 마음껏 명랑한 어조로 휘파람을 불기 시작하여, 한 시간 후에 뷰라하에 도달할 때까지 휘파람을 그치지 않았다. 두서너 번 옆구리를 찔렀으나 그리 대수로운 일은 아니었다. 한스보다는 아우구스트가 더 열심히 이에 응수를 했다. 그럭저럭하는 사이에 마침내 뷰라하 마을 앞까지 왔다.

그 마을은 우뚝 솟은 검은 삼림을 배경으로 가을빛 짙은 과실나무들 사이에 가로놓여져, 빨간 기와와 은회색의 초가 지붕들이 여기저기에 흩어져 있었다. 젊은이들은 어느 요릿집으로 갈지 의견이 일치되지 않았다. '닻집'에는 제일 좋은 맥주가 있었고 '백조옥'에는 제일 좋은 케이크가 있었으며, 또 '모퉁이집'에는 아름다운 주인집 딸이 있었다. 결국 아우구스트가 '닻집'으로 가자고 우겨 댔다. '모퉁이집'이 도망쳐 달아나지 않는 한, 두서너 군데 순회하고 나서 나중에라도 갈 수 있다고 달래 모두들 이에 따르기로 했다.

이렇게 되어 마구간 옆이며 제라늄 화분을 가득 올려놓은 어느 농가의 창문 앞을 지나 '닻집'으로 돌진해 들어갔다. 황금색 간판이 둥근 두 그루의 밤나무 너머에서 햇빛에 반짝반짝 빛나며 손님을 부르고 있었다. 꼭 홀 안에서 한잔하자던 직공이 섭섭히 여긴 것은, 홀 안은 이미 만원이어서 아무래도 정원에 자리를 잡지 않을 수 없게 된 것이다.

'닻집'은 손님들의 말을 빌리면 낡아 빠진 농군들의 요릿집이 아니라 고급 요릿집이며, 창문이 여럿 있는 현대식 사각 벽돌집으로 긴 의자 대신에 한 사람씩 앉는 의자를 갖추고, 양철로 만든 색칠한 간판도 있었다. 게다가 여급은 도시의 옷차림을 하고, 주인도 소매를 걷어붙인 것이 아니라 늘 하이칼라의 갈색 옷을 착용하고 있었다. 그는 파산을 했었는데, 대맥주 회사 경영자인 채권자 대표에게서 그의 집을 전세로 얻고 있었다. 그 후로는 한층 더 고급이 되었다. 뜰에는 아카시아나무 한 그루와 커다란 철제 울타리가 있었다. 울타리는 반쯤 머루 덩굴로 덮여 있었다.

"여러분의 건강을 축복한다!"

직공이 소리쳤다. 그러고는 다른 세 사람과 건배를 하고 실력을 보이기 위해 술잔을 단숨에 들이켰다.

"이봐, 미인! 잔이 비었잖아. 빨리 또 한 잔 가져오라고!"

그는 여급을 향해 소리치고는 테이블 건너로 술잔을 내밀었다. 맥주는 고급품으로 차고, 별로 짭짤하지도 않았다. 한스는 그의 술잔을 즐겁게 맛보고 있었다. 아우구스트는 주당 같은 얼굴을 하고 혀를 찼다. 그는 이따금 연통이 막힌 난로처럼 담배를 피우고 있었다. 한스는 마음속으로 그것을 감탄하고 있었다.

이처럼 유쾌한 기분이 넘치는 일요일에 당연히 그런 자격을 가진 사람이라도 되는 듯이, 인생을 터득하고 즐겁게 놀 줄 아는 사람들과 같이 요릿집의 테이블에 마주 앉아 있다는 것이 그리 나쁜 기분은 아니었다. 같이 웃고 때로는 자신이 마음을 다져 먹고 익살을 던지는 것은 참으로 후련한 기분이었다. 맥주를 쭉 들이키고 나서 힘을 주어 술잔으로 테이블을 꽝 치면서 아무 거리낌없이 "이봐요, 색시! 또 한 잔 가져와!" 하고 소리치는 것은 후련하고 사나이다웠다. 다른 테이블에 앉아 있는 아는 사람에게 건배를 하거나, 다른 사람과 같이 꺼진 여송연의 꽁초를 왼손에 끼고 모자를 목 뒷덜미까지 젖히는 것도 기분 좋은 일이었다.

같이 온 다른 직공들도 흥에 겨워 이야기를 시작했다. 그가 알고 있는 울름의 대장장이는 고급 울름 맥주를 스무 잔이나 마실 수 있다고 했다. 그는 그것을 서서히 마시고 나서 입을 쓱 훔치고서는 "이번에는 고급 포도주를 작은 병으로 한 병 더!" 하는 것이었다. 또 예전에 알고 지내던 칸슈타트의 화부는 돼지 통조림 열두 개를 한자리에서 먹어 치워 내기에 이겼다는 것이다. 그러나 최근의 내기에서는 졌다고 했다. 그는 무지막지하게도 조그만 요릿집의 메뉴를 있는 대로 다 먹어 치우자고 했다는 것이었다. 사실 거의 다 먹어 치웠으나 메뉴의 맨 마지막에 네 가지 종류의 치즈가 있었다. 세 번째 것이 나왔을 때 그는 쟁반을 밀쳐 버리고 '더 이상 한 입이라도 먹는 것보다는 차리리 죽는 게 낫다'고 말했다는 것이다.

이런 이야기도 대단한 갈채를 받았다. 누구나 다 이런 호걸이나 그 기막힌 재주에 대한 이야깃거리를 가지고 있었기 때문에 세상에는 어느 곳에나 지독한 음주가며 식충이가 다 있구나 하는 생각도 들었다. 또 한 사람이 이야기한 호걸은 '슈투트가르트에 사는 사내'이며, 다른 한 사람의 경우는 확실히 '루드비히스부르크의 용기병'이었다. 먹어 치운 것만 해도 한 사람은 감자가 열일곱 개였고, 또 한 사람은 샐러드가 곁들인 달걀 과자가 열한 개였다는 것이었다.

모두들 이러한 사건들을 구체적으로 열심히 이야기하며, 여러 가지 색다른 훌륭한 재주를 가진 이도 있고, 기묘한 인간도 있고, 그중에는 얼토당토않은 괴벽스런 사람도 있다는 것을 알고는 즐거워했다. 이 즐거움과 현실성은 모든 주당들 사회에서는 예로부터 존경할 만한 유산이 되어 있고, 음주가 그렇고, 흡연이 그렇고, 결혼이 그렇고, 죽음이 그렇듯이 젊은이들에 의해 끊임없이 모방되는 것이다.

석 잔째인 한스가 여급한테 케이크가 없느냐고 물었더니, "네, 케이크는 없어요." 하자 모두들 흥분했다. 아우구스트가 일어서서, "케이크가 없다면 한 집 더 건너가야지." 하고 말했다. 딴 집 직공은 가련한 요릿집이라고 욕지거리를 했다. 프랑크푸르트의 사내만은 그대로 있겠다고 했다. 그는 여급과 약간 가까워져서 벌써 몇 번이나 격렬한 애무를 했기 때문이다. 한스는 그것을 한참 바라다보고 있었다. 맥주와 함께 이 광경은 그를 이상스럽게 흥분시켜 버렸다. 모두 나가게 된 것을 그는 기뻐했다.

계산을 하고 모두 밖으로 나가자 한스는 석 잔의 맥주로 약간 반응이 오는 것을 느꼈다. 그 기분은 마치 반은 지쳐서 그런 것 같고, 반은 무엇을 해 보고 싶은 것 같은 쾌감이었다. 거기에다 또 무슨 엷은 포장 같은 것이 눈앞에 아른거려 마치 꿈속을 헤매는 것같이 온갖 것이 멀리에 있어, 거의 현실적인 것 같지가 않았다. 그는 끊임없이 웃지 않고는 도저히 배기지 못할 쾌감에 들떠 있었다. 그리고 모자를 당돌하게 비뚜로 쓰니, 극단적인 한량과 같은 기분이 들었다. 프랑크푸르트의 사내는 또 용감하게 휘파람을 불었다. 한스는 거기에 박자를 맞추어 걸어가려고 애썼다.

'모퉁이집'은 상당히 조용했다. 농부 두세 명이 새 포도주를 마시고 있었다. 생맥주는 없었고 병에 담은 것뿐이었다. 곧 모두의 앞에 한 병씩 놓였다. 딴 집 직공은 인심이 좋다는 것을 보이기 위해 각자에게 큰 사과 케이크를 한 개씩 주문했다. 한스는 갑자기 심한 시장기를 느끼고 계속해서 그것을 몇 번 베어 먹었다. 낡은 갈색이 된,

객실의 딱딱하고 넓은 벽에 붙어 있는 긴 의자에 앉아 있는 것은 아늑한 기분을 안겨 주었다. 고풍스런 식기대와 큰 난로가 어둠 속에 사라져 버리고, 나무 창살을 댄 큰 새장 속에서 곤줄박이 두 마리가 푸드덕거리고 있었다. 그 창살 사이에는 빨간 열매가 담뿍 달린 마가목이 모이로 꽂혀 있었다.

술집 주인은 잠시 테이블 옆으로 와서 손님들을 환영했다. 그러고는 조금 있다가 이야기가 다시 시작되었다. 한스는 강한 병맥주를 두세 모금 마셨다. 병째 마실 수 있는지 없는지에 호기심이 생겼다. 프랑크푸르트의 사내는 라인 지방의 포도밭 축제며, 객지 품팔이며, 무허가 하숙집 생활에 대해서 엄청나게 허풍을 늘어놓았다. 모두들 즐겁게 듣고 있었다. 한스도 웃음을 참을 수가 없었다.

갑자기 그는 몸이 이상해진 걸 깨달았다. 방이며 테이블, 술잔이며, 친구들이 쉴 새 없이 부드러운 갈색의 구름 속에 녹아 버리고 있었다. 정신을 똑바로 차려 긴장할 때만 다시 제 형태로 되돌아왔다. 때때로 이야기 소리나 웃음소리가 고조되면 그도 함께 소리 높여 웃고, 무엇인가 떠들기도 했으나 무엇을 말했는지는 곧 잊어버리고 말았다. 잔을 서로 부딪칠 때는 그도 같이 부딪쳤다. 한 시간 후에 자기 병이 빈 것을 보고 그는 놀랐다.

"잘 마시는데! 한 병 더 할래?"

아우구스트가 말했다. 한스는 웃으면서 끄덕였다. 그는 이렇게 많은 술을 마신다는 것이 아주 위험한 일이라고 생각했다. 그때 프랑크푸르트의 사내가 노래를 부르기 시작했다. 모두가 장단을 맞추자 한스도 함께 목청을 높여 노래를 부르기 시작했다.

술집은 점점 손님이 늘어 갔다. 여급을 돕기 위해 주인집 딸까지 나왔다. 그녀는 아름다운 몸매에 키가 큰 소녀였다. 건강하고 혈색이 좋은 얼굴에다 시원한 갈색 눈매를 가지고 있었다. 그녀가 새 병을 한스 앞에 갖다 놓자, 옆에 앉아 있던 직공이 놓치지 않고 그의 특기인 추파를 던졌으나 그녀는 눈도 깜짝하지 않았다. 그 직공에게 아무 관심이 없다는 것을 보여 주기 위해서인지, 그렇지 않으면 곱상하게 생긴 소년의 조그만 얼굴이 마음에 들어서인지 그녀는 한스 쪽을 보며 손으로 재빨리 머리를 매만졌다. 그러고는 식기대 있는 데로 올라갔다.

벌써 세 병째 마시고 있는 직공이 그녀를 따라가서 이야기를 나누려고 무진 애를 썼으나 소용이 없었다. 그 키 큰 소녀는 냉정하게 그를 쳐다보고는 대답도 하지 않은 채 등을 돌리고 말았다. 그러자 직공은 테이블로 돌아와서 빈 병을 퉁퉁 치며 미친 듯이 소리를 질러 댔다.

"자, 힘을 내자고! 이 사람들아, 술잔을 마주 대!"

그러고는 음탕한 여자 이야기를 끄집어냈다.

한스의 귀에 들어오는 것은 뒤섞인 흐리멍덩한 소리뿐이었다. 두 번째 병이 거의 끝나 갈 무렵, 말이 헛나가기 시작하고 웃는 것도 어려워졌다. 그는 곤줄박이 새장이 있는 데로 가서 새를 좀 놀려 볼까 생각했다. 그러나 두 발자국도 못 가서 눈앞이 핑 돌아 하마터면 땅바닥에 고꾸라질 뻔했다. 그는 조심조심해서 되돌아왔다. 그때부터 한스의 도를 넘은 기분도 차츰 깨기 시작했다. 술에 취했다는 것을 알게 되자 많은 술을 마신 것이 씁쓸하게 생각되었다. 마치 먼 곳에서 갖가지 불길한 징조가 그를 기다리고 있는 것 같았다. 집에 가는 길이라든가, 아버지와의 충돌, 내일 아침 또 일터로 가야 한다는 것들로 차츰 두통이 나기 시작했다.

다른 사람들도 꽤 취한 것 같았다. 약간 술이 깼을 때 아우구스트는 "계산해!" 하고 소리쳤다. 1탈레르를 주고도 거스름돈은 얼마 되지 않았다. 서로들 흥청거리고 웃으면서 거리로 나서자, 밝은 저녁 햇빛에 눈이 부셔 눈을 똑바로 뜰 수 없었다. 한스는 똑바로 설 수가 없어서 비틀거리며 아우구스트에게로 가서 몸을 기댔다. 그는 한스를 부축해서 데리고 갔다.

타관에서 온 자물쇠장이는 감상적이 되어서 "내일은 여기를 떠나야 하네……." 하고 노래를 부르면서 눈물을 흘렸다. 곧장 집으로 갈 작정이었으나 '백조집' 앞을 지나치게 되자 직공은 여기도 들어가자고 고집을 부렸다. 문간에서 한스는 소매를 뿌리쳤다.

"나는 가야 돼."

"넌 혼자서 걸을 수도 없잖아." 하고 직공이 웃었다.

"그래도 나는…… 꼭…… 가야 돼."

"그럼 브랜디라도 한잔해, 이 꼬마야! 한 잔만 해봐. 설 수도 있게 되고 속도 가라앉을 거야. 정말 그래……. 너도 알게 될 거야."

한스에게 언제 쥐여졌는지 손에 조그마한 컵이 한 개 들려 있었다. 그는 그것을 절반이나 엎질렀다. 나머지를 마시자 목구멍이 타는 것 같았다. 심한 구역질이 나서 그는 몸을 떨었다. 혼자서 계단을 비틀거리며 내려와 보니 어떻게 하면 마을을 나설 수 있을지 알 수가 없었다. 집이며 울타리며 정원들이 기울어져서 빙빙 돌며 그의 앞에서 소용돌이쳤다.

사과나무 밑에서 그는 축축한 풀밭에 드러누웠다. 온갖 불쾌한 감정과 쓰디쓴 불안감, 걷잡을 수 없는 생각 때문에 잠을 청할 수 없었다. 그는 더럽혀지고 모욕당한 것 같은 생각을 떨칠 수가 없었다. 어떻게 하면 집으로 돌아갈 수 있을까? 아버지에게 도대체 뭐라고 말해야 하나? 내일은 어떻게 될 것인가! 그는 이제 영원한 품속에서 쉬어야 할 것 같고, 잠들어야 할 것 같고, 부끄러워해야 할 것 같았다. 아주 녹초가 되어서 비참한 생각이 들었다.

머리며 두 눈알이 쑤시고 아팠다. 도저히 일어서서 앞으로 걸어갈 기운조차 없었다. 갑자기 뒤늦게 밀려온 무상(無常)한 물결과도 같이 조금 전의 환락의 연분홍빛 물보라가 되살아났다. 그는 상을 찡그리며 멍청하니 흥얼거렸다.

아, 사랑스러운 아우구스틴이여,
아우구스틴이여, 아우구스틴이여,
아, 사랑스러운 아우구스틴이여,
모든 것은 이제 끝장이구나.

노래를 그치자 폐부로부터 무엇인가 뭉클하게 올라와 몽롱한 어떤 생각이며, 기억이며, 부끄러움이며, 자신의 가책들의 흐린 물결이 그를 향해 엄습해 왔다. 그는 큰 소리로 부르짖고 흐느끼면서 풀 속에 뛰어들었다. 한 시간쯤 지나서 벌써 어두워지자, 그는 일어서서 비틀거리며 간신히 고개를 내려왔다.

저녁 식사 때까지 아들이 돌아오지 않아 기벤라트 씨는 몹시 욕을 퍼부었다. 9시가 되어도 여전히 돌아오지 않자 그는 오랫동안 쓰지 않던 단단한 등나무 단장을 끄집어냈다. 그놈은 이제는 아버지의 매를 맞지 않을 나이가 되었다고 생각하지만 돌아오기만 해 봐라! 눈앞에 번갯불이 일게 할 테니!

10시에 그는 현관문을 잠갔다. 아들이 밤놀이를 하려고 한다면 어디서 밤을 새울 것인지는 알려 줘야지. 그는 잠을 자지 않고 더욱 화를 내면서 한스의 손이 손잡이를 돌려놓고 두려움에 싸여 초인종을 누르는 소리를 이제나저제나 하고 기다리고 있었다.

그는 그 장면을 상상해 보았다. 할 일 없이 돌아다니는 놈을 호되게 때려서 혼을 내 주어야지! 아마 그놈은 곯아떨어졌겠지. 그러나 곧 술이 깨겠지. 못나고 간악한 놈, 거지 같은 놈! 그놈의 뼈다귀가 산산조각이 나도록 두들겨 패 주어야지! 그러나 결국 그도, 그의 분노도 잠에는 지고 말았다.

바로 그 시각에 그처럼 위협받고 있던 한스는 벌써 차가운 몸이 되어 아무 소리 없이 천천히 어두운 강물 속으로 흘러가고 있었다. 구역질도 부끄러움도 괴로움도 그에게는 사라졌다. 어둠 속에 떠내려가고 있는 그의 허약한 몸뚱이를 차갑고 푸른색의 짙은 가을밤이

내려다보고 있었다. 그의 양손이며 머리칼이며 창백해진 입술을 까만 물결이 희롱하고 있었다. 밤이 새기 전에 먹을 것을 찾아 나온 겁쟁이 물개가 교활한 곁눈질을 하며 소리도 없이 그의 옆을 떠내려가고 있는 것이었다.

어떻게 해서 그가 물속에 빠졌는지 그것은 아무도 알지 못했다. 아마 길을 잃고 험준한 장소에서 발을 헛디딘 것이겠지. 또는 물을 마시려다가 몸의 균형을 잃었을지도 모른다. 또는 아름다운 물을 보고 도취되어 물속에 빠져 들어갔는지도 모른다. 그래서 평화와 깊은 휴식에 가득 찬 밤과 희미한 달빛이 그를 바라보고 있기 때문에, 피로와 불안 때문에 죽음의 그림자에 이끌려 갔는지도 모른다.

그는 점심때쯤 발견되어 들것에 실려 집으로 왔다. 놀란 아버지는 단장을 옆으로 밀쳐 놓고 쌓이고 쌓인 분노를 삭이지 않으면 안 되었다. 그는 울지도 않고 무표정한 얼굴을 하고 있었으며, 이튿날 밤에도 뜬눈으로 새우며 간간이 문틈 사이로 말 한마디 못하게 된 아이를 내려다보았다.

깨끗한 침대에 누워 있는 아이는 여전히 고운 이마와 창백하고 영리한 얼굴을 하고 있어, 마치 무슨 특별한 데가 있는, 다른 사람과는 다른 운명을 가지고 태어나서 어떤 다른 권리를 가지고 있는 것 같았다. 이마며 양손의 피부가 약간 보라색으로 되어 있었다. 고운 얼굴은 잠시 졸고 있는 것 같았다. 두 눈은 하얀 눈시울이 감겨져 있었다. 완전히 다물지 않은 입술은 불만이 없는 듯, 거의 명랑한 기분을 감추지 못하는 것같이 보였다. 소년은 꽃다운 시절에 별안간 바람에

꺾여 즐거운 행로에서 억지로 잡아당겨진 것 같은 얼굴을 하고 있었다. 아버지도 그의 피로감과 슬픔 속에서 그러한 착각에 굴복되고 말았다.

장례식에는 조합원이며 구경꾼들이 굉장히 몰려들었다. 한스 기벤라트는 또다시 유명한 인물이 되어서 모든 사람들의 흥미를 끌었다. 선생들과 교장과 마을 목사도 다시 한스의 운명에 관심을 갖게 되었다. 그들은 모두 한결같이 프록 코트를 입고 엄숙하게 실크 모자를 쓰고 나타나 장례 행렬을 뒤따르면서 서로 이야기를 주고받으며 무덤 가에 잠시 멈추어 섰다. 그중에도 특히 라틴어 선생이 우울하게 보였다. 교장은 그를 향해 낮은 소리로 말했다.

"선생님, 정말 저 애는 훌륭하게 됐을 텐데, 정말 거의 하나의 예외도 없이, 가장 우수한 학생들에게 불행한 결과가 온다는 것은 정말 비참한 일이 아니오?"

아버지와 쉴 새 없이 통곡을 하고 있는 아나 할멈과 함께 플라크 씨가 무덤 가에 남았다.

"정말 이건 못할 짓이네요, 기벤라트 씨."

그는 동정심에서 우러난 말을 했다.

"나도 이놈을 사랑하고 있었어요."

"아무래도 이유를 모르겠어." 하고 기벤라트 씨는 한숨을 쉬었다.

"그렇게도 재주가 있었는데, 더욱이나 만사가 잘돼 나갔는데! 어느 학교 시험에도…… 그러고는 별안간에 불행이 닥치지 않았겠나!"

구둣방 주인은 프록 코트를 입고 묘지 문을 나서는 이들을 손가락

질했다.

"저기 가는 자들도 이 애를 이 지경으로 만드는 데 한몫 낀 축들이죠."

그는 소리를 낮추어 말했다.

"뭐?"

상대방은 펄쩍 뛰었다. 그러고는 구둣방 주인을 이상한 얼굴로 바라보았다.

"천만의 말씀. 도대체 어째서 그렇다는 거지?"

"진정하십시오, 기벤라트 씨! 나는 다만 학교 선생들을 말했을 뿐입니다. 어째서요? 무엇 때문이오?"

"아니, 아무 말도 하지 않는 게 좋겠네. 자네나 나나 아마 이 애한테 여러 가지 소홀한 점이 많았지. 그렇게 생각하지 않나?"

조그마한 읍내 상공에는 평화로운 푸른 하늘이 펼쳐져 있었다. 골짜기에는 강물이 반짝반짝 빛나고 있었다. 전나무와 산은 부드럽게 그리운 듯이 머나먼 데까지 푸른색을 지니고 뻗쳐 있었다. 구둣방 주인은 슬픔에 잠긴 미소를 지으며 돌아가야 할 이의 팔을 잡았다. 기벤라트 씨는 이 한때의 정적과 이상스럽게도 괴로운 온갖 추억에서 떠나, 머뭇거리며 지향 없이 정든 그의 생활의 골짜기를 향해 발걸음을 옮겼다.

작가와 작품 해설

헤르만 헤세의 생애와 작품 세계

두 차례의 세계 대전과 세 번의 결혼, 전도 유망한 신학생에서 공장 근로자와 서점 점원 등을 전전했던 혹독한 사춘기, 안정된 일상에서 오는 불안감이 채찍질한 동방으로의 순례……. 헤르만 헤세의 삶은 아름다운 고향 칼브에서의 행복했던 유년 시절과 아름답지 못한 현실의 고단함 사이를 오가는 진자와 같았다.

우리 시대에 자신의 체험을 위해 그보다 더 문학을 필요로 했던 작가는 없었을 것이다. 헤세는 자신의 작품을 통해 인생의 의미를 이야기하고 있지만, 우리가 그의 작품에서 읽는 것은 자기를 찾아가는 고독한 여정 속의 헤세 자신이다.

헤세는 1877년 7월 2일, 독일 남부의 작은 산간 도시 칼브에서 개신교 목사였던 요하네스 헤세의 장남으로 태어났다. 그가 자란 슈바벤 지방은 네카어 강과 그 지류들이 아름답고 서정적인 풍광을 연출하는, 시인들의 고장이었다. 실러, 횔덜린, 울란트, 하우프 등이 그곳에서 성장했던 것이다. 헤세 역시 4세 무렵부터 자기 나름대로 시를 짓고, 중세 프랑스의 시인 브롱데르의 흉내를 냈다고 한다. 이후 헤세의 꿈은 시인이 되는 것이었으며, 그러한 내면으로부터의 외침은 그의 앞날에 많은 파란을 예고하는 것이기도 했다.

칼브의 자연 환경은 여느 산간 지역이나 그렇듯, 산너머 미지의 세계에 대한 동경과 자연에 대한 예리한 관찰을 그곳의 어린 거주자들에게 선사해 주었다. 소년 헤세는 계절의 운행과 동식물의 습성, 그리고 낭만적인 방랑을 통해 자연이 주는 그 모든 풍성함을 흠뻑 즐길 수 있었다. 유년 시절의 아름다웠던 추억은 헤세의 내면에 켜켜이 쌓이게 되었으며, 그러한 정신적 고향에 대한 헤세의 애정도 남달랐다.

헤세의 학교 교육은 칸슈타트 고등학교 1학년 때 끝나고 말았다. 그의 나이 16세 때의 일이었다. 그에 앞서 헤세는 14세 때 슈바벤 주의 국가 시험에 합격하여, 당시로서는 선택된 자만이 들어갈 수 있었던 마울브론의 신학교에 입학했었다. 그로써 헤세에게는 화려한 미래가 보장되었던 셈이며, 그를 자신의 뒤를 이어 목사로 만들고 싶었던 아버지 요하네스 헤세의 꿈도 이루어지는 듯했다.

하지만 그것도 잠시, 시인이 되고 싶어하는 내면으로부터의 외침에 헤세는 끊임없이 괴로워해야 했다. 결국 헤세는 신학교의 담장을 뛰어넘었고, 그의 방황은 자살 미수에 이르기까지 극단적으로 치닫게 되었다. 이듬해에 칸슈타트 고등학교에 입학하지만 그곳도 1년 만에 그만두고 말았다. 그리하여 헤세의 정규 교육은 그것이 전부가 되었다.

모든 정규 교육을 거부했던 헤세에게 이제 하이네, 아이헨도르프 같은 시인과 고골리, 투르게네프 같은 러시아 작가들이 스승의 역할을 떠맡게 되었다. 하지만 헤세의 짧은 학교 생활은 이후 그의 작품들에서 중요한 소재가 된다. 특히 마울브론 신학교 시절의 체험은 그의 『수레바퀴 아래서』와 『지와 사랑』을 통해 구체화되었다. 이제 헤세의 참다운 문학적 편력이 시작된 것이다.

서점 점원, 출판 조합의 조수, 시계 공장의 견습공 등을 전전하던 헤세는 의외의 곳에서 안정을 찾게 되었다. 18세였던 1895년 헤세는 튀빙겐의 헤켄하우어 서점 점원이 되었다. 낮에는 서점 점원으로서 성실하게 근무하고 밤이면 괴테에 심취하는, 말 그대로 주경야독 끝에 헤세는 문학에 눈을 뜨게 되었던 것이다.

그로부터 4년 후 처녀 시집 『낭만적인 노래』와 산문집 『자정 후의 한 시간』을 발간했다. 작가로서의 헤세의 삶은 이렇게 출발하게 되었다. 같은 해 헤세는 바젤의 라이히 서점의 조수가 되었고, 그곳에서의 본격적인 문학 수업을 통해 2년 뒤인 1901년에 3편의 산문과 9편의 시를 묶은 『헤르만 라우셔』를 출간했다. 이때까지의 작품에는 유년 시절에 대한 아름다운 자전적인 회상과 다소 비현실적인 유미

주의가 주를 이루고 있다. 아직 소년적 이미지와 세기말적 우울을 벗어나지 못하고 있는 인상을 주고 있다.

헤세가 문단으로부터 본격적인 주목을 받게 만든 작품은, 1904년 그의 나이 27세에 간행된 『페터 카멘친트』였다. 이 작품을 통해 헤세는 자유 문필가로서 안정된 생활을 얻었으며, 마리아 베르눌리와 결혼할 수 있었다. 그리고 2년 뒤 『수레바퀴 아래서』를 필두로 헤세의 집필 활동이 왕성해졌다. 이 시기의 주요 작품으로는 『수레바퀴 아래서』 외에 『속세의 이야기들』, 『게르트루트』를 들 수 있다. 이러한 작품들 속에서 헤세는 자신의 소년 시절을 회상하고, 그를 통해 순박한 소년에서 성인으로, 하나의 인격이 어떻게 성장하는지를 면밀하게 관찰하고 있다. 하지만 그러한 성장 과정의 기술이 다 밝혀주지 못하는 인생의 문제는 무척 많다. 그러한 내면적 갈등은 『게르트루트』에 잘 묘사되어 있으며, 헤세에게는 안정된 삶이 가져다줄 수 없는 새로운 돌파구를 찾아 길을 떠나야만 하는 운명이 주어지게 된다. 그의 선택은 동방이었다.

헤세의 조부모와 부모가 모두 인도에서 포교 생활을 했으며, 그의 사촌 빌헬름 군델트는 일본에 가서 선(禪)을 연구하기도 했다. 따라서 동방은 헤세에게 할아버지 때부터 인연이 있었던 곳임과 동시에, 언제나 산 너머 미지의 세계로 존재해 왔던 곳이기도 했다. 말레이시아, 수마트라 그리고 스리랑카의 여행은 헤세의 가슴에 묵은 체증을 풀어 줄 수는 없었지만, 그에게 중요한 통찰을 제공해 준 여행이 되었다. 즉 그러한 식민지들의 여행은 헤세에게 코즈모폴리턴적 시각을 갖게 해 준 것이다.

여행에서 돌아온 헤세가 『인도 기행』, 『로스할데』 그리고 『크눌프』를 집필했을 때, 세계는 인류 역사상 초유의 사건에 접어들고 있었다. 제1차 세계 대전이 바로 그것이다. 동방 여행에서 얻은 코즈모폴리턴적 시각은 비록 소극적이긴 하나 헤세로 하여금 반전론(反戰論)을 펴게 했다. 애국심이라는 미명 하에 자행되는 비이성적인 폭력은, 헤세로 하여금 이성을 잃은 감정이 인간의 정신에 미치는 가공할 힘과 그것이 인간을 얼마나 황폐하게 만드는지를 잘 깨달을 수 있도록 해 주었다.

종전 후 발간된 『데미안』의 에밀 싱클레어처럼 인간은 내면에 갈등하는 두 세계를 가지고 있다. 지나치게 물질적 행복을 추구하는 개개인에게 정신적 공허는 어쩌면 필연인지도 모른다. 그러한 공허는 때로 길을 잃은 절망과 분노로 이끌게 되고, 전쟁은 그러한 비극의 끝에서 맞게 되는 피할 수 없는 운명이 되는 것이다. 따라서 자신의 내면에 귀 기울이는 것은, 헤세가 참담한 상황에 처해 고통받고 있는 인류에게 주는 궁극적인 메시지였다.

헤세의 그러한 사고는 『싯달타』에 이르러 결실을 보고 있다. 삶에 대한 번뇌와 구도, 그것을 통한 성도(成道)의 여정을 통해 헤세는 내면으로의 도정(道程)과 개개인 스스로의 각성을 촉구한다. 그것이 인간의 필연적 운명이라 할 생의 모순과 그 내면적 이중성의 고통에 대한 헤세의 처방이었다.

헤세는 『싯달타』 이후 부인과 이혼하고 이어 루트 벵어, 니논 돌편과 잇따라 이혼과 재혼을 거듭했다. 이 시기의 작품으로는 『요양객』, 『황야의 늑대』, 『뉘른베르크 여행』, 『지와 사랑』 등이 주목된다. 그리고 1946년에, 전쟁과 천박한 물질 숭배만이 팽배했던 당대를 거부하고 새로운 이상향과 인간에 대한 신뢰를 회복하고 있는 거작 『유리알 유희』가 간행되었다. 종전 후 헤세는 노벨 문학상을 수상하는 등 행복한 말년을 보냈다.

작품 줄거리 및 해설

『페터 카멘친트』에 이어 발표된 이 작품은 슈바르츠발트라는 작은 마을의 재능이 풍부한 한스 기벤라트라는 소년과, 헤세 자신의 모습이 많이 담겨 있는 하일너라는 두 소년을 등장시킨 지극히 자전적인 소설이다.

슈바르츠발트의 작은 마을에 사는 한스 기벤라트는 뛰어난 머리를 가진 소년이었지만, 가난 때문에 신학교 입학을 위한 공부를 하게 된다. 그 때문에 낚시, 수영 등의 놀이는 금지되고 밤늦게까지 그리스어, 라틴어 등을 공부하면서 건강이 나빠지게 된다. 또한 주의 시험에 합격하여 휴가를 맞고도 목사와 교장은 예습을 강요하여 한스는 늘 두통에 시달린다.

신학교에서도 모범생이었던 한스는 시를 쓰는 자유분방한 하일너라는 소년을 만나 가깝게 지내게 된다. 그는 이미 자기 나름의 길을 걷기 시작했기 때문에 한스와는 대조적이었으나, 한스는 하일너와의 우정으로 행복감을 느끼게 된다. 하지만 하일너와의 교제로 낭비한 시간은 성적을 떨어뜨려, 교사들은 하일너와 떼어 놓으려 한다. 하일너는 신학교를 탈주하여 퇴학 처분을 당하지만, 한스에게 하일너는 소중한 친구였다. 그러는 와중에 한스는 심하게 피로를 느끼게 되어 몸과 마음이 지치는 신경 쇠약에 시달린다. 결국 한스는 요양을 해야 한다는 의사의 권유로 신학교를 나오게 된다.

고향으로 돌아온 한스는 늦가을의 어느 날 에마라는 한 처녀를 사랑하게 되지만, 에마에게 한스는 연애의 장난 상대에 불과했다. 에마가 자신의 고향으로 돌아가 버리자 희망을 잃은 한스는 기계 견습공이 된다. 그러던 중 옛 친구인 기계공 아우구스트의 유혹으로 함께 놀러 나가 술을 마시게 되고 슬픔을 잊게 되지만, 곧 깊은 환멸에 빠진다. 그리고 이튿날 강변에서 조용히 잠들어 있는 한스의 시체가 발견된다.

한 소년의 인간성이 명예심과 규격화된 인물을 만들어 내려는 교육 제도에 의해 파괴되어 가는 과정을 보여주는 이 작품은, 결국 정신과 규격화된 것 간의 싸움을 이야기하고 있으며, 작가의 자연에 대한 동경 또한 엿볼 수 있다. '수레바퀴 아래서'라는 제목도 '수레바퀴 아래에 깔리지 않도록 아주 지쳐 버려서는 안 된다'는 신학교 교장의 말속에 담긴 뜻과 상통한다. 즉, 무리한 공부의 희생이 된 한스를 의미하기도 하지만, 교육자인 교장 자신도 수레바퀴 아래에 있음을 깨닫지 못하는 것이다.

헤세의 작품에는 새로운 것이 없고, 그 깊이와 경향의 차이는 있으나 결국 늘 같은 주제를 되풀이하고 있다. 그러나 하나의 주제만으로 일관하는 자신의 세계에 대한 자부심도 가지고 있다. 온갖 야심적인 노력을 하면서도 결국 그가 귀일하는 것은 자기 충일이라는 내면 세계였다. 『수레바퀴 아래서』는 이러한 헤세 자신의 체험이 소재가 되고 자연에 대한 동경이 잘 나타난 작품으로, 그의 작품 세계를 다시금 엿볼 수 있는 훌륭한 기회가 될 것이다.

작가 연보

1877년	7월 2일, 독일 남부 슈바벤 지방 뷔르템베르크의 산간 도시 칼브에서 아버지 요하네스 헤세와 어머니 마리 군데르트 사이의 장남으로 태어남.
1881년(4세)	스위스 바젤로 이사함.
1883년(6세)	아버지 요하네스 헤세가 스위스 국적을 취득함.
1886년(9세)	칼브로 돌아감.
1890년(13세)	괴팅겐의 라틴어 학교에 입학함. 슈바벤 주의 시험 합격함.
1891년(14세)	마울브론 신학교에 입학함.
1892년(15세)	3월, 신학교를 도망쳐 나옴. 퇴학 후 신경 쇠약으로 자살 기도함.
1893년(16세)	칸슈타트 고등학교에 입학함. 10월, 학업을 중단함. 에스링겐 서점 점원으로 3일간 근무한 후 그만둠.
1894년(17세)	6월, 칼브의 페로트 시계 공장 견습공이 됨.
1895년(18세)	10월, 튀빙겐의 헤켄하우어 서점 점원이 됨.
1899년(22세)	『낭만적인 노래』, 『자정 후의 한 시간』 간행. 가을에 바젤의 라이히 서점으로 옮김.

1901년(24세) 이탈리아를 여행함. 『헤르만 라우셔』 간행.

1904년(27세) 『페터 카멘친트』 간행. 8월, 마리아 베르놀리와 결혼함.

1906년(29세) 『수레바퀴 아래서』 간행.

1907년(30세) 『속세의 이야기들』 간행.

1908년(31세) 『이웃 사람들』 간행.

1910년(33세) 『게르트루트』 간행.

1911년(34세) 시집 『도상에서』 간행. 말레이시아, 수마트라, 스리랑카를 여행함.

1912년(35세) 『우회로』 간행.

1914년(37세) 『로스할데』 간행. 제1차 세계 대전 발발함.

1915년(38세) 『크눌프』 간행. 로맹 롤랑과 교류함.

1916년(39세) 『청춘은 아름다워라』 간행. 프로이트・융의 저서를 탐독함.

1919년(42세) 싱클레어라는 필명으로 『데미안』 간행.

1922년(45세) 『싯달타』 간행.

1923년(46세) 부인과 이혼함. 스위스 국적 취득함.

1924년(47세) 루트 벵어와 재혼함.

1925년(48세) 『요양객』 간행.

1927년(50세) 『황야의 이리』, 『뉘른베르크의 여행』 간행. 루트 벵어와 이혼함.

1930년(53세) 『지와 사랑』 간행.

1931년(54세) 니논 돌핀과 세 번째 결혼함.

1936년(59세) 스위스에서 고트프리트 켈러 문학상 받음.

1939년(62세) 나치 당국에 의해 출판 용지 배급이 정지되고 독일에서 헤세 작품의 출판이 금지됨.

1942년(65세) 이때까지의 시를 전부 모아 스위스에서 시 전집을 냄.

1943년(66세) 『유리알 유희』 간행.

1946년(69세) 전쟁 및 정치에 관한 평론집 『전쟁과 평화』 간행. 괴테상, 노벨 문학상(『유리알 유희』) 수상.

1950년(73세) 브라운슈바이크 시가 수여하는 빌헬름 라베상 수상.

1954년(77세) 서독출판협회로부터 평화상 수상.

1956년(79세) 카를스루에 시에서 헤르만 헤세 상 제정.

1962년(85세) 8월 9일, 몬타뇰라에서 뇌출혈로 사망함. 이틀 후 루가노 호반의 아본디오 교회 묘지에 안장됨.